河出文庫

南仏プロヴァンスの昼さがり

P・メイル
池央耿 訳

河出書房新社

●目次

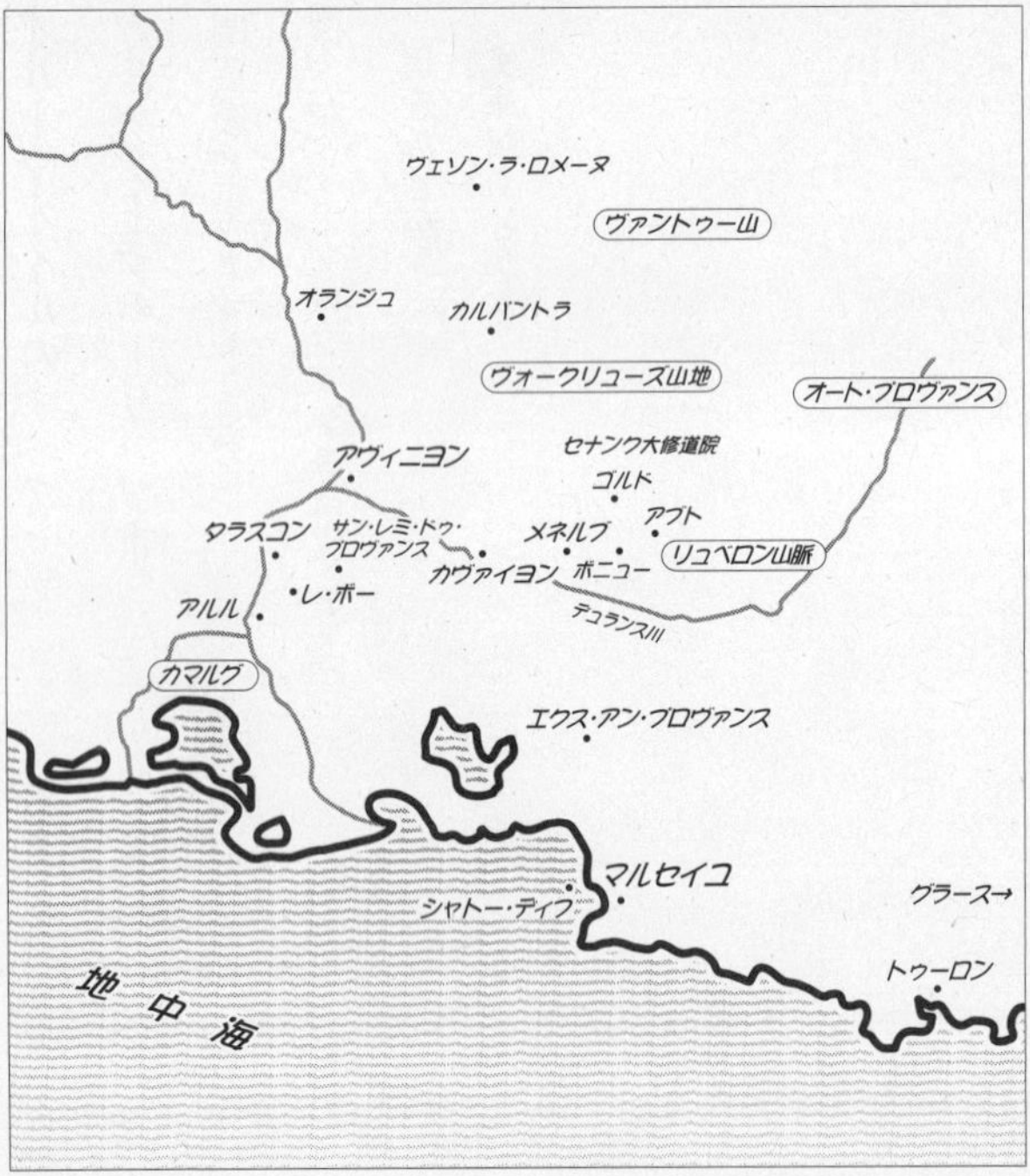

ヴェゾン・ラ・ロメーヌ
ヴァントゥー山
オランジュ
カルパントラ
ヴォークリューズ山地
オート・プロヴァンス
アヴィニヨン
セナンク大修道院
ゴルド
アプト
タラスコン
サン・レミ・ドゥ・プロヴァンス
メネルブ
リュベロン山脈
カヴァイヨン
ボニュー
レ・ボー
アルル
デュランス川
カマルグ
エクス・アン・プロヴァンス
マルセイユ
シャトー・ディフ
グラース→
トゥーロン
地中海

南仏プロヴァンスの昼さがり

今度もまた、ジェニーに

帰ってきて
よかった

寒さもいよいよ本式を迎えた冬のはじめ。朝まだきの静寂を破って、ジョジョッ、ジョジョッ、と迸る水の音が村中に谺《こだま》した。耳を頼りにこの家と、垣根越しに庭を覗くと、物干し綱に満艦飾の色鮮やかな男物の下着が、射撃演習場の吊り標的さながら、激しい放水を浴びてはためいていた。跳ね返る飛沫《しぶき》が届かないように間合いを取って、帽子にマフラー、踝《くるぶし》まであるジッパー式の室内履きに身を固めた男が古典的な歩兵の構えで、腰だめのホースを右に左に払っている。掃射を食らって、哀れパンツはひとたまりもない。

掛け並べた下着を散水ホースで強力洗浄する男の姿を見て私は、文化であれ何であれ、旧世界と新世界の違いをつくづく思い知らされた気がしている。

私たち夫婦は飼い犬を連れてほんの数日前、四年ぶりにプロヴァンスへ戻ったばかりだった。四年間はあらかたアメリカで暮した。何はともあれ、言葉については古巣へ帰ったようなもので、およそ苦労がない。もちろん、英語にも厳密に言えばむずかしさがないわけではないが、対人関係における位取りや、言葉の性別という点では、フランス語とは比較にならないほどはるかに自由である。人と話すのに、あらたまって相手を vous と呼ぶか、砕けて tu と言うか迷うことはないし、桃だの、アスピリンだの、ふと口から出かかった名詞が男性か女性か、いちいち辞書で確かめる必要もない。アメリカは英語の国である。ただ、私たちの耳は少々錆びついていたし、言葉にも流行《はや》り廃《すた》りがあって、最先端の言語事情に馴染むにはいくらか時間がかかった。

　身長が平均に足りないさる友人の話によれば、今や彼は背が低い（short）のではなく「高さを問われて（vertically challenged）」いるのだという。一時間は昔から六十分で単純明快だったのが、近頃ではこれにトップ（top）とボトム（bottom）の区別がある。ニュースキャスターの楽屋言葉で、七時なり八時なり、正時からの一時間がトップ、三十分遅れて、半からの一時間がボトムである。時計の分針から出た表現と聞けば不思議はない。人はただ部屋を去る（leave）のではなく、コンピュータのプログラムから抜け出すように「エグジット（exit）」する。国家経済は埋伏《まいふく》した質《たち》の悪い親不知《おやしらず》のように絶えず「圧迫され（impacted）」ている。知識人は、以前なら当て推量（guess）でよかったことを「直観（intuit）」しなくてはいけない。望むらくは（hopefully）と、期待を表すおよそ害のない言葉が、何故か、のべつ幕なしに使われる。要人は軽々しく意見を変える（change their opinions）ことなく、重大な「戦術転換（tactical recalibration）」を図るのである。

裁判が国民的なスポーツと化したアメリカの訴訟社会を反映してか、日常会話の中に耳障《ざわ》りな法律用語が氾濫している。関係ない、余計なお世話、という含みで相手を切り捨てる「過剰（surplusage）」などはその最たるものだろう。もう一つ、私が気づいたのは、マスコミから意見を求められる知識人、有名人たちが「結論に達し（reach closure）」ないことには満足しない風潮である。この分で行くと、遠からず高級レストランのウェイターたちがこれを気取るようになるのではないかと恐れずにはいられない。早くも、ウェイターの声が聞こえるようである。「サラダについて、結論に達しなさいましたでしょうか？」もちろん、客はそれまでにメニューを熟読玩味して学習曲線（learning curve）を上向きにしておかなくてはならない。

アメリカで私たちははじめて、企業のリストラで地位を追われた元役員、アウトスター（outster）に出逢ったが、居残ってまんまとその後釜に坐った運のいい身内、インスター（inster）にはついぞお目に懸かれなかった。私たちはまた、物事に神経を集中する（concentrate）救い難い旧弊を捨てて、焦点を定める（focus）ことを教えられた。思えば、刺激に富む新しい言葉の習得に追われて、対応に遑《いとま》もない毎日だった。そうは言っても、しょせんは瑣末な関心でしかない。周囲で使われているのは本質的に母国語と変りない言葉である。アメリカは居心地がいいはずだった。

ところが、どこかしっくりしない。決して受け入れられなかったわけではない。近付きになった人たちはほとんどが、定評通りの気さくで大らかなアメリカ人である。私たちはイースト・ハンプトンをはずれたロング・アイランドの突端に家を構えた。一年のうち九か月はひっそりとして、このうえもなく美しい土地である。万事が機能的で便利なうえに、いくらでも好きなものを選べるアメリカの暮しは快適で、私たちは進んでこの国の習慣を取り入れた。カリフォルニア・ワインの味も覚えたし、買い物は電話で済ませ、車はおとなしい運転を心懸けた。ビタミン剤を服用し、時々は思い出してコレステロールの値に気をつけた。努力してテレビも観た。私はレストランに葉巻を持ち込むことを諦め、こっそり家で吸った。一日にコップ八杯の水を飲んだ時期もある。郷に入っては郷に従えだ。

にもかかわらず、何かが足りなかった。いや、プロヴァンスではこれが普通と思っていた景色や人声、物の匂い、心の弾みがそっくり欠落している。足下から立ちのぼるタイムの香りや、日曜の朝市の賑わいがここにはない。ホームシックとしか言いようのない気持が疼いて、時にその発作がおさまっても、平穏はほんの何週間と続かなかった。

楽しい思い出のある土地へ帰るのは間違いだとよく言われる。人間の記憶は偏見と感傷に凝り固まった始末の悪い編集者で、好みの場面ばかりを選んで保存し、それも、きっと化粧直しをする。バラ色の追憶の中で、幸せだった時間はますます輝き、不遇の時期はわずかに心慰む日の光と友人たちの笑い声だけを残して消え失せる。だが、本当にそうだろうか？　今度もまた裏切られるだろうか？

当然ながら、それを確かめるには帰るしかなかった。

アメリカからまっすぐフランスへ渡って、まずもろに神経をやられるのが交通ショックである。私たちも、空港を出る途端にこれに襲われた。どれもみな逃走中の銀行ギャング一味かと紛う小型車に囲まれて、まるで土石流に呑まれたようである。ここにいたって私はやっと思い出した。ハンドルを握るフランス人は例外なく前にいる車を目の敵にする。右も左もあらばこそ、見通しの悪いカーブだろうと、信号が変りかけていようと、安全運転を呼びかける注意標識も何のそので追い越さないことには気が済まない。八十マイルの速度制限は許し難い自由の侵害であって、外国人旅行者向けにはご愛敬かもしれないが、神妙に守ってなどいられない。

これが、人も車もその適性や性能が要求される基準にかなっているなら、さほど危険を感じることはないかもしれない。が、またしても小っぽけなルノーが路面から浮き上がらんばかりの勢いで追い越していくと、そもそも小型車は音速を超えるようには設計されていないのではないかと首を傾《かし》げざるを得ない。あるいは、運転席で何が起きているか、ちらりとでも見ようものなら、とうてい心穏やかではいられない。よく知られている通り、フランス人は両手を使わなくては言葉と言葉を繋ぐことができないのである。力点を強調するには指をふり立てる。激すれば大きく両手を上げる。言葉のオーケストラには指揮者が必要だ。バーで男同士が議論を戦わせている場面なら、見た目に愉快な仕種だが、時速九十マイルでこれをやられたら、こっちは寿命が縮む思いである。

そんなわけで、トラクター並みの速度で走りながら、風景に彩りを添える文字や図形を楽しめる田舎道に出るとほっとする。はじめてプロヴァンスを訪れて以来、納屋の壁や、野中にぽつんとある石小屋に掲げられた古看板は、見れば見るほど面白い。忘れ去られてすでに久しいアペリティフや、チョコレート、化学肥料などの広告である。七、八十年の夏の日に晒《さら》されて、紺青と、黄土と、クリームのペンキが、かつひび割れ、かつ剝げ落ちている風情は何とも言えない。

近頃、こうした昔ながらの広告があまり絵画的ではない標示に圧《お》され気味で、この傾向は今後ますます強まる模様である。町や村の名は、今様と古いプロヴァンスの綴りで併記されている。メネルブはムネルボ（Ménerbes, Menerbo）。以下同様で、アヴィニヨンはアヴィヌン（Avignon, Avignoun）、エクスはエクス－アン－プルヴァンソ（Aix, Aix-en-Prouvenço）である。これはまだ序の口で、道路標識にプロヴァンス語の採用を求める盛んなロビー活動が続けば、「定時レーダー管制」や「低高度航空機」、果ては「元祖ビッグマック」までが郷土の詩人、フレデリック・ミストラルのプロヴァンス語に塗り替えられるのではなかろうか。

いたるところに標識、看板、張り紙がある。内容も、宣伝、訓戒、教導、権利主張、とさまざまで、木の幹に釘付けになっているのもあれば、畑の隅の棒杭の頭に留めてあるのや、ガードレールにぶら下がっているのもある。コンクリート壁に直《じか》に張ってあることもある。ワインの酒蔵、蜂蜜、ラヴェンダー・エッセンス、オリーヴオイル、レストラン、不動産業者などの物柔らかに人を誘う看板が並ぶ中に、猛犬注意の札も少なくない。一つとりわけ凄まじいのがあって、私はこれが大好きだ。場所はオート・プロヴァンスの丘陵地帯で、見たところ住む人があるとも思えない、草ぼうぼうのだだっ広い空き地に続く私道の立木に板切れを結わえつけて「トゥー・コントルヴナン・スラ・アバッテュ、レ・スュルヴィヴァン・プールスュイヴィ」としてある。侵入者は射殺、一命を取り止めれば告訴、というほどの意味である。私はこれを、張り札の主の遊び心と信じたい。

もう一つ、世界広しといえどもフランス以外では考えられない注意書きがある。毎週市《いち》の立つサントロペの広場、プラース・デ・リースのガードレールに琺瑯《ほうろう》の板がねじ釘で留めてあり、道行く人々に大文字で黒々と、このところ用足し厳禁、と警告を発しているのである。公衆道徳が徹底し、市民が節度を重んじて行儀がいいことで知られるイースト・ハンプトンで、こんな掲示が必要な情況は想像も付かない。

それが必要なのは、フランスの男どもがところ構わずだからである。彼らは自然が要求を訴えれば、どこだろうと即座に応じる。都会なら、然るべき場所はいくらもあって、人目を避けるには困らない。田舎では、見渡す限りの空漠や、果てもない未開の林野が自然流の小用、ル・ピピ・リュスティックのプライヴァシーを保証する。ところが、私の見た限りでは、場所を選ぶに当たってフランスの男が人の目を気にすることはまずないと言える。追いつめられた雄鹿のように逆光の岩端に立ってするかと思えば、路肩で堂々とやっているところへ行き合わすこともある。中断させるに忍びなく、大きくハンドルを切らなくてはならないが、向こうは、男が特権を行使して文句があるかとばかり、悪びれるふうもない。すれ違って目が合えば親しげにうなずいたりもする。が、たいていは空を仰いで雲を数えながら、いかにも気持よげである。

幸い、公衆道徳を訴えるこの「べからず」の掲示は、公共の場所へ行けばどこでもきっと目に付くというほど一般的ではない。フランス人は他所者《よそもの》に対してことのほか丁重である。必ずしも好意的ではないにしても、礼儀正しいことだけは間違いない。昼前、ほんのちょっとした用事で市場へ出掛ければ、ここかしこで知った顔に呼び止められて親しく言葉を交すことになる。ほかの国ではなかなかそうはいかない。例えば、イギリスでは店に入っても、主人はたいてい見て見ぬふりである。正規の紹介がない限りは赤の他人でしかない。開けっぴろげで格式張ることを嫌うアメリカはその対極で、客は健康状態や仕事の中身について愛想のいい質問に答えなくてはならない。適当に話の芽を摘まないと、血筋や、身なり、訛り、顔形、と次から次へ際限もなく質問攻めに遭う破目になる。その点、私の見るところ、フランス人は親しみつつも隔てを置くそのかね合いが絶妙である。

思うに、これは極めて程度の低い話も品よく繕《つくろ》うフランス語の特質に負うところが大きい。酔って醜態を演じても、フランス人は巧みにその場を取りなしてくれる。いえいえ、みっともないなんて、そんなことはございません。肝臓の異状にお悩み（crise de foie）というまでのことでございましょう。またこんな例もある。何だ、あの男は、人中で。腸満か？　なあに、ありゃあ音のいい代用ピアノ（piano des pauvres）さね。シャツがはちきれそうな太鼓腹を見て、人は言う。何のことはない、でっかいブリオシュだ。名作の誉れ高い西部劇の字幕に秀逸な訳がある。カウボーイが酒場に現れていつもの安ウィスキーを注文する場面である。

カウボーイ　一杯注いでくれ。

Gimme a shot of red-eye.

字　幕　デュボネをもらえるかな。
Un Dubonnet, s'il vous plaît.

フランス語が長いこと外交用語として珍重されてきたのも、なるほどとうなずける。それはともかく、フランス語は今もって食通の言葉である。ややともすれば、道行く人がみな食事に遅れまいと急いでいるような印象を与えかねないこの土地で、人は美食にかける国民的な情熱の肉体的証拠に出逢うことを期待する。もっと肥満した図体や、次の食卓へ移動するミシュラン・ガイドの探訪記者を見かけてもよさそうなものではないか。ところが、現実は大違いである。少なくとも、プロヴァンスでそれはない。もちろん、テーブルのマンモスと呼びたくなるような巨漢がいるにはいるが、決して多くはない。日々顔を合わせる土地者のほとんどは、信じられない以上に、癪に障るほどすっきりと引き締まった細造りである。よその国ではこれを適正な遺伝子配合の結果であると言い、あるいは、大量のコーヒーとフランスの政治が引き起こす過剰代謝のせいと説明しているが、フランス人が痩せ形でいられる本当の理由は、彼らが何を食べて何を飲み、どのように食べたり飲んだりするか、にあると思う。

フランス人は間食をしない。パン屋の店を出るなり、焼きたてのバゲットをちぎって口へ運ぶことはある。まだ湯気の立っているようなバゲットとくれば、これをするなと言う方が無理だろう。しかし、このほかにフランス人が歩きながら物を食べる場面はまず考えられない。それに引き換え、アメリカ人はやたらに街中で飲み食いをする。ピザ。ホットドッグ。ナーチョ。タコス。ヒーローサンド。ポテトチップス。サンドイッチ。大きな紙コップのコーヒー。半ガロンのバケツにいっぱいのコカコーラ。もちろん、これはダイエットだ。まだこの上にも、アメリカ人がところ嫌わず貪欲に口にするものは数えだしたら切りがない。エアロビクスに通う途中でさえ、飲み食いは普通である。

フランス人は食事の席に着くとたちまちそれまでの我慢が報われる。外国人がほとほと困惑するのはそのことだ。一日に二度、山盛りの食事をしてゴム風船のように膨らまず、動脈にコレステロールが詰まって倒れもしないとは、いったいどうしたことだろう？　フランス料理は、一皿の量こそ軽少だが、後から後から運ばれてくる品数といったらない。それも、ほとんどはアメリカの医者が見たら青くなるような料理である。こってりとしたポークのリエット。アルマニャックを奢《おご》ったパテ。バター風味のタルトでくるんだマッシュルーム。鴨の脂で煮込んだポテト。何と、これがメインコースに備えるほんの足馴らしである。その後にチーズが控えていることは言うまでもない。チーズを食べ過ぎてはいけない。まだデザートがあるからだ。

それに、百薬の長、ワイン抜きの食事など、どうして考えられようか。何年か前、その道の極意を究めようとした食通が、フランスでは昔から当たり前とされていることを発見して、適量の赤ワインは体にいい、と新しげに力説した。さらに一歩進んで、フランスの矛盾《パラドックス》と言われる不思議をつぶさに調べてみると、彼らはアメリカ人の十倍もワインを飲んでいることがわかった。ヴォワラ！　これだ。謎は解明された。フランス人が贅肉もなく健康な秘密はワインに違いない。

　なるほど、そんなことなら話は簡単だ。だが、私はもっと目立たないところでフランス人の胃袋に影響をおよぼす別の原因が働いているように思う。一つには、科学的根拠はかけらほどもないのだが、フランスでは食材に含まれる添加物、保存料、着色剤、化学調味料が、アメリカにおけるよりもはるかに少ないはずである。それと、もう一つ。食事は何と言ってもテーブルがいい。職場のデスクに覆いかぶさるような格好で、あるいは、立ち食いのカウンターや、車の中ですることではない。加えて、食事の場所がどこであれ、早食いはフォアグラよりもよほど消化に悪い。つい先頃、ニューヨークの一部のレストランで、昼食をきっかり三十分で提供することが売り物になった。多忙な執行役員が一時間で被害者二人を個別にもてなすためである。これこそは、緊張と消化不良を招く確実な処方箋だ。嘘だと言われるなら、携帯電話を嚥《の》み込んでもいい。

　プロヴァンスでは、世界中のめまぐるしい土地と違って時間の観念が大まかだとよく言われる。一面の真理である。私自身、この動かし難い現実の前に兜を脱いで腕時計を抽斗《ひきだし》に放り込むまでしばらくかかった。たしかに、きちんと時間を守らないのはあまり誉められたことではないが、プロヴァンスの人々はその場その場の時間の中身をことのほか大切にする。食事にたっぷり時間をかけるのもそのためだ。街角の立ち話。ペタンクの試合。花束一つを選ぶ思案。カフェの隅で過ごす小閑。そうしたささやかな楽しみが充足をもたらすのである。プロヴァンス人は何をするにも悠揚迫らない。時にもどかしく、時にまた愉快でもあるが、結局は土地の習慣に染まることになる。用事で町へ出掛け、ほんの十五分のつもりが二時間半かかって、私はこれを悟った。別段、何をしたわけでもないが、その無為の時間が言うに言われず楽しかった。

思うに、のんびりとした暮しのペースがプロヴァンスの人々のもう一つの特質を育てたのではなかろうか。プロヴァンス人は総じて明るく大らかである。一般に、フランス人は必ずしも気さくではない。それどころか、むしろ気むずかしい人種と思われている。旅行者はたった一度、パリのレストランでウェイターに冷たくあしらわれただけで、これがフランス人の国民性だと思い込むが、件《くだん》のウェイターが観光客のみか同胞に対しても、いや、おそらくは妻に対しても、ぶっきらぼうで打ち解けない性格であることを理解していない。ところが、南仏へ来ると事情はがらりと変る。失業率は高く、所得税は財政上のギロチンとまで言われて、決して暮しは楽でないにもかかわらず、人心風土は不思議に伸びやかである。

社会的不満に対しては見切りをつけて背を向けるのも一策で、このところ、新聞各紙はイギリスの好景気にあやかってパリを捨てる若い企業家の話題で持ちきりである。しかし、プロヴァンスでは、仮にそのような野心家がいたとしても、ほとんど表には出ない。いずれよくなる、と誰もが言い、事実、情況が上向きに転ずることを願っているが、それまでは何事にもただ肩をすくめて超然と構えているしかない。

これは異邦人も学んで損はない達観である。プロヴァンスの生活に奇異驚嘆は限りなく、物事を複雑怪奇にするこの国特有の精神風土はここにも根を張っているからだ。どこかで奇想天外な論理が働いているのかもしれないが、それにしても、この土地で暮しているととうてい理解に苦しむことがあまりに多い。村のごみ処理場などもその一例である。辺鄙《へんぴ》な場所にあって、定期清掃も欠かさず、廃車のトラックは無理だとしても、あらゆる種類のごみを受け付ける立派な施設である。そのごみ容器に掲げられた役所の注意書きがふるっている。「粗大ごみは毎月最終水曜日の二日後に出すこと」

ある朝、私はこれを見て考え込んだ。読み違えか、またしても私のフランス語が誤解の因《もと》か、とあらためて目を凝らしたが、そんなことはない。ちゃんと書いてある。毎月最終水曜日の二日後。どうして最終金曜日としないのだろうか？　金曜日の呼称をもっと躍動感のある、政治的にも刺激的なものに変えようという計画でもあるのだろうか。だとすれば、そんな愚劣なことを考えるのは毎度ながらＥＵ本部の官僚どもに違いなく、その新しい呼称にしたところで、ユーロ曜日といったあたりが関の山だろう。それが世紀二〇〇〇年を祝う施策の目玉だろうか、と首を傾げているところへ、小型のトラックがやってきた。運転手は注意書きを読んで、私の顔を見た。私も彼を見返した。彼はもう一度注意書きに目をやると、頭をふって肩をすくめた。

その後間もなく、掲示ははずされた。聞くところによれば、曜日の指定があろうとなかろうと、地元民はそれまで通り、冷蔵庫、自転車、テレビ、その他もろもろの粗大ごみを勝手気ままに投棄していたという。フランス人の標示好きに肩を並べるのは、これを無視する喜びだけである。

このことと、公権力にはわずかな金も払いたがらないフランス人気質を考え合わせると、はじめて駐車場問題の本質が見えてくる。現在では、プロヴァンスのどの町もきちんと駐車場が整備されている。標識も方々にあってわかりやすい。にもかかわらず、地元住民はほとんど利用しない。道路は曲芸的な違法駐車の列で大混雑である。片側の二輪を歩道に乗り上げた車や、左右六インチの空きも余さずに路地を塞いでいる車など珍しくもない。一台が何度も切り返して至難の縦列駐車を敢行する間、後続の車は止められて長蛇の列を作る。運転手は苛立ち、ホーンがけたたましく鳴って、果ては喧嘩口論である。そんなにしてまでも、市民たちは頑として路上駐車をやめない。何故か？　それは、公営駐車場がおこがましくも、胴欲に一時間五フランの料金を取るからである。

これは、普通では思いも寄らない場所に車を駐める流儀の友人、マルティーヌから聞いた話だが、市民が路上駐車にこだわるのはただ単に金のためだけではない。理念の問題である。有料駐車はフランス魂を冒瀆するものであって、断固、抵抗しなくてはならない。場所を捜して三十分も市内を走り回るとしてもだ。それはそうだろう。いくら走ろうと、時間はただである。理念や金の問題はさておき、人があっと驚くような場所に車を駐める快感がまた何とも言えない。一度、改装のために壁を取り払ったブティックの店に小型のプジョーが後進で乗り入れるのを見たことがある。降り立った男は去りかけてふり返り、いずれはショーウィンドウになるはずの場所にぴたりとおさまった愛車にうなずいた。人と車が絆を確かめ合う一幕である。まるで、ともに戦って意義ある勝利をつかんだとでもいうふうだった。

私の見るところ、プロヴァンスの歴史や地理もさることながら、特有の気質を生み出しているのは、何と言っても、日々の暮しを綾なす風物である。アメリカにいる間、何よりも恋しく思った情景を一つ選ぶとすれば、私は迷わず露店の市場を挙げる。どこといって珍しくもない、アプトからヴェゾン・ラ・ロメーヌへかけて、町という町に屋台店が並ぶ週ごとの市である。

派手やかな花々と新鮮な野菜の繰り広げる色彩の饗宴が、まず見る者の目を奪う。プラタナスの木陰や、古びた石塀に小屋掛けした屋台がてんでに手書きの正札を掲げる市場の光景は、絵葉書用の演出か、観光シーズンの特設で、夏の終りには姿を消すと思われるかもしれないが、一月の最中にも、市場は八月に劣らぬ賑わいを見せる。大道商人は土地者の財布に暮しのたつきを負っているからだ。旅行者はジャムの一垂らしで、歓迎はされても、いなくて困る客ではない。

屋台の主と買い物客は顔見知りで、商売は社交の機会だから、とかく時間がかかる。ジャン・クロード老人がチーズを選びながら潑剌とした笑顔を見せれば、ひとしきり、店の主はその健康を祝福し、それから、老人が誂えたばかりの入れ歯に合うチーズの吟味である。ブリーは少し粘っこい。ミモレットは固すぎる。入れ歯が馴染むまではボーフォールが一番だろう。マダム・ダルマッソはトマトの山を見るなり懐疑のどん底に嵌まり込む。この時期、地物にしては早すぎる。どこのトマトだろうか。産地を書き出しておいてくれなくては困るではないか。唇を尖らせて、トマトの手触りを確かめ、匂いを嗅ぎ、矯《た》めつ眇《すが》めつした挙げ句、マダムは警戒をかなぐり捨てて半キロの山を買う。髭の男が片手にロゼのグラス、片手に哺乳壜を持って屋台に戻る。哺乳壜は山で拾った野生の猪の子のためである。ミルクを嗅ぎつけて、黒く濡れた鼻先がひくひくしている。花屋の女将《おかみ》は私の妻に釣り銭を渡すと、屋台の下に屈み、産みたての卵を二つ、新聞紙にくるんで差し出す。広場の向こうでは、カフェの外のテーブルに客が群がっている。エスプレッソ・マシンの唸りを圧して、ラジオ・モンテカルロのパーソナリティが興奮した声で今週のベストテンを発表している。ああやって息もつかずに延々とまくし立てる人材を、どこから連れてくるのだろうか？　老人が四人、低い石垣に並んで腰掛け、市が退《ひ》けるのを待っている。屋台が片付いて広場が空けば、代ってペタンクの試合である。しんがりに控えている犬に、平べったい小さな帽子をかぶせれば、忍耐の皺を深く刻んだその顔は老人たちと見分けが付かない。

商人たちが屋台を畳みはじめると、広場の空気は期待に満ちて、手を伸ばせば触れるかと思うほどである。食事時は近い。折しも戸外でテーブルを囲むには持ってこいの陽気である。

大西洋を隔てた向こうの国でしばらく暮した私たちは、二つの点で不当な誤解に悩まされることになった。一つは、アメリカのことなら何でも知っていると思われて、会う人ごとにワシントンやハリウッドの様子を訊かれることである。今ではワシントンもハリウッドも似たようなものだが、だといって、私たち夫婦が政治家や映画スターと個人的に親しいわけではない。もう一つは、どういうわけか、私たちはアメリカの風俗を持ち込んだ張本人と思われているらしいことである。そのために、ムッシュー・ファリグールが何だかんだと突きつける非難の指先に、壁を背負って窮地に立たされる場面も稀ではない。

フランス文化と正調フランス語の守護者をもって任じるファリグールは、ファストフードにはじまって、かつては無帽で通したフランス人がこのところ好んでかぶるようになった野球帽に至るまで、アメリカ式と名の付くすべてをこき下ろさずにはいられない。が、この秋のある日、彼は何やら常にもまして腹に据えかねている気配で、バーで私を見かけるなり、椅子から飛び上がって大変な権幕で詰め寄ってきた。

「セ・タン・スカンダール」開口一番、彼は言った。もってのほかだ。そして、堰《せき》を切ったように、彼はアメリカ文化の流入がここ南仏プロヴァンスの社会環境におよぼす有害な影響を滔々と難じた。ファリグールはとりわけて柄が小さい。興奮して力が入ると、爪先立ってもまだ足りず、めったやたらに飛び跳ねる癖がある。まるで怒り狂ったゴム毬《まり》だ。犬なら、さしずめテリアだろうか。私は彼の跳躍に釣られて首を上下にふりながら、いったい何が気に入らないのかと問い返した。

「アロウィン」彼はぐいと顎を突き出した。「何だ、あれは？　フランスは、ヴォルテールだの、ラシーヌだの、モリエールだのを生んだ国だ。アメリカにルイジアナをくれてやった。そのお返しに、アメリカは何を寄越した？　アロウィンだ」

何のことやら、私にはさっぱりわけがわからなかったが、ファリグールの上ずった声や、曲折アクセント形に歪めた口から察して、えらいことが持ち上がっているに違いない。またしてもブドウ畑に発生したネアブラムシか、パリ郊外に出現したユーロ・ディズニーか、いずれにせよ、それに匹敵するほどの大惨事が起きたとしか思えない。

「見た覚えがないけれども」私は言った。

「ないはずがないだろう。そこいらに、ごろごろ転がっている。レ・ポティロン・ミュティレ。アプトでも、カヴァイヨンでも、どこへ行ってもだ」

レ・ポティロン・ミュティレ。くり抜いたカボチャの意味するところはただ一つ。ミッキーマウスやトマトケチャップに続いて、万聖節前夜、ハロウィンの行事がフランスに上陸したということだ。ファリグールの目からは、香り高いフランス文化の命を削る俗習である。

適当にその場を躱《かわ》して、私は自分の目で確かめようとアプトまで足を伸ばした。毎度のことで、ファリグールの話は針小棒大だったが、なるほど、二、三の店でハロウィンの飾り付けをしていた。プロヴァンスでこれを見るのははじめてである。市民は祝祭暦にこの行事が加わったことを公式に知らされているのだろうか、と私はあらぬことを考えた。そもそもハロウィンとはどんな催しか、土地の人々は知っているだろうか。アプトの町で当てずっぽうに尋ねてみると、相手はみんな、きょとんとするばかりだった。カボチャはスープにしかならない。

プロヴァンスにハロウィンを持ち込んだのは、果たしてどこの誰だろう？　日が暮れて、お菓子か悪戯《いたずら》か、と農家を回る子供たちに、役所は注意を呼びかけるだろうか？

犬に噛まれたら目も当てられないではないか。幸い、地元の新聞に流血の惨事が報じられることはなかった。少なくとも、今年のアロウィンは人の集まらないパーティと同じで、こともなく過ぎたようである。

何はともあれ、フランスにはフランスの伝統があり、行事があって、今さら他所の風習を取り入れるまでもない。私たちは毎月毎月が再発見の連続だった。五月は公の休日にはじまり、さらに何度かの休日を経て、人々は国中がバカンスになる八月に備える。官僚機構は年がら年中お祭り気分で、吹き荒れる書類の嵐は小止《おや》みない。聖人にはそれぞれに記念日があり、どの村にも毎年恒例の祝祭がある。そして、一般大衆が何よりも楽しみにしているのが週ごとの庶民の祭典、日曜の昼食である。

日曜日は特別な日で、勤め人ならずとも、いつもとは気分が違う。物音からして常の通りではない。ふだん聞こえるのは鳥の声とトラクターの唸《うな》りばかりだが、日曜の朝はプロヴァンスのハンターたちが性悪のウサギとツグミの害から田園の土地を守る権利を行使して、犬どもの吠え立てる喧噪と、遠い銃声で明けるためである。

今年はいつになく猪が殖えて、地元のハンターは深刻な脅威にさらされている。どうしてそんなことになったのか、正確なところは誰も知らないが、一円で野生の猪が急激に数を増した。一説には、普通、年に一度だけ、数匹しか子を産まないはずの猪が、多産の近縁である農家の豚と番《つが》って繁殖したものとされている。真偽のほどはともかく、産まれた猪がはびこってブドウ畑や果樹園を傍若無人に荒らし回っているのである。いたるところに狼藉《ろうぜき》の跡がある。餌を漁る鼻面《づら》に抉《えぐ》られた地べたの溝。無惨に踏みしだかれた野菜。突き崩された石垣、と被害は広範におよんでいる。

ある日曜日、合同猪狩りで私の家の周りが封鎖された。眦《まなじり》を決したハンターたちは、おのおの砂利道に沿った灌木の茂みにライトバンを頭から突っ込んで駐めると、迷彩服姿も厳めしく、銃を構えて部署についた。犬どもは興奮してけたたましく吠え立て、首輪の鈴を鳴らしてあたりを駆け回った。散歩帰りの私は、警察の特捜網か、戦場に迷い込んだような気分だった。

家の手前で最初の犠牲者に出逢った。向こうからやってくるハンターは朝日を背に受けて、まるで動く影絵である。ライフルを斜めに背負って、両手に何やら大きなものを抱えている。ハンターの脇腹からだらりと垂れた四つ脚が力無く揺れていた。

近づいて立ち止まったハンターの腕の中から、黒と茶の斑《まだら》の猟犬が悲しげな目で私の連れている犬たちを見た。ハンターもそれに劣らず憂鬱な顔で挨拶した。私は気の毒な犬の加減を尋ねた。藪陰で縄張りを守る猪の牙にかかって名誉の負傷でもしたのだろうか。

「アー、ル・ポーヴル」可哀想にな。ハンターは言った。「こいつ、一夏ずっと犬小屋暮しで、脚がすっかり弱ってしまってさ。それが、いきなり今朝の遠駆けで、がたがただよ」

十一時半にはあたりの人気が絶えた。戦闘集団は引き揚げて、これから編制を変え、軍装と武器を改める。もはや戦闘服と火器に用はない。代ってこざっぱりしたシャツに、ナイフとフォークで彼らはテーブル上の激戦に備えるのである。

四季を問わず、日曜の昼食は楽しみだ。この日ばかりは、午前中、仕事に追われず、午睡に罪の意識が伴うこともない。レストランも常と違って和《なご》やかで、店の空気はほとんど祭日に近い。シェフは客が商談や打ち合わせではなく、料理が目当てと知っているから、その分、腕によりをかける。嘘ではない。日曜日はいつもより料理が旨《うま》い。

家から車で二十分の範囲で、馴染みの店は十指に余る。選択に迷ったら、その日の天気で店を決めればいい。木陰の涼やかな広い中庭があって、好みの麦藁帽子が借りられるマ・トゥールトロンは、三十度を超える炎天下で食事をするには天国に一番近い店である。真冬なら、暖炉のあるオベルジュ・ドゥ・レグブランだ。天井が高く、白いカーテンの明るい店で、窓越しに見る私有地の渓谷は絶景である。

この二軒が、数ある地元のレストランばかりか、おそらくは、フランスの大半のレストランと決定的に違うのは、ともにシェフが女性であることである。昔から、亭主は調理場、内儀は帳場と仕事の分担が決まっていたが、ここへ来て事情は変りはじめている。クリスマスツリーを飾れるほどミシュラン・ガイドの星の数を誇っているアラン・デュカスの全国的な人気にはまだ遠くおよばないにしても、女流シェフの台頭は時代の流れである。フランスの女性は、総じてレストランの調理場より、医学、政治、法律の分野で重きをなしているが、私にはこれが不思議でならない。フランス人特有の頑迷な国粋主義、いわゆるショーヴィニズムのなせる業《わざ》だろうか。

この種のいささか微妙な社会問題を論じて、歯ごたえのある意見を聞かせてくれる相手はレジスをおいてほかにいない。レジスは一家言ある食通で、おまけに一徹なショーヴィニストである。いや、その両面において、彼はフランスの代表を仰せつかっているに違いない。世界に向けて持説を開陳することは彼の喜びとするところである。女流シェフに関して、レジスが偏屈な考えを持っていたとしても驚くには当たらない。何故もっといないのか尋ねると、たちまち機関銃のような早口の答が返ってきた。「フランスでは、女には任せられない重要なことというのがある。そこをまず理解しなくてはいけない」

レジスに言わせれば、女の医者、弁護士、閣僚はいかがわしいが、まあ、認められないこともない。女のシェフとソムリエは、どうにも胡散《うさん》臭くて安心できない。物事の道理に反するというものだ。金を取って料理を食わせるのは男の仕事である。

ある冬の日曜日、オベルジュ・ドゥ・レグブランで食事をしたレジスは、密かに自分の非を悟ったに違いない。スイス・チャードのグラタンにはじめは恐る恐る手を着けたが、それから後は尻込みするふうもなく、ラムのシチューと、小山のようなチーズの盛り合わせに、クレーム・アングレーズをかけたこってり甘い、黒ずんだチョコレートの三つ重ねのスラブケーキを平らげた。いずれも女のシェフの手になる料理である。

店を出て、私はレジスが前言を撤回するのを待った。しかし、自分は間違っているかもしれないなどと、口が裂けても言わない男である。彼はほんの間に合わせに、ショーヴィニズムを微調整するにとどめた。

「こんな辺鄙な片田舎で、あれだけの料理が食えるのはフランスだけだ」山の斜面が漏《じょう》斗《ご》状に落ち込んで冬の日差しを溜めている谷間へ掃くように手をふって、レジスは言った。「帰ってきて、よかったろう」

そうだとも。帰ってきて、本当によかった。

迷宮入りした
美男肉屋殺し

間一髪、あわやというところで事故を免れたのが、マリュスとの出逢いだった。長身の彼が両手をズボンのポケットに突っ込んで、ふらりふらりと道の真ん中を歩く姿は遠くから見えていた。車の音にふり返ったから、彼は私に気づいていたはずである。ちょうどそのあたりで何度かひやりとしたことがあって、歩行者や自転車、トラクター、犬、迷い出た鶏がおよそ油断のならない相手であることを、私は肝に銘じて知っている。私は速度を落とした。ブレーキに足を乗せていたのがお互いのためには幸いだった。マリユスは私の車を抱きすくめようとでもするかのように、大手を広げて目の前に飛び出した。のめるように止まった車と彼の間は十八インチ、そう、ほんの半歩あるかどうかだった。

マリュスは一つ小さくうなずいて助手席へ乗り込むと、持ち前のプロヴァンス訛りで言った。「ビヤング。やあ、村へ行くかね。あいにく、モビレットを修理に出しているところで」

カフェの前で降ろしてくれと言いながら、車を寄せても彼はいっかな腰を上げず、ギアシフトの脇のトレイにじゃらじゃらと入れてあるパーキング・メーター用の小銭にうっとり見とれている気配だった。

「十フラン、貸してもらえるかな？　電話をかけたいんで」

私はトレイを指さした。マリュスはもったいらしく硬貨を選り分け、十フランを一つ拾い出すと、にっと笑ってカフェに姿を消した。入口の公衆電話には見向きもしなかった。以後、何週間か経つうちに、これが暗黙の決まりとなった。マリュスは地平線に姿を現し、両手を上げて車を止める。道路を見回っている時もあれば、村を徘徊中のこともある。原付自転車は修理に出たままで、彼はきっとまたどこかへ電話をしなくてはならない。ほどなく、面倒な手続きは省略することにした。私は十フラン硬貨を二枚、トレイに置いておく。マリュスは黙ってそれをポケットに入れる。お互いに金の話はしたくないから、こうすれば手っ取り早いし、すっきりと体裁もよかった。

それからまた二、三か月が過ぎた頃だろうか、私たちの間柄は小口の金融から一歩踏み込んで、地域社会の対人関係に発展した。ある朝、郵便局へ行くと、マリュスが窓口の中年女性と激しくやり合っているところだった。彼がカウンター越しに紙切れを差し出すと、女性は首を横にふって押し戻す。同じことの繰り返しで、いつまで経っても埒が明かない。二人はしきりに肩をすくめ、ついには尖らせた唇をもう一つわざとらしく歪めて、これ聞けがしに溜息を吐《つ》き合った。不承や侮蔑を表すフランス人特有の仕種《しぐさ》である。何をか言わん、と双方が口を閉ざして、話し合いは暗礁に乗り上げた。

窓口の女性は私を見て、これ幸いと睨《にら》めっこを打ち切り、マリュスから体を躱す格好で挨拶した。マリュスはふり返る途端に打って変ってにったり笑い、私の肩を叩いて言った。「外で待っているからな」

悶着の起こりは、窓口の女性が五百フランの小切手の現金化を拒んだことだった。マリュスは、血の巡りが悪い薄情者と口を極めて彼女を罵り、これこそは正真正銘の有価証券だ、と私に紙切れを突きつけた。

風に煽られる怪しげな紙片を受け取ってみると、なるほど、かつては通用したであろうものには違いなかったが、今は手垢にまみれて皺だらけなうえに、文字も数字もかすれてほとんど判読できないありさまである。額面がどうであれ、紙屑同然のいかがわしい古証文と引き換えに現金を支払うというのは、よほどの能天気でなくてはできない相談だろう。私も当てにされては困るから、五百フランの持ち合わせはない、と先回りしてきっぱり断った。

「タン・ピ」マリュスは諦めた。仕方がない。「だったら、一杯奢れや」

こういう憎めない厚かましさに私は弱い。根が控え目なせいだと思う。私たちはカフェの奥まったテーブルに陣取った。それまで、一緒の時はいつも車の中で前方に目を凝らしていたから、正面から間近に顔を見るのははじめてだった。

マリュスの顔は、極端な気象条件が人間の肌にどれだけ作用するかを雄弁に物語っていた。色艶はまるで、焼く前の叩いたステーキである。普通なら皺があるところに溝が走り、滑らかであるべきあたりに皺が寄っている。ただ、目は深く澄んでいた。禿げ上がるにはまだ間があって、角刈りにした強《こわ》そうな霜降りの髪は洗濯ブラシを思わせる。年は六十前後だろうか。マリュスは軍払い下げの上着のポケットから特大のキッチン・マッチを取り出して煙草を吸いつけた。左の人差指は第一関節から先がない。ブドウを剪定する空気圧式の鋏にやられたのであろう。

マリュスは赤ワインを一口含むと、満足げに小刻みに肩を揺すって私の身元調べに取りかかった。お前のフランス語はドイツ人のようだと言い、私がイギリス人だとわかって、彼は目を丸くした。よく知られている通り、外国で暮すイギリス人は現地の言葉を使いたがらない。あくまでも自国語にこだわって、誤解を避けるためにはちょっと声を張るだけである。マリュスが両手を耳の脇にあてがって笑うと、顔中、蜘蛛が巣を張ったように皺だらけになった。

だとしても、イギリス人が何でまた、冬の最中にこんなところに？　商売は？　これは毎度ながらの質問で、私の答をどう聞くか、その受け取り方もおおむね二つに一つである。まずは憐れみ。物書きは、食うや食わずの甲斐性なしと相場が決まっている。さもなければ、模糊とした好奇心。この場合は、何であれ技芸に生きる者に対してフランス人が今なお懐《いだ》く多少の敬意がないでもない。マリュスは後者の部類だった。

「ほう。アン・ノンム・ドゥ・レトル。作家かね。それにしては、こう見たところ、羽振りが悪いようでもないな」彼は指先で空いたグラスを鳴らした。

ワインのお代りが運ばれて、聞き込みは続いた。私が何を書きたいか話すと、マリュスは煙草の烟《けむり》に目を顰《しか》めながら、重大な秘密を打ち明けるかのように身を乗り出した。

「あたしは土地の生まれだよ」彼はどこやら店の外の、誕生の地を漠然と指さした。「いろいろと面白い話を知っている。が、それはまた今度にしよう」

よんどころない用事があるという。マリュスが何をおいても出掛けていくとなれば、葬式以外は考えられない。果たせるかな、この日、村で葬式があった。マリュスは葬礼のしめやかで厳粛な空気や奏楽が大好きで、喪服にハイヒールの女性たちは目の保養である。ましてや故人が仇敵とあっては堪《こた》えられない。自分の方が生命力において優っている証拠で、これで決着が付いた、と彼は言い、テーブル越しに手を伸ばして私の時計を見た。そろそろ行かなくてはならない。話はいずれまた。

私は残念でならなかった。プロヴァンスの語り部の巧みな座談は、第一級の名人による言葉の芸術と呼ぶに価する。思わせぶりな間の取り方、絶妙な驚愕の表情、腹から笑う迫真の演技は聞く者の心を捉えて離さない。ガソリンスタンドへ行く道すがらの情景、鶏の腸抜き、屋根裏で見つけたスズメバチの巣、といった身近な出来事が波瀾万丈のドラマになり、とりわけ巧者の舌にかかると、ささやかな事件もコメディ・フランセーズの舞台で通用する格調高い筋立てに変って、田舎のバーで酔余の一興と聞き流すのが惜しいようである。汲めども尽きぬ味わいとはこのことだ。

次に会った時、マリュスは道端で、聞き耳を立てるように首を傾げてモビレットの燃料タンクを覗き込んでいた。長身を折り畳むようにして私の車に乗り込むと、タンクは夏の陽に灼かれた岩のようにからからだと言い、燃料を計りで買いたいからスタンドまでやってくれと要求した。朝からえらい目に遭った。どこぞで一杯、どうかね？　マリュスは例によって、私には急場の運転手を引き受けかねる差し迫った用事などないものと頭から決め込んでいる。

カフェに落ち着いて、私は葬式の様子を尋ねた。

「パ・マル。まああだな。フェルナンの爺さんだよ」マリュスは鼻の脇を軽く叩いた。「それがな、フェルナンは五人男の一人だという、もっぱらの噂だ。話は聞いているだろう？」

私は首を横にふった。マリュスはワインの片口《カラフ》を注文してから、おもむろに語りだした。話にめりはりをつけ、あるいは間違いなく通じていることを確かめるために、彼は時折り上目遣いに私を見たが、ほとんどは空を睨んで記憶を手繰《たぐ》り寄せる風情だった。

マリュスが言うには、どういうものか、肉屋と土地の女たちは、時に単なる売り手と買い手の関係から一歩進んで、ある種の連帯意識を持つようになる。それには何かとわけもあろう。店先に並ぶ肉の赤みを帯びた色感、まな板に投げ出される音、上等の切り身が手に入る期待。何が女の気をそそるか、わかったものではない。が、理由がどうであれ、肉屋と客の間にそこはかとない親愛の情が湧くことは珍しくない。その肉屋が若くて男前なら、ラムチョップを買いがてら、ちょっと色めいた口をきく楽しみもある。家を預かる主婦の日常にわずかな彩りを添える罪のない戯れで、普通、まずそれを越えることはない。

普通はだ。が、常にそうとは言いきれない。ここに登場するアルノーの場合も、そんなことでは済まなかった。今は昔、アルノーがこの村へ移ってまだ間もない頃の話である。それまで肉屋をやっていたむさくるしい、吝嗇《けち》で無愛想な年寄りが商売を畳み、その店を居抜きで買ったのがアルノーだった。土地の女たちは新しい肉屋の採点を急がなかったが、口から口へ評判が伝わって、やがてアルノーの人気はじりじりと上向いた。彼はまず、手狭な店の模様替えから取りかかった。塗装を変え、備品をすっかり新しくし、照明を今ふうに改めると、店は見違えるようになった。ステンレスとガラスの陳列ケースは光り輝き、床に敷き詰めた大鋸屑《おがくず》から新鮮な香りが立ち昇り、若い店主が笑顔で客を迎えるとあって、女たちは大喜びだった。

アルノーの黒く艶やかな髪の毛や茶色の目もさることながら、大方の男どもと彼を隔てる決定的な違いは歯にあった。その当時、田舎に歯医者は数少なく、技術も稚拙で、治療と言ってもたいていはただ抜くだけだったから、土地の大人で歯の一本や二本は欠けていなかったら、その方が不思議だった。残っている歯にしたところで、自慢できたものではない。てんでにあっちこっちへ傾いた乱杙歯《らんぐいば》がワインと煙草で真っ黄色のみすぼらしいありさまである。それに引き換え、アルノーの歯は眩《まぶ》しいほど白く、歯並びも完璧で、むろん、一本も欠けていない。はじめて肉を買いに訪れた女たちは、陶然として店を出ると、あのボー・ギャルソンが独り身でいるらしいのはどうしてかしら、と首を傾《かし》げずにはいなかった。

アルノーは自分が女性の目にどう映るか心得ていた。その後の調べでわかったことだが、実を言うと、彼は前にいた土地で市長の妻とこんがらかって所払いを食った曰く付きだった。しかし、そこは商売人である。愛想が客を呼ぶとなれば、誰にだっていい顔をする。当然ではないか。

もう一つ、彼のために言っておかなくてはならないが、アルノーはいい肉屋だった。

冷蔵庫にきちんと吊された肉は食べ頃で、ブラッドソーセージやアンドゥイエットはころころとはちきれそうに身がつまり、パテはこってりとして、こくがあった。肉の切り方も気前よく、注文より目方が多いことはあっても、足りないことは一度としてなかったし、髄骨は勉強で、いくらでもおまけしてくれた。そのうえ、店の名と漫画の牛をあしらったピンクの蠟紙に包んで品物を差し出すアルノーの笑顔はぱっと日が差すようである。

店開きした冬のはじめから春先へかけて、アルノーの人気は上り調子だった。村の男たちは、年寄りが店をやっていた頃にくらべて、家で食べる肉の量が増えていることに気づいた。しかも、その肉が前より旨い。亭主がそれを言うと、どの家でも女房は大きくうなずいた。そうよ、今度の肉屋はとってもいいわ。ああいう店があってあたしたちは幸せよ。中には、我知らずテーブルを挟んで向き合った亭主と若いアルノーを引きくらべ、肉屋の商売とはおよそ関係のないことを思い浮かべる女房も少なくなかった。あの男ぶり。きれいな歯！

遡れば事件の発端は、いよいよ暑さが本格化した六月末のことだった。村は丘の斜面にあって、真南に面した石の家は太陽の熱を吸収する。その宵越しの暑さといったらない。民家なら、鎧戸を閉じて日増しに強くなる直射日光を遮ることもできようが、商店となるとそうはいかない。ショーウィンドウは熱を呼び込んで暑さに輪をかける。アルノーは時候に合わせて商売のやり方を変えなくてはならなかった。そこで、傷みの早い生肉は店先から引っ込め、ソーセージや切り身の並べ方も工夫して、品物は奥の涼しい場所に貯蔵してあると張り紙を出した。

当然ながら、アルノー自身もこの暑さに何らかの対策を講じなくてはならなかった。七月に入ると、彼はそれまで店で着用していたキャンバス地のズボンとコットンのセーターを脱ぎ捨てた。純白、と言っても、たいていは血に染まっている臑《すね》までのエプロン、タブリエはそのままだったが、後ろへ回れば、身に着けているのは穿き古した黒のサイクリング・ショーツ一つで上半身は裸である。引き締まった腰回りから、すっきりと形のいい尻のあたりは厭でも目に映る。彼はその形《なり》で、素足にゴム底の木靴を突っかけて店に立った。

充分に流行っていた店はますます繁盛した。カウンターの奥の鉤《かぎ》にかかっている肉の注文が増えたのは、アルノーの小粋な後ろ姿のなせる業だった。女たちは好んで裏手の冷凍庫まで肉を見に入り込むようになった。裸同然の若い二枚目が寄り添っているのだから、気色が悪かろうはずはない。

得意客の身なりも目に見えて変った。普段着にざんばら髪は影を潜め、女たちは化粧してサマードレスにめかし込み、香水さえ匂わせるほどだった。美容院はいつになく立て込んで、たまたま村を訪ねた他所者が、狭い通りで行き交う女たちを祭の装いと見ても不思議はなかった。亭主どもはどうかといえば、女たちの変容に気づいたとしても、陽気のせいにして、それ以上は気にも止めなかった。多少の後ろめたさも手伝って、妻は夫を労《いたわ》り、懸賞試合に臨むボクサーのように大事にしたから、亭主たちとしては、まんざらでもなかった。

七月は、ぽつりとも降らず、オーヴンで焼かれるような毎日だった。犬と猫はいがみ合う元気もなく、互いに見て見ぬふりで日陰を分け合った。畑のメロンは旬を迎えて瑞々しく熟《う》れ、ブドウの房は火照《ほて》ったように重たく垂れ下がった。村は暑熱の繭《まゆ》に包まれて、息も絶え絶え丘の頂に横たわっていた。

商売繁盛とはいえ、肉屋にとっては辛い時期だった。狭く閉鎖的な社会では、人付き合いもままならない。新参者は、ほんの三十キロと離れていない隣の村からやってきたにしても、とかく敬遠されがちで、道で会えば挨拶はするものの、人はなかなか打ち解けず、地元の一員として認められるまで何年もかかることがある。新顔はしょせん他所者である。アルノーは孤独だった。

おまけに商売が忙しく、ちょっとアヴィニヨンまで行く暇もない。きらびやかで、人と触れ合う機会の多いアヴィニヨンの街も、アルノーが足を運ぶには遠かった。朝は夜明けとともに起き出して狭苦しい寝室から店に降り、床を掃いて新しい大鋸屑を撒く。ショーウィンドウから蠅の死骸を払いのけて品物を並べ、包丁を研いで、忙《せわ》しなくコーヒーを飲み終える頃には、もう馴染みの客が現れる。一番乗りは八時前である。土地の者たちがゆっくり寛《くつろ》ぐ正午から二時までは仕入れに出なくてはならない。道が狭くてトラックが入れず、卸売業者は村まで配達してくれないのである。午後は店も静かだが、夕方近くは客が立て込んで手の空く時がない。ようよう七時過ぎに店を閉めると、今度は頭の痛い書類整理が待っている。その日の売り上げや、問屋の納品書、衛生基準の厳守を求めるやかましい役所の通達、農業信用金庫から返済の督促、とこれがまた何とも煩わしい。独り身で店一軒を切り回すのはなかなかの重荷だった。女房を持てばいい。アルノーは折に触れて自分に言い聞かせた。

八月はじめに彼はさる女性と知り合ったが、まずいことに、これが人妻だった。常連の客では最も若いうちの一人で、亭主とは優に十五も年が違う。結婚は、丘の裾でブドウ畑が隣り合っている両方の親が強引に決めたことで、必ずしも本人の意思ではなかった。二人が一緒になって姻戚関係が生じ、土地を共有するとなれば、これほど結構な話はない。親たちは密かにあれこれ計算し、トラクターや、肥料、ブドウの苗、労賃等、あらゆる点で経費節減がはかれることに考えおよんだ。結婚式の日取りが決まり、若い二人は好き合うように仕向けられたというのがありていの話である。

新郎は生まれながらにして中年の、およそ欲のない地味な男で、結婚に否やはなかった。所帯を持てば母親から離れることができ、代って若妻が料理や繕い物をしてくれる。

長い冬の夜にはベッドを暖めてもくれる。いずれは両方のブドウ畑を継ぐことだし、子供も何人かできるだろう。平穏な人生を約束されて、彼は何の不足もなかった。

一方、年若い妻は新婚生活の夢見心地もじきに色褪せ、拍子抜けを味わうと、やがて変化に乏しい日常の現実を疎《うと》むようになった。一人娘で甘やかされていた時分はよかったが、今や責任ある一家の主婦である。家事を切り回し、家計をやりくりしなくてはならない。夫は毎日野良仕事で埃《ほこり》にまみれ、草臥《くたび》れきって、腹を空かせて戻ってくる。夜はブーツを脱いでだらだらと新聞を読むほかに、楽しみといって何もない退屈な夫である。この先、生涯を家事に追われ、倦怠のうちに暮さなくてはならないかと思うと彼女は目の前が真っ暗になった。

彼女が次第に肉屋通いを楽しみにするようになったのは異とするに当たらない。午後、店に人がいない時を見計らって彼女は肉を買いに行った。笑顔を絶やさないアルノーと会う束の間は、彼女にとって暗夜の光明だった。風采の上がらない夫と違って、夏向きの軽装で客をあしらうアルノーのすっきりとした姿に心ときめかずにはいられない。張りのある肌の色艶といい、エプロンの肩口にこぼれる黒い縮れ毛といい、見れば見るほどアルノーは素敵だった。

目は口ほどに物を言う。ある午後のこと、突然、炎のごとくとはこれだった。今まさにランプステーキを包もうとするアルノーと、並んで立つ彼女の間には、お互いの温もりが伝わるほどのわずかな隔たりしかなかった。と、次の瞬間、二人は上階の小部屋で着ているものを床にかなぐり捨て、汗みずくでもつれ合っていた。

終って彼女は頬を染め、カウンターに品物を忘れたまま、あたふたと店を飛び出した。

目引き袖引き、憶測を雑《まじ》えて噂話を交すのは、いずこも同じ小さな村の娯楽である。薄靄に日の光が差すように、情報はじわじわと確実に浸透する。秘密はいつか顕れる。いちはやく真相を知るのは決まって女たちである。若妻と昼下りの情事があってからしばらく経つうちに、アルノーは客が妙に媚びを売り、なれなれしく寄ってくるようになったことに気づいた。以前は品物を受け取って金を払うだけだった女たちが、何やら用ありげにふるまい、支払いにことよせて彼の手に触ったりする。件の若妻はその後も何日か置きに、二時を回ると現れては店のドアを閉め、札を裏返して「閉店」にした。ほかの女たちも思い思いに時間を決めてそれに倣った。アルノーは痩せ細って、店はますます繁盛した。

浮気された亭主たちに誰が告げ口したか、今となっては知る由《よし》もない。おそらく、何であれ異変を見咎めては言い触らすことを生き甲斐としている年寄り女か、店の二階の、牛肉の臭気が籠る暗い寝室に上がりそびれて僻《ひが》んだうちの一人といったあたりだろう。が、それはともかく、人の口に戸は立てられず、どのみち噂が亭主どもの耳に入るのは時間の問題だった。夜更けて夫婦の寝室で、詰問と否認は果てしなく、不信の溝は深まった。やがて、一人が思いあまって懇意の飲み友だちに悩みを打ち明けた。これがまた順繰りに伝わって、村の男がみんな同じ被害に泣かされていることがわかった。

中の五人が、一夜、カフェに集まった。農夫が三人と、郵便配達、それに、夜は仕事で家を空けることが多い保険屋である。彼らはカードの手合わせを装って奥まったテーブルを囲むと、押し殺した声で異口同音に恨みつらみを訴え合った。うちの女房は人が変った。一緒になった頃はあんなやつじゃあなかった。あの罰当たりめが、脂下《やにさ》がった追従《ついしょう》笑いと卑猥な格好で、こちとら夫婦の仲を台無しにしてくれた。カードはそっちのけで、パスティスの酔いが怒りを煽り、いつしか彼らは声を荒らげていた。これでは何にもならない。その一座では素面《しらふ》に近い郵便配達が、日を改めて、どこか静かなところでどうするか相談しようと発議した。

これが、狩猟解禁から間もない九月末のことである。日曜の朝早く、上手の丘で再会することに衆議一決した。銃を担いで犬を連れた同勢五人、秋ごとにブドウ畑を踏み荒らす悪党、猪退治に繰り出そうという触れ込みである。

日曜日、日の出とともに気温は見る見る上がって、九月だというのに七月の暑さになった。リュベロンの尾根を登りつめる頃には、銃と弾帯が肩に食い込み、息切れがして、五人とも膝が笑うほどだった。彼らは枝を広げるアトラスシーダーの大樹の根方に車座を作り、背中の凝りをほぐして、持参の壜を回し飲みした。犬たちは鼻面で下草を分け、獲物の臭跡を追って、紐で邪険に引かれるかのようにジグザグに駆け回った。首輪の鈴が朝まだきの静かな空気を揺るがすほかは、あたりに物音一つなく、もとより人気があろうはずもない。ここなら安心して話ができる。

女房どもを懲らしめるか、肉屋を厭という目に遭わせるか？

痛い思いをさせることだ。手足をへし折るか、店を叩き壊すかしてやれば、目が覚めるだろう。それもいいが、と中の一人が首を傾げた。顔を見られれば、警察沙汰だ。調べの挙げ句、ぶち込まれることにもなりかねない。第一、それで肉屋がおとなしくなるとは限らないではないか。喉元過ぎれば熱さ忘れるということがある。やつめが女房どもの同情を買えば、またぞろ、同じことの繰り返しだ。五人はむっつり黙り込み、長いことになるかもしれない刑務所暮しの苦労を思いながら、ワインを回し飲みした。なにしろ、一つ屋根の下にいながら亭主の目を盗んで浮気をする女房どもだ。亭主が食らい込んだらしめたものだろう。ややあって、誰かがみんなの胸の裡《うち》を口にした。これはどうしても、恒久的解決を図らなくてはならない。とにもかくにも、肉屋に消えてもらうしかない。やつめがいなくなって、はじめて亭主らは恥を雪《そそ》ぎ、女房ともども以前の平和な暮しに戻ることができる。

五人のうちでは一番の常識家と言える郵便配達は、話し合いによる解決を提案した。

ことを分けて話せば、肉屋はこの土地を引き払うのではなかろうか。ほかの四人は揃って首を横にふった。それでは何の懲らしめにもならないではないか。報復はどうなる？　この裁きはどうしてくれる？　きっぱりと方をつけないと、こちとら、村の笑いものだ。女房が他所の男と勝手な真似をしている間、指をくわえて引っ込んでいた意気地なし五人と、生涯、後ろ指をさされ、笑い種にされて暮す破目になる。女房を寝取られて角が生えていながら、手も足も出ない五人男でいいのか。

一人が空になったワインの壜を岩の上に立て、もとの位置に戻ると、銃を取り上げて弾を込めた。こうしてやる。彼は言った。狙い過《あやま》たず、空き壜は木っ端微塵と消し飛んだ。彼は一同を見降ろして肩をすくめた。文句があるか。

ついに、死刑執行人を籤《くじ》で決めることに話がまとまった。籤引きが済むと、男たちは山を下り、銘々、家に帰って女房と日曜の昼を食べた。

貧乏籤を引いた執行人は慎重に日を選び、新月を待って、夜陰に紛れて家を出た。失敗は許されない。彼は銃にシュヴロティーヌを二発装塡していた。俗に鹿弾と呼ばれるこの大粒の散弾は一発で象を仕留める威力がある。至近距離からこれでやられたら、人間などはひとたまりもない。今頃、仲間の四人は寝もやらず、息を殺して横になっているのだろうか、とあらぬことを思いながら、彼は足音を忍ばせて人気の絶えた通りを肉屋の店へ向かった。執拗に戸を叩いて、やっと肉屋が降りてくるまでの時間を彼はさぞかし呪ったことだろう。

彼は二連の銃口を肉屋の胸に押しつけてもろに引き金を引くと、相手が倒れるのを見届けもせず、一目散に姿をくらました。近所の窓に明りがつきはじめる頃、彼は山裾のブドウ畑をこけつまろびつ走っていた。

明け方近く、村に何台という電話で叩き起こされた最初の憲兵が駆けつけた。すでに地元の住民が店からこぼれる明りの中に人垣を作り、金縛りに遭ったように、戸口に倒れた血だらけの死体を茫然と見降ろしていた。一時間足らず後、アヴィニヨンの警察から捜査班が到着して市民を遠ざけ、死体を運び出すと、村役場に捜査本部を設置して、全住民を対象に手間のかかる事情聴取を開始した。

寝取られ組の五人にとっては、連帯と友愛を問われる試練の時だった。彼らは再び日曜の朝、森に集まって沈黙を誓い合った。ひたすら沈黙する以外、身を守る術《すべ》はない。秘密を歯から外へ出さなければ、人に知られる気遣いはない。警察は、肉屋が過去にどこかで作った敵の遺恨晴らしと見るだろう。五人はワインを回し飲みして気を落ち着け、重ねて沈黙を誓った。

日はのろのろと過ぎていき、情報もなく、証拠も挙がらず、捜査は進展を見ぬままに数週間が経った。目撃証人も現れなかった。村人が他所から来た制服警官に内々の話をしたがらないことも手伝って、警察はわずかに死亡推定時刻を割り出し、凶器は猟銃と断定するに止まった。狩猟免許を持っている者は残らず取り調べを受け、村にある銃という銃が鑑定された。ところが、線条痕が残る単体弾と違って、鹿弾は銃を特定できない。肉屋を殺した弾がどの銃から発射されたとしてもおかしくなかった。捜査は行き詰まり、ついには一件の調査書類だけを残して打ち切られた。村はブドウの収穫期を迎えていた。暑く乾いた秋を経て、どこの畑もブドウは例年になく出来がよかった。

ほどなく、アルデシュから所帯じみた中年の肉屋が移り住み、隅々まで設備がととのって包丁も揃っている店をそっくりそのまま引き継いだが、村の男どもから不思議なほど親しく歓迎されて、嬉しくもあり、意外でもあり、狐に摘《つま》まれたような気持だった。

「と、まあ、話はざっとこんなところだ」マリュスは言った。「かれこれもう、四十年になるかな」

私は犯人が知れたかどうか尋ねた。少なくとも五人は事情に通じているはずだし、マリュスの話にもあるように、この小さな村で秘密を守ろうというのは、掌《てのひら》に水を溜めようとするに等しい。だが、マリュスはにんまり笑って首を横にふるばかりだった。

「ただ、これだけは言える。肉屋の弔いは村中総出だった。みんな、それぞれに思うところがあったから」彼はワインを飲み干して椅子の背に凭《もた》れた。「べ・ウィ。そうよなあ。盛大な葬式だったよ」

●

〈ニューヨーク・タイムズ〉グルメ記者、驚異の発見

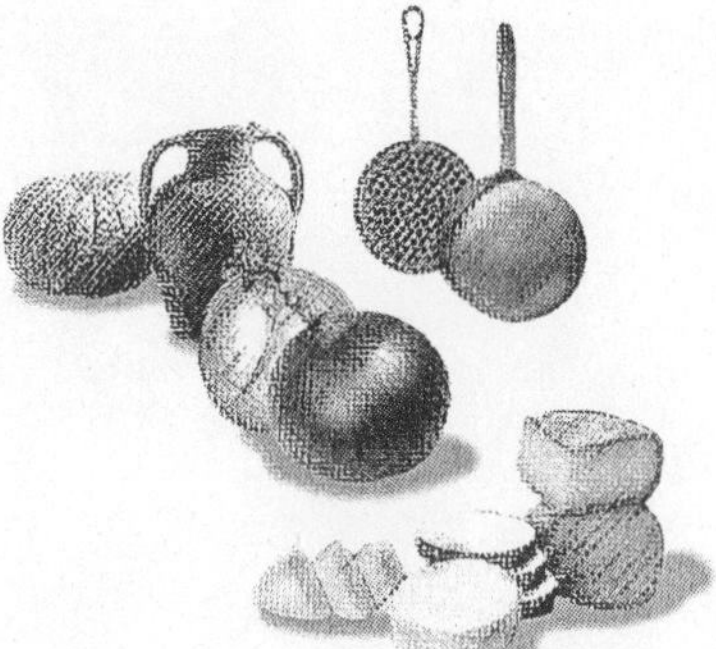

ジェラルド・シンプスンと名乗るニューヨーク在住の男性から手紙をもらった。新聞に悲しいことが出ていて、どうにも腑に落ちないという。その切り抜きが同封されていた。プロヴァンスは狡《こす》っ辛い農民の土地で、食べ物が悪い、と扱《こ》き下ろす内容で、シンプスン氏が首を傾げたのもそこである。休暇で旅したプロヴァンスはそんなところではなかったし、あなたの本とも違う、と同氏は書いている。いったい、どうしたことだろう？ ここ何年かで、そんなにも変ってしまったというのだろうか？

私は切り抜きを読み返した。なるほど、プロヴァンスはつまらないところで、レストランはサービスが悪く、食品業者は悪質だ、とぼろくそである。以前にも、斬新な角度から取材することを売り物にしたジャーナリスト一派の、似たような文章を何度か目にしたことがある。彼らは、光溢れるラヴェンダー畑や、土地の娘が笑顔で写っている絵葉書の背後に隠された、いわゆる「現実」を探し求めている。幻滅した旅行者や、無愛想な商人、まずい食事に出くわせば、材料ができたとご満悦である。彼らの書くものに膝を打つことはめったにないが、それはそれで、とやこう言われる筋はない。プロヴァンスに懐《いだ》く印象は人さまざまで、私の場合、一週間か二週間、駆け足でこの地を訪れる人たちとは、どうしたって物の見方が違う。わけても旅行者で混雑する八月の、素顔に遠いプロヴァンスとなればなおさらだ。

　問題の切り抜きは、アメリカの代表的な日刊紙〈ニューヨーク・タイムズ〉一九九八年四月二十二日掲載のコラム「私が見た南仏プロヴァンスの八月」で、筆者は誰あろう、その名を聞けばマンハッタン中の料理人が青くなってふるえ上がるに違いないルース・ライクルである。今は役を降りているが、これを書いた当時、ライクルは〈タイムズ〉専属のレストラン批評家として泣く子も黙る存在だった。無明の闇に美食学の知識を啓蒙する偉大な先覚者と呼ばれ、片言隻句が店の評判を高めもすれば落としもする強《こわ》持てぶりは類がない。ひとまずは、年取って世故に長《た》けた農夫の言う、タマネギを知っている女だろう。タマネギを知るとは、自分の仕事をよく心得ている意味で、玄人《くろうと》のことである。

　料理方面の書き手であり、編集者でもあるライクルが一瞬の躊躇《ためら》いも見せずに物事の核心に迫る意気込みたるや並大抵のものではない。八月にプロヴァンスを訪れたライクルは、たちどころに取材を済ませ、分析評価し、結論を下して、南仏一帯を切って捨てたのだ。何と、ご精が出ることではないか。しかもなお、彼女は時間をやりくりして期待はずれの休暇を過ごしている。

そのまた期待はずれの項目が凄い。着いて最初の朝食からして、まずいバゲットと、それに輪をかけてひどいクロワッサンに酸《す》っぱいコーヒーである。わざわざ出掛けた市場には熟れたトマト一つなく、桃は石みたいにごりごりだ。サヤインゲンは萎びている。料理評論家の目に、何が悲しいといって萎びたインゲンほど悲しいものはない。絶望は深まる一方である。どこを捜しても地物のジャガイモなど売っていず、肉屋にはラムもない。グルメの身にとっては地獄の沙汰である。市の立たない日はやむなくスーパーマーケットで買い物をしたが、それとてもライクルの不満を和らげることにはならなかった。なにしろ品物が悪い。肉も野菜もみすぼらしく、チーズは加工品で、パンはラップで包まれている。驚くなかれ、ロゼ・ワインがずらりと並んで、ライクルが行きつけにしているアメリカのスーパー、ダゴスティーノのシリアルや、クッキーや、クラッカーよりも広い場所を取っている。考えてもみるがいい。クッキーよりもワインがたくさん！　これ以上に社会の堕落を見せつけるものがあるだろうか。

悪口雑言はまだまだ続くのだが、ここでこの文句たらだらのくだりを吟味検討することも無意味ではない。プロヴァンスにも、もちろん、感動に価しない食べ物はあるだろう。しかし、目に映るすべてを劣悪と決めつけては、軽率のそしりを免れず、土地鑑の欠如を疑われても仕方がない。一般の旅行者ならそれも無理はないが、ライクルは断じて一般の旅行者ではない。美食の探究は彼女の天職である。食通仲間や業界にいくらでも伝《つて》はあるはずだ。世界中に顔のきく彼女はフランスにも、プロヴァンスのどこへ行けば旨いものがあるか教えてくれる知友がいないわけがない。いい店を何軒か、誰も薦めなかったのだろうか。ライクルの方に訊く意思がなかったか？　だいたい、パトリシア・ウェルズの素晴らしい本を読んでいないのだろうか？　ウェルズは〈インターナショナル・ヘラルド・トリビューン〉に健筆を揮《ふる》っている同業で、プロヴァンスは掌を指すように隅から隅まで知っている。どうやら、そのウェルズをライクルは読んでいない。

熟れたトマトが見当たらない、ラムが買えない、とライクルはお冠だが、私たち夫婦はプロヴァンスに住み着いて以来、ただの一度もそんな目に遭ったことがない。ライクルはたまたま間の悪い時に当たったか、さもなければ、市場や肉屋へ行くのが遅くて売り切れだったのではなかろうか。八月ならよくあることである。貧弱なスーパーマーケットについてだが、この点でもライクルは誤った予備知識を仕入れたか、もともと何も知らなかったとしか思えない。工場で加工したチーズや、ラップに包んだパンを売っているスーパーがあるのは事実だが、それをことさら言い立てる必要がどこにあるだろうか。スーパーマーケットは元来、大量生産の食品を売るようにできているのだし、ラップ包装の多くは法律の定めるところである。だが、スーパーマーケットはどこもみな同じかというと、決してそんなことはない。プロヴァンスではフレッシュチーズや、自前の竈《かまど》で焼きたてのパンを売っているスーパーがあちこちにある。クッキーの種類ではダゴスティーノにおよばないかもしれないけれどもだ。

それに、私の知っている料理の名人、達人はみな、スーパーでは必要最低限の素材しか買わない。肉、パン、オリーヴオイル、ワイン、農産物などは、親の代からそのままに品質本意の専門店で買うのが普通である。アヴィニヨン市内、および近郊の住民は、フランスはおろか世界中を見渡してもちょっとほかに例のない最高の食品市場、レアールで買い物をする。場所は街の中心、プラース・ピーで、ライクルのいたホテルからは目と鼻の先である。

二十五年来、この市場は土地の食品業者に恒常の販路を提供してきた。四十軒もの出店が並び、鳥獣の肉、パン、チーズ、惣菜《シャルキュトリ》、果物、野菜、ハーブ、香辛料、オリーヴオイルが山をなして選《よ》り取り見取り、何でもござれの品揃えは実に壮観と言うほかはない。一画を占める魚市場のカウンターは間口三十ヤードである。市場は平日の朝六時から正午まで営業している。ただ、八月のアヴィニヨンは、車一台おいそれとは駐められない。ライクルがこの市場へ足を向けなかったのも、おそらくはそのためだろう。惜しいことをした。

まあ、いいではないか。買い出しで裏切られ、意欲も萎えたと言うのなら、土地のレストランが手ぐすね引いて客の来るのを待っている。アヴィニヨンでは、ニューヨークの高級レストランにおさおさ引けを取らない店がどの通りにもきっとある。さしずめ、イエリ、リール・ソナント、ラ・キュイズィーヌ・ドゥ・レンヌあたりがお薦めだが、何故かこの三軒もライクルの目には留まっていない。その代りに、ライクルはどこやらの店でトマト尽くしのべらぼうなメニューを再読三読して、結局、何も注文せずに退散したと述べている。ここは、せめてトマトがよく熟れていたことを祈っておこう。そんなこんなで、ライクルは南仏の主要都市にろくなレストランはないと断定しているのだが、これを読まされたら、プロヴァンスではかすかす露命を繋ぐことさえむずかしいようで、夢も希望もあったものではない。

こうして、さんざん幻滅を味わい、腹が減って目が回りそうになったところで、これでもかとばかり、驚くべき事実が明かされる。何と言っても権威ある〈ニューヨーク・タイムズ〉に載っているのだから、これほど確かなことはない。ライクルは書いている。

「私はもともとありもしないプロヴァンスを夢見ていたのだ」

私は愕然とした。眉間に青いトマトを叩きつけられたような衝撃、とでも言ったらお察しいただけると思う。いったい、私はこれまでどこにいたのだろうか。心得違いをしているほかの作家たちはどうなるのか。アルフォンス・ドーデをはじめ、ジャン・ジオノ、フォード・マドックス・フォード、ロレンス・ダレル、M・F・K・フィッシャーといった作家たちが、私もよく知っているプロヴァンスを描いている。そのプロヴァンスを指してライクルは、もともとありもしない、と言うのである。プロヴァンスは存在しない。小説や随筆のプロヴァンスは、調子はずれな作者の空想が生んだ絵空事で、甘美な幻想でしかない。

この大いなる眩惑の批判を招いた責任はあらかた、生粋のプロヴァンス人作家で、これまた純情な感激家、マルセル・パニョルにあるのではないかと恐れずにはいられない。ライクルは大のパニョル贔屓《びいき》で、その傾倒ぶりは私たち夫婦も顔負けである。「私が何よりも惹かれるのは、あの優れた映画作家、マルセル・パニョルの描くプロヴァンスだ。カフェにたむろする男たちが床に石ころを置いて帽子を伏せ、後から来た誰かが蹴躓《けつまず》くのを見て大喜びする、黒白の雨降り映画の世界である」

私に言わせれば、これは現代のアメリカにフランク・キャプラの撮った画面を期待するようなものだが、迂闊な議論は禁物と、まずは事実を調べることにした。そうしておけば間違いない。念のために調査の結果を報告すると、大衆の娯楽としての帽子蹴りはとうの昔に姿を消している。地元役場の古文書を漁っても、公衆の面前で誰かが帽子に蹴躓いたという記録はただの一度も見当たらない。私はバーの常連で古いことを知っている最長老に、人を帽子に蹴躓かせて面白がったことがあるか、と尋ねてみた。老人は怪訝な顔で私を横目に見ると、グラスを干して席を立った。時の流れに置き去られて、今もそんな遊びが残っていそうなオート・プロヴァンスの僻村でさえ、カフェに集まる男たちの娯楽といえば、世間話とカード、それにペタンクと決まっている。最初がまずい料理。次がこれ。またしても夢は破れた。

とはいえ、プロヴァンスを訪れてこの土地の素顔に触れ、漠然と懐いていた期待以上に大きな喜びを発見する人々は少なくない。だが、不幸にしてその人たちはライクルの世界では歓迎されない観光客である。ライクルは、彼女自身の言葉を借りるなら、のんびりとして、観光客で俗化していない土地に心惹かれる。今さら言うまでもなく、彼女から見れば、観光客は人種が違う。とうてい一緒にはならない。ライクルとその一派は、高度に知的で洗練された旅行者である。彼らが旅先に選ぶことでその土地は祝福され、彼らを迎えることは地元にとって有難い幸せである。これがライクル一派に共通する態度だが、実にしゃらくさい思い上がりで、第一、その考え方が間違っている。楽しみを目的に旅をするなら、どう気取ってみたところで観光客であることに変りはない。私は自分で永遠の観光客だと思っている。一部の親しい友人も私と同じ観光客だ。観光は少なからず地域の経済に貢献して、料理人を含む多数の有能な地元市民に生活の場を与えている。これがなかったら、土地者はほかに暮しの方便を求めなくてはならないはずである。

例えば、ライクルがプロヴァンス全域でわずかに点を入れたレストラン二軒、オベルジュ・ドゥ・ノヴとビストロ・デュ・パラドゥだが、いずれも彼女が言う通り、料理もサービスも非の打ちどころがない。当然ながら、観光客の間でも人気が高い。二軒とも、地元の客だけを相手にしていたら、あの水準を維持できるだろうか。私は大いに疑問に思う。

せっかくビストロ・デュ・パラドゥを褒めておきながら、ライクルは捨て台詞《ぜりふ》を呟くように、落胆を匂わせずにはいられない。料理は上等だし、店の雰囲気も悪くないが、なおかつ「私はどこか不自然なものを感じた。マルセル・パニョルの世界を再現しようとするわざとらしい小細工である」いやはや、どうも恐れ入った。何がライクルにこんなことを書かせたのだろうか？　突如、駐車場で帽子蹴りがはじまったか、それとも、シャルル・アズナブールが昼食に現れたか。または、ビストロが十五世代の歴史を誇る老舗《しにせ》ではなく、たかだか十五年の成り上がりだということか。いずれにせよ、何かがプロヴァンスは存在しないとする彼女の持説を都合よく裏付けたのであろう。

ライクルは、次の休暇を絢爛華麗な夢の国、イタリアで過ごすつもりだそうである。どうか期待に反することのないようにと祈るほかはない。レストランの給仕はプッチーニのアリアを歌い、陽気な農夫らは足を紫に染めてブドウを踏み、手打ちのパスタに腹鼓。ブオン・アペティト、シニョーラ。お達者で！

が、それはともかく、私立通信員シンプスン氏や、今なおプロヴァンスを訪ねようという勇敢な向きのために、ここでいくつか見どころを紹介しておこう。プロヴァンスがすっかり変ってしまったわけではない証拠となれば幸いである。これらの場所は広い範囲に跨っているから、地図を頼りにかなりの時間、車を走らせることになるだろうが、景色はいいし、行った先にはきっと遠出をした甲斐があると言える何かが待っている。一つ断っておくと、これは私が過去何年かに、行き当たりばったりで選んだ好みの土地案内で、何から何まで系統立てて網羅する意図はない。最後にもう一つ。場所の表記は時に変ることがある。お出掛けの前に電話帳を当たるなり、土地の観光案内所、サンディカ・ディニシアティーヴに問い合わせるなりなさった方がいい。

市　場

買い出しとなれば、どこであれプロヴァンスの市場で過ごす一時に優る楽しみはない。色彩の繚乱。山をなす品物。喧噪。時に見かける奇矯の露天商。物の匂い。ここかしこで差し出されるひとかけらのチーズや、トースト、タプナード。ことごとに感興を誘われて、ほんの走り使いのつもりが、半日は夢の間である。

病みつきになって、毎日、市場を変えて通いつめても数週間は行く当てに困らない。

以下に掲げる市場のリストは、どうか地図を片手にご覧いただきたい。すべてを尽くしたというにはほど遠いが、それでも、プロヴァンスに市の立たない日のないことはおわかりと思う。

月曜日　ベダリード、カドネ、カヴァイヨン、フォルカルキエ。
火曜日　バノン、キュキュロン、ゴルド、サン・サテュルナン・ダプト、ヴェゾン・ラ・ロメーヌ。
水曜日　カシス、ローニュ、サン・レミ・ドゥ・プロヴァンス、ソー。
木曜日　ケランヌ、ニヨン、オランジュ。
金曜日　カルパントラ、シャトーヌフ・デュ・パープ、ルールマラン、ペルテュイ。
土曜日　アプト、アルル、マノスク、サン・トロペ。
日曜日　クス、リール・スュル・ソルグ、マーヌ。

ワイン

ここは曰く言い難いところだ。この数年のリュベロンで特に目に立つ変化は地酒、プティ・ヴァンの品質が格段によくなったことである。地方の名もない造り酒屋が年々旨いワインを売り出すようになっている。こくや微妙な味わいという点ではシャトーヌフ・デュ・パープのような高級銘柄におよばないかもしれないが、喉越しがよく、なかなか行けて、値段も安い。問題は、その手の地酒があまりに多くありすぎることである。全部を試すには、私などよりよほどの愛飲家でなくてはなるまい。そんなわけで、まだまだ私の知らないワインはある。今もなお、連日、聞き酒に励んでいるところだが、とりあえず、気に入りの醸造元を挙げることにする。

シャトー・ラ・カノルグ（ボニュー）
赤も白も上等だが、仄かな色合いでちょっぴり辛口のロゼが素晴らしい。いずれも、ほとんどは地元のレストラン御用達である。一ダース、二ダースとまとめて買うには、三月か四月に蔵元へ行かなくてはならない。

ドメーヌ・コンスタンタン・シュヴァリエ（ルールマラン）
五十エーカーほどのブドウ畑を男二人で何とかやっている地酒屋だが、ここのワイン、とりわけ赤は評判で、レストランのワイン・リストにもちらほら載りはじめている。このまま行けば、遠からず男手を一人増やさなくてはなるまい。

ドメーヌ・ドゥ・ラ・ロワイエール（オペード）

私の知る限り、唯一、女杜氏《とじ》で保っている酒造元である。しかも、この女性が徒者《ただもの》ではない。アンヌ・ユーグはブドウを飛びきりの美酒に変え、亭主はその搾《しぼ》り滓《かす》から極上のマールを造る。これが、強いくせにめっぽう口当たりのいいブランデーだから、毒味の後は心して安全運転に努めなくてはならない。

シャトー・ラ・ヴェルリー（ピュジェ・スュル・デュランス）
古くからあった畑を、さるワイン党の起業家が、南仏に隠れもないブドウ博士、ジャッキー・コルの知恵を借りてそっくり新しく植え替えた蔵元。これが成功して、無類の赤ワインが誕生した。

ドメーヌ・ドゥ・ラ・スィタデル（メネルブ）
当地では指折りの大手醸造家。栓抜きと、リュベロン産のありとあらゆるワイン、コート・デュ・リュベロンを集めた博物館を兼ねている。ここでは聞き酒がつい長引き、賑やかな宴会になることもしばしばである。

ラ・カーヴ・デュ・セティエ（アプト）
蔵元ではなく、リオル夫婦、エレーヌとティエリが開いている小売店である。ことプロヴァンスのワインに関しては生き字引で、この夫婦にすっかり任せて薦められたものを飲んでいれば間違いない。見識あるワイン商人にふさわしく、ボルドーとブルゴーニュの壜もずらりと揃えている。もっとも、それは他所《よそ》のワインだから、ここで触れることはない。

オリーヴオイル

プロヴァンスのオリーヴオイルでは、レ・ボー渓谷で製造されているものが最高と言ってまず間違いない。オリーヴの実が収穫される年の暮れにモーサーヌ・レ・ザルピーユのあたりに居合わせれば、同地のこぢんまりした協同組合でこの特産品を手に入れることができる。もっとも、オリーヴオイルはたちまち売り切れるから、夏の旅行者はずっと北寄りのオート・プロヴァンスへ行った方が無難だろう。

マーヌの町はずれにオリヴィエという油屋があって、自家製の上等なオイルのほかに、イタリア、ギリシア、シチリア、コルシカ、スペインと、地中海沿岸各地から精選して取り寄せた多種多様な品物を売っている。この店では買う前に味見ができるから、バゲットを用意していくといい。味見用に磁器製のスプーンが置いてあるが、何と言っても、上質のオリーヴオイルと焼きたてのパンに優る取り合わせはない。この店に寄ったら、オリーヴオイルの石鹼をお忘れなく。肌が地中海人種の色艶になるという石鹼である。

蜂蜜

市場には必ず蜂蜜の店がある。いずれどこかで、私の大好きな蜂蜜売り、ムッシュー・レイノーに出くわすこともおありかと思う。客を前にして、きっと彼は言う。「あたしんとこのハチはイタリアから飛んできて蜜を作るんだ」何故か、私はこれに深く感じ入っている。それで、我が家ではレイノーの蜂蜜を切らしたことがない。

それはともかく、この土地の蜂蜜を知りたければボニューを見降ろすクラパレード高原の、マ・デ・アベーイユへ行くことだ。ラヴェンダー風味の蜂蜜があり、ローズマリーやタイムもある。蜂蜜入りの酢に、ロイヤルゼリー、それに、絶妙な味わいのハニー・マスタードが買える。もう一つおまけに、ここへ行けば、モン・ヴァントゥーからリュベロンへかけての鳥瞰ならぬ蜂瞰が楽しめる。

パン

フランスのありとある食品の例に洩れず、毎日口にするパンの歯触りや形に関しては人それぞれの好みがあって、ことのほか議論が喧《かまびす》しい。フガース、ブール、パン・ファンデュ、レストラン、パン・ドゥ・カンパーニュ、パン・オ・ルヴァン、とパンの種類は数知れず、その一つ一つに熱烈な支持者がついている。パン屋もまた、極度に主観的な判断に基づく厳しい評価にさらされる。というわけで、これからお薦めする店も、まったく私の独断と偏見である。

ブーランジュリー・ジョルジョン（ローニュ）

店に入る途端に抱きすくめられるような、暖かく芳ばしい匂いが何とも言えない。パンのほかに、この店では自家製のアーモンド・ビスケット、二種類のクロワッサン、それに、見ただけで涎《よだれ》の出そうな果物たっぷりのタルトを売っている。どれも文句なく旨い。

ブーランジュリー・テスタニエール（リュミエール）

普通のバゲットよりいくらか固めで歯ごたえのあるパンが好みならこの店だ。地元で非常に人気があって、日曜の朝、うっかり出遅れるともう棚が空っぽ、ということにもなりかねない。

ブーランジュリー・アルニオー（リュストレル）

一八五〇年以来、店の作りはほとんど変っていない。パンの味も変っていないことと想像する。ここのパンは生地の捏《こ》ね具合がしっかりして腹持ちがよく、食べて納得する。パンはこれでなくてはいけない。オリーヴオイルを塗って海塩をふり、新鮮なトマトを添えて食べるこの店のフガースは絶品である。

オーゼ（カヴァイヨン）
これほど種類があろうとは信じられないほどたくさんのパンを売っている店である。パンのメニューがあって、店主のオーゼ父子が手空《す》きなら、どのパンに何が合うか教えてくれる。

チーズ

プロヴァンスは牧草地の少ないところで、牛は良心的な所得税査定官と同様、めったに見かけない、とよく言われる。それにくらべて、森林や山岳地帯には放牧の山羊が群れていて、山羊のチーズは驚くほど種類が多い。フレッシュチーズはクリーム状で、口当たりが軽く、癖もない。これが、時間が経つにつれて固くなり、ハーブを添えてオリーヴオイルでマリネにすると、独特の刺激臭を発する。粗挽《あらび》きのブラック・ペパーをまぶしてもよし、野生のキダチハッカをあしらってもよし、食べ方はいろいろである。指《ゆび》貫《ぬき》ほどのプティ・クロタンもあれば、カマンベール・ドゥ・シェーヴルのように大ぶりの楔形《くさびがた》もあるが、たいていは直径三インチ、厚さ一インチほどの円盤状で、これを干した栗の葉で包み、ラフィアの紐をかけて売っている。オート・プロヴァンスのバノン一帯で農家が作る山羊のチーズは特産の呼び声が高いが、ヴォークリューズ地方のチーズも、どうしてなかなかこれに劣らない。

オペードのジュヌヴィエーヴ・モリーナは、山羊のチーズと名の付くすべてを作っている。ドライチーズ、フレッシュチーズは言うにおよばず、コショウ味や、ハッカ風味、燠火《おきび》で薫製にしたア・ラ・サンドル、それに、アン・カマンベールもある。

そこからほど近いセニヨンには田舎料理の店、フェルム・オベルジュ・シェ・マリーズがある。女将マリーズ・ルジエールの特製のチーズが買えるうえ、彼女の料理は一度食べてみるに価する。

サン・マルタン・ドゥ・カスティヨンのレ・オート・クーレンヌでは、ほかではめったにお目に懸かれないカブリションにありつけるかもしれない。

もっといろいろなチーズを捜したければ、カヴァイヨンの大きな専門店、フロマージュリー・デ・ザルプへ行くに限る。ここなら、山羊のほかに牛や緬羊のチーズも手に入るし、品質管理は申し分なく、チーズを選ぶに当たっては親切に相談に乗ってくれる。

シャンブル・ドート

プロヴァンスも市街地をはずれると、大きなホテルは数えるほどしかない。現行の建築規制が存続すれば、この先もホテルが建つ見込みはない。その代り、最近は家族的なサービスと心尽くしの食事が売り物の民宿が増えている。外国人旅行者にとっては、普段着のフランス人を知るいい機会である。そのうちの三軒を紹介しよう。

ボニューでモーラン家がやっているル・クロ・デュ・ビュイ。メネルブの山裾にミュリエルとディディエのアンドレ夫婦が開業して間もないレ・ペルル。セニヨンの村の中心に古くからある屋敷をカミーラ・ルジャンとピエール・ジャコーが改築してはじめた木賃宿。ルームサービスは頼めず、カクテルラウンジこそないが、民宿はどこも客あしらいが親切で、料理は盛りだくさんである。それに、レストランからワインの蔵元にいたるまで、土地者ならではの情報を教われるところが有難い。

レストラン

レストランは、それだけで本が一冊書けるほど数多く、すでに本筋のグルメ記者、ジャック・ガンティエの労作がある。『ギッド・ガンティエ』はプロヴァンスの隅から隅まで七百五十軒の旨い店、ボンヌ・ターブルを紹介している。レストランについては同書を参照していただきたい。

ここまでを読み返してみると、大事なことがずいぶん抜けている。いや、どうも申し訳ない。大家の風格を備えた肉屋や、信頼の置けるトリュフ商人、ソーセージ作りの名人はどこにいるのだろうか。極め付きのメロンや、どこの産よりもしんなりとした特産のカタツムリ、プティ・グリ・ドゥ・プロヴァンスについては誰に訊けばいいだろうか。どの店のタプナードが一番か。そうやって、一度食べたらその味が忘れられない料理を作るために生涯をかけている食文化の守り手はきっといる。とはいえ、プロヴァンスはあまりに広い。私の探訪歴は高々十年ちょっとである。長くなればなるほど、自分の無知を思わずにはいられない。

一つ、はっきり言えることがある。急がず慌てず、時間をかけて土地の人々のすることを見守り、持論に耳を傾ければ、必ずや期待は報われる。たしかに、プロヴァンス料理の材料や味付けは一種独特で、万人向きではないかもしれない。牛の胃袋、トライプだけはどうしても進んで食べる気になれないが、これを唯一の例外とすれば、私はプロヴァンス料理が大好きで、まずもって何の不満もない。プロヴァンスではろくなものが食べられないというのは見当はずれだ。時間と努力が必要だというなら、これは正しい。

いや、その意欲こそが本当に旨いものに通じて心から楽しむための一歩であると、私は常日頃から信じている。

理想の村

プロヴァンスの年間雨量はロンドンとさして変らず、ただ、集中して降るところが違うだけだと聞いたことがある。窓から見ると、まるで半年分の雨が叩きつけているようである。雨粒は灰色のカーテンとなって斜めに吹きなぐり、テラスに並ぶブリキのテーブルを鳴らして椅子を伝い落ちると、ドアの下から流れ込んでタイルの床に濁った水溜まりを作る。

カウンターの女が煙草をつけ、酒壜が林立するバーの奥の鏡に向かって烟《けむり》を吐くと、髪を耳の後ろに搔き上げて、ジャンヌ・モローばりに口を尖らせた。ラジオ・モンテカルロのはしゃいだ饒舌も、店の沈んだ空気に圧されて分が悪い。普段なら夕方近いこの時間、近所の建築現場から帰る途中の作業員たちで半ばいっぱいのカフェも、今は濡れそぼった客が三人だけである。男二人と、かく言う私。降り籠められて動くに動けず、雨の上がるのを待つしかない。

「うちらの村じゃあ、こうは降らない」男の一人が言った。「これはひどい」

片方の男はふんと鼻を鳴らして気象問題には取り合わなかった。「お前んとこの村は、下水がなっていないからな」

「へっ。飲んだくれの村長がのさばっているより、よっぽどましというもんだ」

地元意識の張り合いは続いた。互いに自分の村を擁護し、相手の村を貶《けな》して譲らない。人であれ、物であれ、何もかもが悪口、罵言の種である。肉屋は馬肉をサーロインと偽って売っている。戦没者慰霊碑は埃をかぶったまま放ったらかしだ。街灯はフランス中のどこよりも趣味が悪い。土地の者は無愛想このうえない。ごみ集めの清掃局員どもはどうしようもなく怠慢だ。

果てしない二人のやりとりは異様なほど熱気に乏しかった。プロヴァンスでは、意見の対立は激しい口論に発展するのが普通である。互いに腕をふり回し、声を張り上げ、先祖を引き合いに出し、テーブルを叩き、胸を小突き合う。ところが、この二人は脇で聞いていると、郵便配達の妻に関する火矢を射かけるような当てこすりさえ、声を殺して、ほとんど耳打ちである。まるで、大学教授同士の高尚な哲学論議だった。土砂降りの雨が二人の頭を冷やしたとしか思えない。

私は見切りをつけて車に駆け込んだが、二人はあくまでも和解を嫌って、まだねちねちとやり合っていた。私はこの部族対立の、当事者双方の村を知っている。村長の酒癖や、郵便配達の妻の身持ちについては何の知識もない部外者の私から見て、どちらもそこまで悪風と緩怠がはびこっている土地ではない。少なくとも、表面上、あんなに延々と議論が続くほどの汚点はないはずである。だが、その後、日を追って知人友人から話を聞くうちに、村とはその住民に一国な党派心を植え付ける社会集団であることがわかってきた。

極くささいなことが反目を招く。ほんの気のせいかもしれない相手の目つき一つが敵対の理由になる。パン屋が素っ気なかったり、職人が路地を塞いだトラックを退けるのに手間取ったり、すれ違った年配の女が厭な目で見たり、といったことがすべて、その村が閉鎖的で他所者に冷たく、貧寒な証拠である。反対に、土地の人間がやけに馴れ馴れしく、話好きで愛想がよかったら気をつけなくてはいけない。愛想は穿鑿《せんさく》趣味の隠れ蓑で、いつの間にか私生活を覗かれ、行動の詳細が村役場の掲示板に張り出されることにもなりかねない。

人間を引き合いに出すまでもなく、地理条件がすでにして相手の村を悪く言う根拠である。高いところは吹きさらしで、プロヴァンス名物の空っ風、ミストラルになぶられるから、土地の者は心がねじけて因業《いんごう》だ。おまけに、みんな少し頭がおかしい。低いところは年が年中、冷たい湿気がおどんでいる。そのため、冬は流感が猛威をふるい、悪くすれば疫病が猖獗《しょうけつ》を極める。現に、つい五百年ほど前にも流行病で村が全滅しかけたではないか。ああ、そうだとも。

建物もまた、けちの付け合いになる。ある村で自慢の新しい集会所も、他所から見れば、せっかくの景色がぶち壊しだ。以下同様で、店屋もろくにない村と、店屋ばかりの村。車を駐めるところもない村に、駐車場が全体を占めている村。パリ人ばかりが通りに溢れている村がある一方で、人影もまばらな心寂《うらさ》びた村がある。というわけで、あちこちで聞き集めた話を考え合わせると、理想の村などどこにもないと言うに尽きる。

短いながらも寒さが厳しいプロヴァンスの冬で、一つ救われるのは、あまり雑事に煩わされないことである。陽気がよくなるまで、当分、泊まり客は来ない。家の中の仕事といえば、暖炉の薪を絶やさないようにすることと、前の夏の度重なる略奪で空になった地下の酒蔵に壜を補充することぐらいである。庭は土が凍てついて休眠状態だし、プールはざっとビニールシートで塞いである。リュベロンでは他所行きの付き合いもなく、私たち夫婦の場合、外出は時たま日曜の昼をレストランで楽しむだけに限られている。人生の不思議について考える時間はたっぷりある。いつとはなしに、私は頭の中で理想の村の建設を思い立った。

一村の構成要素は広い地域に散らばって実在する。私はただ、ここかしこから気に入った細部の景観を切り取って継ぎ接《は》ぎすればいい。住民も多くは実在である。だといって、そのまま連れてきては何かと不都合もあろうから、名前は変えることにした。村は名付けてサン・ボネ・ル・フロワと言う。サン・ボネは教会暦で不当に冷遇されている聖人の一人で、祝日もないところから、私はこれを名所《などころ》とし、サン・ボリス祭を拝借して、いよいよ夏を迎える五月二日をサン・ボネの日に決めた。

　サン・ボネは私の家から車で十分ほどの丘の頂で、朝方、買って戻ったパンがまだほかほかと暖かい距離である。それでいて、近過ぎもしない。夢を絵に描く理想の村とはいえ、人の噂は風より早いから、あまり近いのは考えものである。悪気ではなく、好奇心から村人たちは日常生活の何から何まで噂の種にする。ましてや私たち異邦人の暮しは、なおのこと好奇の的である。我が家で一夏を過ごす客たちがピンクからブロンズに日焼けしていくありさまも、彼らが国元に出す絵葉書と同様、興味津々の視線にさらされる。空壜の数に示されるワイン消費量が、賛嘆を呼ぶか、顰蹙《ひんしゅく》を買うかはともかく、たちまち噂となって広がることは間違いない。迷子の犬を見たら拾わずにはいられない家内の性分もじきに知れ渡って、引き取り手のない子犬や、狩りの役に立たなくなった老ビーグル犬が送り込まれてくる。新しく買った自転車から、塗り替えた鎧戸の色にいたるまで、何一つとして村人の目を引かぬものはない。それについてはまた後で触れるとしよう。

曲りなりにも村の景観をととのえるには、何はともあれ、まず教会がなくては話にならない。ゴルドからほど近いセナンク大修道院などは立派だが、私の好みからいうと、やたらに厳めしくて大きすぎる。もっとこぢんまりとして、由緒では負けない建築がないものかとあれこれ考えた末、サン・パンタレオン教会を持ってくることにした。一一世紀に建てられた小粋な教会で、土台の岩をくり抜いた墓がある。墓穴は今は空っぽだが、一一世紀サイズにできていて、とても小さい。柄の大きい現代人には窮屈だから、どこか別に土地を求めて広い墓地を用意しなくてはなるまい。その墓地は、古来の習わし通り、村で一番景色のいい場所である。死者たちは心ゆくまで素晴らしい眺めを楽しむことができる。

ほかの景色もそれに劣らず美しい。金襴の夕映え。北に目を転ずれば、秀嶺モン・ヴァントゥー。山裾の肥沃な土地には、ブドウ、オリーヴ、アーモンドが緑濃く繁っている。夏の間も頂に消え残る雪と見えるのは、気紛れな嵐の置き土産ではなく、日に晒《さら》された石灰岩の露頭である。その雪を欺く岩肌を、入り日がふんわりと茜《あかね》色に染める。空が紺青に変って夕闇が斜面を這い登るさまを眺めるのに、カフェのテラスに優る特等席はない。

フランス人にこの国が文明社会で果たした貢献を語らせれば、進んで数々の便宜を挙げるはずだが、カフェはその数に入ったとしても、どん尻がやっとだろう。カフェはフランス人が物心ついた頃から馴染んでいる環境で、こと新しく言い立てるほどの場所ではない。あって当たり前なのだ。ところが、イギリスやアメリカから訪れた旅行者に、この国で何が印象に残ったか尋ねてみれば、田園風景や、文物、料理に続いて、遅かれ早かれ登場するのがカフェである。たいていは羨ましそうに言う。「何たって、フランス人はいいよなあ、カフェがあるから」

もちろん、イギリスやアメリカにも、パブがあり、バーがあり、コーヒーショップやレストランがある。本場フランスのカフェをそっくり真似て、一九二〇年代のアペリティフのポスターを張り、リカールの黄色い灰皿を置いて、バゲットのサンドイッチを出し、新聞の綴じ込みをラックに架けているような店だってある。しかし、物音や、店のしきたりや、サービスの作法などが一つに溶け合って、何世紀もの間に醸された独特の雰囲気は本家フランスのカフェでしか味わえない。道具立てではない、その特有の空気がカフェをしてカフェたらしめるのである。ならば、どこもみな同じかというと、これが千差万別で、パリのドゥ・マゴーとリュベロンの村のカフェは、一見、似ても似つかない。それでいて、フランスのカフェにはいくつか基本的な共通点がある。

第一は、干渉されないことである。時にウェイターの虫の居所が悪かったりして、やけに待たされることがないでもないが、いったん注文すればその席は貸し切りで、いつまでも好きなだけいて構わない。お代りするか、出ていくか、という態度でウェイターが寄ってくることもない。客は粘るものと決まっている。新聞を読むのもよし、ラヴレターを書くのもよし、夢想に耽ろうが、クーデターを企てようが自由である。カフェを事務所代りにしても、店から文句は言われない。知り合いのさるパリっ子は、毎朝九時きっかりにブリーフケースを提げてラ・クポールに出勤し、モンパルナス通りを望む窓側のテーブルで終日仕事をする習慣だった。間口五十フィートのバーがあって、ウェイターのいる仕事場が私は羨ましかった。まだ携帯電話が普及していない頃で、カフェは常連客の電話を取り次いでくれたし、言い訳の代弁や、デートの約束も頼みに応じてしてくれた。今もそういう店はあると思う。飲食付きの電話代行サービスをなくしてしまうのはいかにも惜しい。

もう一つ、店の大小を問わず、流行《はや》っているカフェならきっと存分に高みの見物を楽しめるのが、情報通信技術とは縁のない昔ながらの世話模様である。本でも読むふりをして粘っていれば、待つほどもなく素人《しろうと》寄席の幕が開く。出演者は土地者がほとんどだが、たまに旅行者の飛び入りもある。客演の顔触れは、ただおとなしく坐って待っているから、一目で見分けがつく。土地者はたいてい注文を怒鳴りながら入ってくるし、すっかり馴染みで、店の方で心得ていれば、うん、と軽くうなずくだけでいつものやつが黙って出てくる。私と同じように、テレビよりも生の人間に興味のある向きは、英語で俗に言う壁の蠅で、密かに観察を楽しめばいい。

朝方、水拭きした床がまだ乾かないうちに、真っ先にやってくるのが土地の建築業界を背負って立つ職人衆、石工たちである。煙草と、ひっきりなしの取り壊し作業で吸う塵埃で、彼らの声は潰れている。衣服とブーツはすでに一日の仕事を終えてきたかのようである。二百ポンドの石塊を扱う彼らの手は頑丈で、皮膚はまるで紙鑢《やすり》だ。顔は、冬なら赤っ面、夏は真っ黒に焼けている。時に危険を伴う重労働にもかかわらず、彼らはいつ見ても底抜けに明るく、豪放磊落である。石工たちがひとしきり賑やかに軽口をたたき合って立ち去ると、店は気味悪いほどに静まり返る。

が、代ってじきに知的労働者たちが登場する。ジャケットにプレスのきいたズボン姿で、ブリーフケースはアプトやカヴァイヨンのデスクに広げる仕事関係の書類で膨れ上がっている。騒々しい石工たちとは対照的に、彼らはひっそりと控え目で、商売のことで頭がいっぱいである。絶えず時計に目をやっては、グラフ用紙のような手帳に何やら書きつけ、クロワッサンを一口頰張るごとに膝に落ちた屑を払う。彼らのオフィスは塵一つなく、さぞかし整頓が行き届いていることだろう。

一番乗りの女性客は、近くの村の美容院経営者である。ショートカットの髪の色は流行の最先端で、ダーク・ヘンナと濃紫の中間といったところか。満足がいくまで、たっぷり時間をかけて梳《くしけず》ってきたに違いない。肌の色艶は、そのまま化粧品メーカー、ランコムの看板である。かっと見開いたように大きな目は、まだ眠気が醒めきっていないこの時間にしては活き活きと輝いている。彼女はノワゼットのコーヒーにミルクを垂らすと、紫のマニキュアをした小指をぴんと立ててカップを摘み、雑誌〈アロー!〉の巻頭記事に目を通しながら、ヨーク公爵夫人の髪型をととのえることを夢に見る。

彼女が形のいい小ぶりな足で床を鳴らして立ち去ると、しばらく店は閑《ひま》になる。アルコールにはまだ早い時間だが、ビールを届けにくるトラックの運転手は、樽を降ろして型通り一杯傾ける。店のビールが飲み頃の冷え加減か、確かめればそれでいい。運転手が手の甲で殴るように口を拭って出ていくと、ここで昼前の第二幕に備えて店員たちはテーブルを片付け、グラスを磨き、ラジオの周波数を変える。耳を聾するフランスのラップを嫌ってあちこち選局するのである。

そうこうするうちに、また店が混みはじめる。二人連れの客が丁寧に会釈して、おずおずと店を覗き、ガイドブックを片手に窓際のテーブルに進む。二人とも、用心深い旅行者のお定まりの装いである。天気が急に変った時のためにアノラック。腰には掏摸《すり》を寄せつけないポーチ。黒いビニールのポーチは旅券や貴重品ではちきれんばかりである。しばらく迷った末、二人はワインを注文し、後ろめたそうに顔を見合わせてグラスを上げる。

旅行者は昼間からワインを飲むことに気が引けるかもしれないが、すぐ後から繰り込んだ村の長老四人は何とも思わない。合わせて三百歳を越える四人の席には、ロゼの夕ンブラーと、ブロットのカードが運ばれてくる。彼らは勝負にかかる前に、亀のように首を伸ばし、平たい帽子を載せた頭を右に左にふり向けて見知らぬ客を値踏みする。四人は観光が産業に発展する前の世代で、このところのプロヴァンス人気に面食らっている。もはや何に使うこともなくなった納屋や、放ったらかしで草ぼうぼうのわずかな土地に法外な値が付いて、にんまりしながらも戸惑いは隠せない。廃屋一軒が二十五万フラン、どうにか人が住めるあばら屋なら五十万フランで売れる。買い手はその上、給排水の設備やセントラルヒーティングに大枚の金をかける。いやはや、世の中、変れば変るものではないか。

四銃士がカードをはじめたところで、店の女主人、マダム・ラ・パトロンヌを紹介するとしよう。オウムの止まり木ほどもあるフープ・イヤリングと、胸も露《あら》わなデコルタージュが人目を驚かす大年増で、私はマルセイユのさるバーから彼女を引き抜いた。ぴったりと脚に張り付く虎斑《とらふ》のスパッツ姿で店を取り仕切り、飲み物を注ぎ、常連客の誰彼を労ったりやり込めたりする彼女を見て、これこそカフェの女将《おかみ》になるために生まれてきた傑物だ、と私は思った。おまけに嬉しい偶然で、彼女は本名をファニーと言った。

彼女の名前を明かすにはわけがあって、ここでちょっと、テラスの脇の木陰に設けられているペタンクのコートに触れなくてはならない。これもまた他所から移したもので、もとのコートはアプトのカフェ、ルー・パストルの横手にある。天気が許す限り、毎日、コートを囲む低い石垣に観衆がずらりと並んで口々に試合を論評する。観衆は何《いず》れ劣らぬ一家言の持ち主である。ペタンクは今からかれこれ百年前にラ・シオタの村で、おそらくは自然発生的に起こった球技だが、その前身とも言える遊びがあって、昔は助走してボールを投げるのが普通だった。ところが、ある時、競技者の一人が両足を揃えて立つピエ・タンクの構えでボールを投げた。草臥《くたび》れていたのか、怠け心か、足の爪が指に食い込んでいたのか、関節炎のせいか、理由はともかく、これが定着して、以来、バーの前のコートではずっとこの流儀である。

そのバーのカウンターに誰がいたかといえば、ほかでもない、豊かな包容力と愛くるしい顔形で村のみんなから好かれた元祖ファニーである。試合で運に見放され、さんざんな目に遭った選手が悄然とコートから引き揚げてバーに立ち寄ると、ファニーが残念賞にキッスしてくれる。やがて、これがペタンク用語の一つとなった。今日、石垣に陣取った観衆の誰かが溜息混じりに「テ、イラ・アンコール・ベゼー・ファニー」ちぇっ、あいつ、またファニーのキッスだ、と呟いたら、それは色めいた意味ではなく、選手の不甲斐ない試合ぶりを嘆いているのである。ついこの間、ある店のウィンドウでペタンクのボールを見かけた。最先端技術で仕上げた製品で、重さの調整も完璧であることを謳い、その品質保証に「アンティ・ファァニー」としてあった。

ここに登場願った架空の村のカフェの女将、現代のファニーの影響力はバーやペタンクのコートをはるかに超えて広い範囲におよんでいる。残念賞のキッスどころの話ではない。ファニーはこの村で望み得る限り最高の精神医である。客たちが夢を語り、悩みを訴えれば、彼女は根気よく耳を傾け、心のこもった言葉とアルコールで、かつ励まし、かつ慰める。ファニーはまた隠れた銀行屋で、堅い客なら信用を供与し、小口の融資に応じたりもする。ファニーはまた隠れた便宜の見返りはふんだんに提供される情報で、ゴシップこそは村の活力源である。反目、家庭争議、不倫、まぐれ当たりの宝くじ……。何一つファニーの耳に入らざるはない。彼女は情報提供者の保護を忘れず、脚色を加えて脇へ話す。新聞記者が情報源としてわずかに大統領側近の名を匂わせる以上はしないように、彼女も決して秘密の出どころは明かさない。ただ、オン・ディ、小耳に挟んだと言うだけである。だが、それで充分で、村という村に必ずいる姿なき住民、風の便りはたちまちテニスボールを追う犬のように通りを駆け抜ける。

何人かを例外として、村の大人たちはみな日に一度はカフェに顔を出す。中の一人はほとんど店の備品で、いつ見ても、入ってすぐのバーの端に陣取って不用心な客を待ち伏せしている。引退教師、ファリグールである。八年前に教壇を退いてこの方、ずっと著作に専念しているというのだが、こうやってバーに常駐していては、いつそんな時間があるのかと首を傾げずにはいられない。カフェは彼の教室で、店に入って足早に脇をすり抜けないと客は捕まって生徒にされてしまう。

ファリグールは正調フランス語を守ることを使命と心得ているワンマン・アカデミー・フランセーズで、数ある現代の悲劇のうち、とりわけ、彼のいわゆる母国語のアングロ・サクソン汚染を悲憤慷慨している。目下、ファリグールが嫌悪の的、ベート・ノワールと見定めているのは、極めて有害でありながら、どうにも食い止めようがないハリウッドの影響である。ファリグールの深い洞察をもってすれば、映画産業はフランスを狙った文化的スパイ工作の隠れ蓑でしかない。そのくせ、彼は「タイタニック」を観ている。もっとも、ファニーの言を信じるなら、映画の中身よりも密かに崇拝しているレオナルド・ディカプリオの横顔が目当てだった。感想を訊かれてファリグールは、ぶっきらぼうではあるものの、好意的な批評を述べた。「船が沈んで、乗っている者はほぼ全滅だ。なかなか面白かった」

出席率でファリグールに次ぐ常連は移民のトミーである。スカンディナヴィアのどこかからやってきた彼は、長年かかってフランスの農民になりきった。この村で、今時、両切りのゴーロワーズを吸っているのはトミーぐらいのものだろう。小さくなった吸いさしを口の端に銜《くわ》えて、上下に踊らせながらしゃべる農民の流儀が板に付いている。飲み物はパスティスで、これをトミーはパスタガと言う。いつもオピネルのポケットナイフを持ち歩き、毎日、昼に注文するステック・フリットをそれで切る。木の柄をテーブルに叩きつけて、磨り減って黒ずんだ刃を起こすところを見たら、これがオスロの中流の出と、いったい誰が思うだろうか。

　トミーは反目久しいヴィアル兄弟の仲を取り持つシャトル外交官をもって自ら任じている。色浅黒く痩せ形で、ホイッペット犬を思わせるこの兄弟は、丘の麓に隣り合っていながら、かれこれ二十年、口もきかない間柄である。睨《にら》み合いの原因は誰も知らない。遺産相続のごたごたか、水論か、または恋の鞘当てか、ただ虫が好かない同士、憎しみ合うことの快感か、傍《はた》からは知る由もない。ヴィアル兄弟は床を隔てて店の両端に席を占め、時折り立ってトミーに非難や侮蔑の口上を託す。トミーは心得顔に肩をすくめて相手方にそれを伝え、抗論を聞くと物々しくうなずいて注進に取って返す。地元ではこれを三賢人のワルツと言っている。

　ほかの常連が楽しみにしている息抜きは、パン屋の娘、ジョゼットの波乱の恋である。その日の身なりで様子が知れる。旨く行っている時は、目のやり場に困るほどのミニスカートに爪先立ちのハイヒールで、バイク用のヘルメットを戦利品のように片手に提げてやってくる。ロタリオがオートバイで乗りつけるのを待つ間、彼女はバーのスツールに浅く腰かけ、ペリエ・マントのグラスに口紅の跡を残してくすくす笑いながら、ファニーと小声でふざけ合う。恋の行方に影がさすと、ミニスカートはダンガリーに、ハイヒールは平底のエスパドリーユに変り、忍び笑いはどこへやら、ジョゼットは嗚咽《おえつ》に肩をふるわせる。ファニーはカウンターをあちこち引っかき回して紙ナプキンを差し出さなくてはならない。

他人の心事に我関せず焉《えん》と、つれない顔はマリュスである。ただ、その心臓が動きを止めて、また葬式が出るとなれば話は違う。私は彼のために、村の序列に正規の地位を設けておきたい。アントルプルヌール・ドゥ・ポーンプ・フュネーブル、すなわち、村付きの葬儀委員長である。これでマリュスの道楽にも多少の権威が加わるが、将来のお得意さんに対して、彼はもっと口を慎まなくてはいけない。わけても隣のテーブルでカードに興じている長老中の長老、ジャッキーに向かっては言葉に気をつけた方がいい。

「エー、モン・ヴィユー。よお、ご老体。どうかね、調子は？」

「サ・ヴァ、サ・ヴァ。ああ、この通り、元気だよ」

「そいつは残念だな」

感じやすい相手なら、これだけでも腹に据えかねて、どこかほかに死場所を求めるに違いない。さりながら、ほんのちょっと知恵をつけてやれば、マリュスは彼の言う最後の祝典に対する熱烈な愛好を隠しおおせるはずである。それと、もう一つ、前々から暖めている究極の賞金レース計画は取り下げた方がいい。彼の腹案では、競争者と言っては何だが、つまり、参加者は六十五歳以上の村人全員である。銘々が自分の寿命に賭けて、勝者には葬式の後、墓前に供える格好で総賭け金が支払われる。マリュスの考え方からすれば、これは生命保険とくらべて、決してやらずぶったくりではない。それどころか、即金で払い戻しが受けられるのだから有難い話だ。

すでにお気づきのことと思うが、これまでのところを見ると、男女の比率が釣り合っていない。カフェの客は圧倒的に男が多い。サン・ボネのご婦人方はどこにいるのだろうか？

実は、各世代がそれぞれの理由からカフェに近づこうとしないのである。若い女性たちは仕事がある。外で仕事をしていない時は家事に追われる。掃除、洗濯、月々の払い。幼い子供たちを寝かしつけると、今度は年長の子供たちや亭主のために食事の支度をしなくてはならない。亭主はもう帰っても大丈夫という頃合いまでカフェで時間を繋いでいる。

年配の女性たちがカフェを敬遠する理由は二つある。一つはファニーの色香である。年寄りの目に、彼女は浮気ではしたなく、胸の露出度も大胆に過ぎる。もう一つは、非公認の監視委員会として、村の入口の広場で任に当たった方がはるかによく責務を果たし得ることである。司令官である未亡人、ピポンの家の前に椅子を並べていれば、郵便局、パン屋、カフェ、駐車場、村役場、教会、とすべてはレーダーの有効範囲内である。彼女たちが、ちょっと表の空気を吸いに出ただけ、というふりを装わなくなってすでに久しいが、中には今もなお形ばかり編み物を膝に広げている年寄りがいないでもない。こうして彼女たちは、村人の行動をことこまかに観察し、逐一これを論評する。

日常の暮しの中で、ほとんど取るに足りない、あるかなきかの変化が思惑を誘う。若い主婦がいつもより余計パンを買えば来客に違いない。誰かしら？　この村に隠れもない異教徒が教会を訪ねたら、よほど重大な告白がある証拠である。何かしら？　不動産屋がマフィアもどきに黒塗りのランドクルーザーで乗りつけ、書類を抱えて役場に駆け込む。物件はどこの家かしら？　まあ、どうでしょう、あの旅行者たち！　若い娘がランジェリー姿で通りを歩くなんて！　あれじゃあまるで裸じゃないの。この由緒あるサン・ボネ・ル・フロワの真ん中で！　好奇心をくすぐることがなければないで、老女たちは例によってカフェで飲んだくれている男どもを扱《こ》き下ろす。ジョゼットの色恋沙汰も毎度の話題である。あの子、そのうちきっと火傷《やけど》するわ。旧聞に属する噂も、不確かならそれだけ尾鰭《おひれ》をつける楽しみがある。

物見高く狭小な地域社会で暮す気なら、彼女たち監視委員会の面々は家族同様に受け入れる覚悟がなくてはならない。これればかりは、田舎に住むことの弊害である。私たち夫婦は何年も前にこの体験をしたが、移ってすぐのことは今も記憶に新しい。荷物を解いてほっとする間もなく、隣の未婚姉妹が押しかけて家の中を案内しろと言った。二人は隅から隅まで見て回り、ことごとく物の値段を聞かずには済まなかった。村にたった何台という電話があることからして、彼女たちの目には果報である。明くる朝、二人の弟に当たる男がやってきて、三月の間に溜まった電話をあちこちへかけまくり、傍らのテーブルに五十サンチーム置いて立ち去った。

これにはじまって、私たちはその後の何やかやすべてに黙って耐えた。異邦人の身で、爪弾《つまはじ》きされたくない一心である。それはそうだろう。移り住むことにしたのは私たちの決断であって、向こうから呼んだわけではない。

日を経ずして私たちは、土地の人々と知り合って多々得るところがある分、プライヴァシーが損なわれることを思い知った。誰かがいきなり窓からぬっと覗いたり、だしぬけにドアを叩いたり、こっちの都合などお構いなしである。隠れることはできても、逃げ出すわけにはいかない。鎧戸が開いているから、中にいることは知られている。鎧戸を閉めて居留守を使う手もあるが、それでは生涯を暗がりで過ごさなくてはならない。ことほど左様に、行動は監視され、郵便は検閲され、習慣は分析評価される。

これは何もフランスに限ったことではあるまい。ヘブリディーズ諸島だろうと、ヴァーモントだろうと、あるいはミュンヘン近郊の小さな村だろうと、新参者は常に好奇の目にさらされる。五年経っても、十年経っても、新参者は新参者である。それこそが異国で暮す楽しみだとする考え方もあるだろうが、私は違う。五十ヤード行くごとに自分のことを説明する必要のない身分で気ままにふるまえたら、その方が性に合っている。個人の生活には多少ともプライヴァシーが必要だ。というわけで、理想の村、サン・ボネ・ル・フロワも遠くから眺めているのがいい。訪ねればきっと素晴らしいところに違いないが、そこで暮したいとは思わない。

それでもプロヴァンスが好きなわけ

ヴォークリューズの田舎道を走っていると、とうに青春の血気盛りを過ぎた車が多いことに気づかないはずがない。車体はひしゃげて錆《さび》だらけ、エンジンは気管支炎の末期症状で、エギゾーストパイプはだらしなくぶら下がり、見たところ余命は持ち主とどっこいどっこいである。乗っている方も心優しく誠実で、車の癖や調子をよく承知して大事に扱っている。プロヴァンスに移り住んで間もない当時、ぽんこつ車に対するこの愛着は勤倹精神の現れで、どんなにがたが来ていようと、騙し騙しなだめすかして、乗れるうちは手放したがらないのだ、と私は思っていた。が、自分で車を買う段になってはじめて、なるほど、と合点した。

プロヴァンスの人々が老い先短い七一年型シトロエンや、四十万キロ走って気息奄々《えんえん》のプジョーにいつまでもこだわっていることと、勤倹精神は何の関係もない。金の問題ではないのである。思うに、見る影もない老朽車が路上に溢れている理由は、新車購入の手続きがあまりにも煩わしく、時間がかかって腹立たしいことである。まともな神経の持ち主なら、金輪際ごめんだと言いたくなって不思議はない。私たち夫婦もえらい目に遭った。有効な免許証と小切手があれば車が買えると思ったら大間違いで、そんなことではとうてい間に合わない。車を買うには男女の別なく、自分が確かに現存であることを証明しなくてはならず、これが、ただ役人の目の前でパスポートをひらつかせれば済む話ではないのである。運転免許証と小切手帳、それにパスポートが精巧な偽造ではないことを証明すべく、ほかに何やかやと文書の提示を求められる。しかも、たいていは一度に一件ずつだから、こっちは何度も何度もディーラーの店頭に足を運ばなくてはならない。どういうわけか、電話代と電気料金の請求書は偽造犯の関心外とされている。これらの書類に自分宛の表書きがある古い封筒をいくつか添えて出すと、やっとのことで実在の人物と認められる。時としてうんざりするほどの長い道のりで、そこまで漕ぎ着けるには大変な体力と忍耐を要する。少なくとも、八年ほど前にこれを体験した私たちの場合はそんなふうだった。

車を買い替える時期になって、あれから事情も変っていることだろう、と私は気軽に考えた。なにしろ、新しいヨーロッパである。多国籍企業が熾烈《しれつ》な競争を展開し、能率を追求して、各社の工場は毎年何十万台という車を出荷している。作った車は売らなくてはならない。私には大企業がついている。それに、よしんば事情に変りがなく、面倒は以前と同じでも、こっちはさんざん苦労して一つ利口になっているから、何があろうと驚くものではない。ショウルームへ出向いた私は用意万端怠りなかった。正規の文書のほかに、考えられる限りの書類を掻き集めて、身分証明はお釣りが来るほどである。考えられる限りの書類を掻き集めて、身分証明はお釣りが来るほどである。正規の文書のほかに、血液型を示す紙切れや、使用済みの航空券、文運隆盛を祈る税理士のクリスマスカードまで私は取り揃えていた。これで備えは万全である。が、豈図《あに》らんや、私は甘かった。

地元の産業を支援する考えから、私はアプトのディーラーを訪ねた。納屋にほんの毛の生えた程度のショウルームだったが、すっきりと片付いて、いかにも能率的な印象である。デスクではコンピュータがしゃっくりをしながら低く唸《うな》り、カタログはラックに整然と並び、新しいワックスの匂いが漂って、床には塵一つなかった。この狭いところによくまあと感心するほど間合いを詰めて置かれた二台の車はぴかぴかで、手を触れるのも躊躇《ためら》われるようだった。このディーラーは商売熱心だ、と私は密かにうなずいた。新しいヨーロッパはプロヴァンスまで浸透している。

それはそうと、肝腎のディーラーはどこだろう？　しばらくして心細くなりかけたところへ、カタログの棚の後ろから若い女性が顔を出して用向きを尋ねた。

「車を買いたいんですが」

「あ、はい。お待ち下さい」彼女が引っ込んで、また何分かが過ぎた。カタログの三冊目に取りかかった私は、オプションの豊富な内装や、遠隔操作のグローブコンパートメントにすっかり心を奪われて、チェックのシャツに鳥打ち帽のずんぐりした男が庭からやってきた時も、ろくに顔さえ上げなかった。

「車を買いたいというのは、おたくさんですか」男は言った。

私はうなずいた。すでに車種を決め、色と内装も選んで、あとは値引きの交渉と納車の段取りを残すだけだった。

「アー・ボン」男は帽子を目深に引き下げた。「それだったら、営業の者に話してもらわないと」

「営業の者って、あなた、ディーラーでしょう」

「ベ・ノン。いやいや、あたしの仕事は庭の手入れでね。車を売るのは倅《せがれ》の方で」

「じゃあ、息子さんに会わせて下さい」

「ベ・ノン」男は首を横にふった。「あいにく、休暇で留守だもので」

鳥打ち帽の男では埒が明かなかった。営業マンである息子は一週間もすれば、英気を養って戻るはずである。それまで、特別の計らいで貸し出すから、家へ帰ってゆっくり検討するように、と男はカタログ一揃いを私に押しつけた。諸式高騰の折りから、制作費のかさむカタログは片田舎のディーラーまで充分に行き渡らないのだという。

これを無欲恬淡《てんたん》なのんき商法の見上げた実践と取るか、呆れ返ったぞろっぺいと見るかは、気性や観点によって人さまざまだろう。私の場合はこれもまた、プロヴァンスはいい、とあらためて思う理由の一つである。見渡せば奇妙奇天烈《きてれつ》なことばかりで、商売気のかけらもない自動車セールスマンなどはそのほんの一例でしかない。アプトを引き揚げる前に、もう一か所、世にも不思議な場所に寄っていかなくてはならない。停車場である。

アヴィニヨンへ通じる国道からやや奥まったところにあるクリーム色の駅舎は一九世紀の建築で、車や飛行機がまだ競争相手にもならず、鉄道が繁栄を誇った時代の面影を残している。建築様式というには俗な、鉄道成金の趣味を窺わせる重々しい二階建てで、古びた破風《はふ》から、ウイユドブフ、牛の目と呼ばれる丸窓が、道を隔てた真向かいのホテル、ヴィクトル・ユゴーを勝ち誇ったようにかっと見据えている。因《ちな》みに、このホテルは疲れきった旅行者の仮の宿りに便宜よく、トイレ付きで一泊百七十五フランである。駅舎の横手には手入れのいい小さな公園があり、駅前はいつも車やトラックで込み合っている。プロヴァンスの隅々はもとより、さらに遠くまで足を伸ばす済勝の起点に似つかわしい賑わいがここにはある。

私たち夫婦はアヴィニヨンから超高速新幹線、TGVでパリへ行くつもりで予約窓口の駅員に、アプトから通しの乗車券が買えるかどうか尋ねた。

「もちろん」駅員はコンピュータの画面に時刻表を呼び出すと、得意げに言った。「ここからフランス中どこへでも、乗車券の手配ができます。ユーロスターでロンドンへも行かれますよ。その場合はリールで乗り換えになりますが。で、何時の列車をご希望ですか?」

私は時間を計算して、アヴィニヨンでTGVに接続する列車は何時にアプトを出るか尋ねた。駅員は眉を寄せてキーボードから顔を上げた。冗談もいい加減にしてくれ、とでも言いたげな態度だった。「ここからは行けません」

「え?」

駅員は立ち上がった。「ヴネ、ムッシュー」こっちへ、どうぞ。私は彼について建物の奥へ進んだ。駅員はドアを押し開け、寂れ果てたプラットフォームと、その向こうの、かつては線路だったあたりへ手をふった。私は光り輝く二条の鉄路や信号機、地平線に棚引く煙を捜して空しくあたりを見回した。何とまあ、人の腰ほどまで繁茂した雑草が帯をなして目の限り一直線に続いている。これを薙《な》ぎ倒して驀進《ばくしん》してくる列車があろうはずもない。アプトが鉄道の要衝だったのは、遠い昔のことである。あらかじめ交渉しておけば、アヴィニヨン駅までタクシーを雇うのは造作もない、と駅員は涼しい顔だった。

汽車に乗れない駅をどう思うかは人の勝手だが、少なくとも、ここでは一日中窓口を開けて限定された業務を続けている。これがプロヴァンスのほかの店舗とは決定的に違うところだ。営業時間がおよそ不規則で、馴れない客を狼狽させ、かつ困惑させる店がプロヴァンスにはあまりに多い。それでいて一つだけ、肉屋、食料雑貨店、金物屋、新聞売店、古道具屋、ブティック、その他あらゆる種類の小売店が決して破ることのない共通の原則がある。開店が朝の八時だろうが、やっと十時だろうが、どこも必ず正午には店を閉じるのである。昼の休みは最低二時間で、三時間に延びることも少なくない。小さな村で、人々がたっぷり午睡を取る夏の盛りなどは、これがしばしば四時間におよぶ。

おまけに、ようよう馴れて、不規則な中にも一種のパターンが見えてきた、と思う途端に原則は覆されるのである。チーズを買いに、午後三時きっかりに開くはずの店に行ってみると、ウィンドウは空っぽで、フェルムテュール・エクセプシヨネル、臨時休業の札が出ている。家族に不幸でもあったのだろう、とその場は諦めるしかないが、臨時休業が三週間目に入ると、それに劣らず重大なことが起きているのだと遅ればせに思い至る。ヴァケーションの季節到来である。果たせるかな、やがて女主人が休暇から戻って何事もなかったように店を開ける。どうしてあらかじめ断ってくれなかったのか、と恨みごとを言ってもはじまらない。長いこと店を閉めると予告するのは、押し入り強盗に誘いをかけるようなものである。この魔の季節、チーズ泥棒は忍び寄る災難と心得て用心しなくてはならない。

　フランス人が大挙して会社や工場を離れ、開放的な田園の景物と安逸を楽しむ毎年八月、地方の商業事情は常にもましてややこしくならざるを得ない。人気の高い避暑地プロヴァンスでは、どこの店もこの書き入れ時に儲けるだけ儲けようと商売に精を出す。食品、飲料、絵葉書、陶器、オリーヴの木でできた土産物、サンタンオイル。ほしいものは何でも手に入る。ところが、ちょっと例外的なもの、人影もまばらな北部の会社や工場の製品を買うとなると、根くらべの難行苦行である。

　パリの友人夫婦が村の別荘で八月を過ごそうと来てみると、湯沸かしが寿命で使えなくなっていた。信義に篤い夫婦は、最初にその湯沸かしを買った電器屋を訪ねた。ショーウィンドウに、薄埃をかぶってはいるものの間違いなく新品の、望み通りの湯沸かしがある。二人は喜び勇んで店のドアを潜った。

　店の主人はしきりに謝ったが、頑として求めに応じなかった。湯沸かしは品切れで、パリの工場が休みだから、入荷は九月半ばになるだろう。デゾレ。おあいにくさま。

　友人夫婦は食い下がった。湯沸かしはあるではないか。ウィンドウの品物は、駄目になったのと同じ湯沸かしの新型で、まさにお誂《あつら》えだ。一つ残っていたとは有難い。あれをもらっていこう。

　主人は聞く耳持たなかった。看板の品物を持っていかれては困る。あれがなかったら、この店であの型の湯沸かしが買えることを、道行く人にどう知らせたらよかろうか。

理詰めの議論も主人には通じなかった。古い湯沸かしを代りに置く案は却下され、普通なら説得力があるはずの現金払いの申し出も拒否された。問題の湯沸かしは今も店のウィンドウで埃をかぶっている。八月の試練のささやかな形見である。

いろいろな意味で、八月は一年を通じて最も暮しにくい月である。旅行者で人口が膨れ上がるためばかりではない。人混みを避けるのは簡単だが、相手が天気では避けようがない。土地の農民がエクセシッフ、とてつもない、と言う通り、長い七月の乾ききった暑熱を溜め込んで、八月の厳しい気候は実に形容を絶するばかりである。来る週も来る週も、沈むことを知らぬかとさえ思える太陽が丘陵と石の家を焦がし、アスファルト舗装を溶かす。地はひび割れて、草は黄色く枯れ、殴りつけるような日差しに焼かれて髪の毛は触れる手に熱い。と、ある日、たいていは八月半ばだが、空気がねっとりと濃く粘るような湿り気を帯びる。蟬時雨《しぐれ》がふっつり絶えて、あたりのものみなすべてが息を殺す気配である。嵐の前の静けさだ。

雷が鳴りだすまでの束の間の静寂は、今のうちに家中を駆け回ってコンピュータ、電話、ＦＡＸ、ステレオ、テレビの電源コードを抜くように、という自然の警告である。いよいよ嵐がやってきて雷鳴が耳を聾するまでになれば停電はほぼ必然の成り行きだが、いつものことで、大地が身を悶えるほどの止《とど》めの一撃で電気が消える。自然がハイテク機器に加える恨み骨髄の殴打は繊細な電子頭脳を攪乱せずには済まない。私のところもこれにやられて、FAX二台が駄目になり、留守番電話は今もって後遺症の吃音が抜けない。

わずかな慰めは、地上最大のショウをかぶりつきで見物できることである。谷は巨大な増幅装置の働きをして、百雷が家を揺すり、屋根瓦を脅かす。稲妻が山稜に踊り、一瞬の閃光が薄暮の空に、草木、露岩の尖鋭な輪郭を刻みつける。犬どもは耳を伏せて床に腹這い、この時ばかりは家の内で満足な顔である。私たちは厚い石壁に守られていることをかたじけなく思いながら、蠟燭の明りで食事をし、嵐が谷を遡っていくさまを眺める。やがて、名残の遠雷を響かせ、稲光を明滅させて、嵐ははるかオート・プロヴァンスの丘に去る。

空気がひんやり湿って大粒の雨が地面を叩き、懐かしい土の匂いが立ち昇ると思う間もなく、盆を返したような降りになる。瀑布さながら、軒を流れ落ちる雨水は、テラスの砂利に溝を抉《えぐ》って植え込みの根を洗い、花壇に溢れる。庭のテーブルに跳ねる飛沫は人の背丈に達するほどである。小半時で二か月分の車軸の雨は、降りはじめと同じくふいに上がる。私たちはテラスの行潦《にわたずみ》を跨ぎ越え、今しがたの土砂降りに根元からへし折られて泥水にまみれているパラソルを引き起こす。

翌朝、空は抜けるように晴れ渡り、太陽は輝きを取り戻して、一面、洗われたような農地から盛んに白い湯気が上がる。午後も半ばを回る頃、付近一帯は嵐などなかったかのように、再びもとの乾いた景色に戻る。しかし、屋内では水道管や貯水槽、排水管のU字防臭弁に豪雨の置き土産が居座っている。地下の氾濫が原因で水道管の喘鳴は長引き、締まりの悪い蛇口は激しく咳き込んで血痰に似た泥水を吐く。レタスの切れ端や、紅茶の出し殻など、キッチンの生ゴミがどこでどう道を取り違えたか、排水管を潜って一階の手洗いに流れ着いたりもする。住み馴れた都会の上下水では考えられない不思議を目のあたりにして泊まり客が、まさか、と驚き呆れるのは毎度のことである。

とはいえ、これもプロヴァンスの日々にほかのどことも違った趣を添えるささいな驚奇の一つでしかない。前の夏のある日、家内がクストレの市場から首をふりふり戻ってきた。聞けば、家内は皿に盛られたズッキーニの花を見かけて、とある屋台に足を止めた。ズッキーニの花はスタッフィングによく、揚げ物によく、夏の終りの珍味である。これを半キロ、と家内は言った。

ところが、ことはそう単純ではなかった。屋台の主はビニールの袋を手にして言った。

「よしきた、奥さん。雄花ですか、雌花ですか?」

つい最近、客の一人で、派手な身ぶり手ぶりで話す男が赤ワインのグラスをひっくり返してズボンに染みを作った。彼は翌日、ズボンを洗濯屋に持ち込んだ。店の内儀はズボンをカウンターに広げ、玄人の目で染みをあらためると、むずかしげに頭をふって言った。染み抜きはできないこともないが、ワインにもよる。こぼしたのはシャトーヌフだろうか、それとも、リュベロン産の軽口だろうか？　男は思い出せなかった。内儀は目を丸くして、ひとしきり、ワインの染みの頑固さ加減はタンニンの含有量によってまちまちであることを説いた。さらに一歩踏み込んで、銘柄ごとの各論に移るところへ別の客が来て、この日の講義は打ち切りになった。

友人は感に耐えぬ顔で戻ると、しみじみ述懐した。これまでヨーロッパ全土はおろか、アメリカの各都市でも何度となくワインをこぼしたが、染みの来歴をかくも深く追究されたのははじめてだ。今度ひっくり返した時は、ワインのラベルと、できれば鑑定書をズボンと一緒に持っていこう。

プロヴァンス人は無類の説教好きで、ことごとに忠告し、知識を伝授して、人の誤りを正し、迷いの道から救わなくては気が済まない。異邦人の分際でおこがましくもプロヴァンスを語る私は、ややともすれば、鼻先にふり立てる非難の指に追いつめられ、進退谷《きわ》まって間違いを認める破目になる。この教育的指導は私の密かな楽しみで、メロンの正しい食べ方から猪の交尾の習性にいたるまで、話題は多岐にわたるのだが、動かぬ証拠が私に味方する場合もまた少なくない。ところが、相手は耳も貸さず、言い出したら梃子《てこ》でも動かない。私の師は事実に惑わされることを潔しとせず、持説を枉《ま》げるなど論外である。

何にもまして許し難い私の罪は、リュベロンのeに強いアクセントを置くことである。悪気はないにしても無学文盲のふるまいで、これがリュブロンを正調とする純粋主義者の神経を逆撫でにする。抗議、叱責の手紙は引きも切らない。たいていは、ジャン・ジオノやアンリ・ボスコを担ぎ出して、これら優れた先人の美しい発音を学ぶように教え諭す内容である。そんなある日、自ら言語学の泰斗をもって任ずるムッシュー・ファリグールが、他国の言葉を勝手にいじくる不埒者と私を詰《なじ》った。私は参考書を座右に、守りを固めて受けて立った。

私には名の通った、学術的にも一流の味方がついている。ラルースの辞書、米国地理学協会、ナショナル・ジオグラフィック・ソサイエティの地図、フランス山川名語源辞典、ミシュランのヴォークリューズ地図、とどれを見てもリュベロンのeにはアクセントがある。いずれもいい加減な出版物ではない。権威ある第一級の専門家による、権威ある第一級の資料である。今度ばかりはこっちのものだ、と私は思った。

が、どうしてどうして。資料を挙げながら様子を見ていると、ファリグールはわざとらしく口をすぼめ、あからさまに鼻であしらう態度である。

「ほうら」駄目を押す気で私は言った。「この通り。ラルース、ミシュラン……」

「へっ」ファリグールはせせら笑った。「それはみんなパリジャンだ。パリジャンに何がわかる？」

はてさて、パリジャンもいい面《つら》の皮だ。フランス人でありながら、彼らは外国人扱いで、軽侮と胡乱《うろん》の目で見られている。パリジャンはなにしろ高慢ちきで鼻持ちならない。恩着せがましい態度が不愉快だ。流行を気取って新車を乗り回し、焼きたてのパンを買い占めるのは許せない……。パリジャンは、パリジャンであるという、ただそれだけの理由で非難囂々《ごうごう》である。近頃では、パリジャンが知らず知らずのうちにプロヴァンスの人心風土におよぼす悪影響をパリジャニスムと呼んで誹《そし》る傾きが目立ちはじめている。自然破壊を企てていると中傷する声さえ聞かれるほどである。去年の夏、閑静なことで知られる村、サン・ジェルマン・スュッドに別荘を構えるパリジャンたちが村長に騒音の被害を訴えたという噂が広まった。蟬の声がやかましくて、おちおち昼寝もできない。あの夥しい蟬どもに臆面もなく鳴き騒がれては、午後の微睡《まどろ》みも何もあったものではない。

村長はこれを地方行政の危機と受け取り、火急の用以外はさしおいて蟬退治班を編制したろうか。捕虫網と殺虫スプレーで武装した一団が抜き足差し足森に分け入って、チチ、とでも鳴けばたちまち捕って押さえんものと身構えている図を想像に描くこともできない相談ではなかろう。が、果たしてそうか。この場合、パリジャンたちにねじ込まれて村長は、おそらく、答えようのない質問や、愚にもつかぬ要求に対する本格のプロヴァンス流儀で、大きく肩をすくめたと考える方が自然である。土地の名手たちが演じることの型は、厳密に手順が決まっている。

動作を起こす前に、まず軽い準備運動が必要である。ただし、これはわずかに眉を顰《しか》めて首を傾げる以上であってはならない。こうすることでパリジャンの愚かしさや、身のほど知らぬ厚かましさ、あるいは、調子っぱずれが信じられない気持を伝えるのである。短い間があって、パリジャンはいくらか苛立ちを見せながら、もう一度同じことを言う。相手は耳が遠いか、さもなければベルギー人で、洗練された生粋のフランス語が通じないのかと訝る気配である。だが、どう思おうと、すでにパリジャンはすっかり度を失っている。高慢の鼻を挫くのは今この時と、土地者は段取りを踏まえて急かず慌てず、おもむろに目いっぱい肩をすくめる。

動作一。　口を歪めて顎を突き出す。

動作二。　眉を思いきり高く上げて相手の顔を覗き込む。

動作三。　耳朶《みみたぶ》に届くまで肩をすくめると同時に、肘をぴったり腋につけ、掌を返して両手を張り出す。

動作四(随意)。肩を休めの位置に戻す時、おくびともつかず、溜息ともつかず、ただひたすら侮蔑を表す呼気をふっと洩らしてもいい。

まさにヨガの鍛錬で、私は何度これを見たか知れない。意見の相違、反対、諦め、蔑視、と応用範囲の広い動作だが、いずれにせよ、議論を打ち切るには極めて効果的である。私の知る限り、これに対抗する肩のすくめ方も、やり返すだけの仕種もない。だから、フランス語が堪能というにはほど遠い私のような人間にとっても実に重宝である。狙い澄ましてすくめる肩は口ほどに物を言う。

つい最近も、カヴァイヨンでこれをやられた。クール・ブルニサックの突き当たりにある公衆トイレが見違えるようにきれいになったという話を聞いて、行ってみる気になったのだ。以前の記憶では、目立たない地下の設備で、冬はじめじめと陰気臭く、夏はまるで蒸し風呂だった。充分に機能を果たしていることはもちろん、目をそむけるほど不潔というわけでもなかったが、どう見ても瀟洒とは言えなかった。

行ってみると、なるほど前とは大違いで、遠くから改装の跡がありありと目に見えた。地上部分に円く盛り土をして色とりどりの花を植えた中に、日差しを避けて顔を伏せた白大理石の裸婦像が横たわっている。裸婦は迸る水の流れと、健全であることの喜びを象徴するものに違いない。カヴァイヨンの街に新たな景観を添える姿のいい石像は、階段を降りてこの改良された設備を利用する市民や旅行者に快い解放感を約束している。

改良の一点は人間の登場で、世話人がなにがしかの心付けと引き換えに、婦人殿方の別に従って然るべき場所に案内してくれる。私はまずこれにびっくりした。もう一点は

衛生機器である。フランスは、コンコルドから電子モグラ退治機にいたるまで、先端技

術の成果を貪欲に取り入れる国だから、衛生工学の面でも、ここに最新鋭の技術が結集

されているものと期待してよさそうだった。少なくとも自動水洗装置完備で、寒い時期

には腰掛けも暖かでなくてはならない。

ところが、案に相違して、ドアの奥は厠《かわや》の歴史の一齣《こま》である。三フィート四方ほどの

ポーセレンの浅い容器が床に嵌め込んであり、真ん中の穴を挟んで両脇に足を乗せる四

角い出っ張りがある。下水道ができた初期の頃に用いられた構造で、フランスの衛生設

備業界ではこれをア・ラ・テュルク、トルコ式と言っている。私はてっきり、トルコ式

はもはや生産されていず、フランスでも近代化の流れと無縁の僻地を除いては、とうに

姿を消したものと思っていた。それが、現にここでこうして使われている。しかも、見

たところ真新しい。二〇世紀も押し詰まったこの時代に、何とも場違いな印象だった。

帰りしなに、私は世話人に尋ねてみた。現代風の設備には目もくれず、この昔ながら

の形式を好んで採用したのは何故か。心ない破壊者を遠ざけるためか、雑誌を持ち込ん

で長時間立て籠もる不心得者を排除するためか。美学的判断か。それとも、古き佳き時

代への郷愁か。私は人生の奥義について説明を求めるにも等しい意気込みだった。世話

人は思いきり肩をすくめて言った。「セ・コム・サ」どうもこうもない。厭ならほかへ

行けばいい。

とまあ、プロヴァンスの奇風を並べてきたが、いったい、どこが面白いのだろうか。いずれもはなはだ厄介で、できるだけ人に余計な時間を取らせようというあからさまな狙いで工夫を凝らしたようではないか。能率優先の都会なら三十分で済むはずの走り使いに午前中いっぱいかかる。約束はすっぽかされて、それきりだ。家の中の極く簡単な修繕を頼んだつもりが、いつの間にか仰山《ぎょうさん》な大工事になってしまう。何事も一筋縄ではいかない。気候は気紛れを通り越して破壊的である。他所者は、パリジャンも、オランダ、ドイツ、イギリスから来た異邦人も、プロヴァンスで何年暮そうと、長期滞在の観光客としか見られない。どう考えても、あまり喜べないことばかりだ。

にもかかわらず、私にはこうしたすべてが、そう、ほとんどすべてが面白く、厭わしく思うことはめったにない。この奇矯あってこそのプロヴァンスである。なるほど、近頃では観光客に門戸が開かれている。催し物は増え、あちこちに手軽なホテルやレストランもできた。新しい技術を受け入れることにも抵抗がなくなった。例えば、ブドウ畑で農夫が垢染みた耳に携帯電話を押しつけながらトラクターを動かしている景色は珍しくない。プロヴァンスは過去に片足をかけ、もう片方の足で未来を探ろうと水平開脚を試みているのではないかという印象を懐くこともしばしばである。だが、本質的なところでは、私がはじめて訪れた二十数年前とさほど変っていない。

何に急《せ》き立てられることもなく、人々は今もなお季節の移り変りに順応してのんびり暮している。市場では、現代の病的な清潔志向に毒されていない本物の食料品が買える。田園はゴルフコースやテーマパーク、集合住宅の蚕食を免れて、豊かな自然を残している。プロヴァンスでは今でも静寂に耳を傾けることができる。世の中の進歩と交通の発達によって、ただ騒々しく、陳腐で凡俗な場所となってしまった多くの景勝とは違い、プロヴァンスは依然として特有の風趣と個性を保っている。嬉しくもあり、また、時にうんざりさせられるところは、つむじ曲がりでとかく面倒臭い旧友に似ていないでもない。が、よくも悪しくも、それが偽らざるプロヴァンスの土地柄である。気に入らなければほかへ行くしかない。

マルセイユ入門

パリは別格として、ほかに際立った特色で世界に名高いフランスの都市となると、一か所しか思い浮かばない。リール、リヨン、サンテティエンヌ、クレルモンフェラン、と言ったところで人はほとんど無関心で、話は一向に弾まない。ところが、マルセイユの名が出ると、本当に詳しいかどうかはさておき、誰もがきっとこの街の印象について一家言を披露する。

悲しいかな、そこで語られる印象は総じて怪しげである。カヌビエール通りを徘徊する酔った水夫たち。波止場に軒を並べるいかがわしいバー。シャトー・ディフの陰惨な牢獄跡。日が暮れれば旅行者には危険な路地裏。映画「フレンチ・コネクション」以来、ベルギー人河岸、ケ・デ・ベルジュの魚市につきまとう麻薬疑惑。マルセイユは一般に、卑俗、無秩序で、はなはだ物騒な場所と思われている。この見方は外国人に限ったことではない。私は何年も前に隣家のフォースタンからマルセイユは危ないと聞かされた。フォースタンは一度だけ行ったことがあるが、二度とごめんだ、と眉を曇らせた。よほどの目に遭ったのか、尋ねてみたが、彼はただ首を横にふり、どうしてもまた行かなくてはならないとなったら銃を持っていくと言うばかりだった。

それはともかく、マルセイユ以上に粋な歴史を持つ都市はない。綺談を好むマルセイユ人が潤色を加えながら語り継いだに違いない伝説によれば、町の起こりは一幕の恋愛劇である。紀元前五九九年、小アジアのギリシア植民地、フォカイアの水夫プロティスがこの浜に船を着けた。折りから土地の王、ナンが娘ジプティスの婿選びに宴を催しているところだった。ジプティスは一目見るなり、この若い水夫こそ妹背《いもせ》を契《ちぎ》るべき相手と心に決めた。クー・ドゥ・フードル、文字通りの一目惚れである。王は婚礼の祝いとして若い二人に海辺の土地百五十エーカーを与え、かくてここにマルセイユは誕生した。以来、二十六世紀にわたって住む人は絶えず、二人にはじまった人口は現在百万に膨れ上がっている。

町と同様、住民もまた、懐疑的に物を見る向きからはアン・プー・スペシアル、一風変った人種とされている。この場合、英語で言うスペシャルとは違って、賞賛の含みはない。マルセイユ人はとかく事実を歪曲し、誇張し、ご都合主義で物を言うから油断がならないと思われがちである。察するところ、これはマルセイユが漁業の町で、その環境が自然を贔屓《ひいき》目に見る漁師の本能を助長するためではなかろうか。鰯が年々、小ぶりの鮫ほどに育つのはマルセイユの海だけだ、などと言う。ならば、その驚異の鰯を見せろと詰め寄れば、時期が悪い、と相手にされない。満月でなくてはそんな鰯は寄ってこない。たまたまその時が満月に当たっていれば、気を長く待てという返事である。大鰯が姿を見せるのは新月の夜だ。ここは公平を期すために断っておくと、こういう話をする時、マルセイユ人はきっと肘で人を小突くか、あるいは、片目をつむってみせる。真に受けることはないのである。にもかかわらず、マルセイユ人は法螺《ほら》吹きと相場が決まっている。マルセイユ人の言うことは眉唾だから、話半分に聞けというのである。

もっとも、相手の言うことが通じなくては話半分も何もない。マルセイユは昔から中央政府に唯々《いい》諾々《だくだく》と従うことを潔しとしなかった。パリの政府官僚に対する反抗の歴史は長く、言葉遣いにいたるまで、マルセイユは徹底して反主流である。市民は頑としてパリの標準語を話したがらない。それというのも、ありていは、強い土地訛りのせいでマルセイユとパリでは同じフランス語でもまるで響きが違うのである。マルセイユ人の発音は一種独特で、耳馴れた言葉も彼らにかかると、こってりと濃い口の言語学ソースでマリネにしたように聞こえる。ましてや耳馴れない言葉にマルセイユふうの会話表現が加わると、まるで未知の言語の渦巻きに呑まれたようである。

何度聞いても理解できず、紙に書いてもらってやっとわかった表現にこんな例がある。「ラヴィヨン、セ・プリュ・ラピッド・ク・ル・カミヨン、メーム・シ・イ・ア・パ・ドゥ・プーヌー」飛行機はタイヤがなくてもトラックより速い。極くやさしいフランス語だが、マルセイユふうマリネードに漬けるとちんぷんかんぷんだ。この土地で生まれた独特の表現となるともっと始末が悪い。「イレ・タン・ヴレ・キュ・クーズュ」あいつは尻に縫い目がある、とはいったい何のことかといえば、笑いを解さず、にこりともしない男を言うのである。この陰気な性格に加えて少々頭がおかしいとなれば、気の毒にも「イレ・ボン・プール・ル・サンカントカトル」五四番線である。昔、五四番線の市街電車が精神病院の前で停まったところから出た表現であるという。

両親が思いを込めて子供たちに付ける名も、マルセイユ式の転訛を免れない。本人が好むと好まざるとにかかわらず、アンドレはデドゥに変えられてしまう。フランシスはシスー、ルイーズはズィズである。子供たちは長ずるにおよんで、マルセイユを除いてはフランスのどこにもない言葉を使うことになる。モモ。マファルー。トティ。スクムーニュ。カフーチ。古いプロヴァンス方言と類縁の言葉があり、また、何世紀もの間にイタリア、アルジェリア、ギリシア、アルメニア、その他あらゆる国から移民が持ち込んだ言葉を借用して出来上がったマルセイユ弁は、フランス語でありながらフランス語とは隔絶した一種の異言語である。濃いめの味で、いささか癖のある言葉のシチューとでも言ったらよかろうか。はじめての旅行者はどうしたって気後れを覚えずにはいられない。

いや、言葉の問題もさることながら、マルセイユではまず中心街へ行き着くのが一苦労である。まっすぐ颯爽と乗り込むには海側から行くしかない。マルセイユの「絵にも描けない美しさ」に圧倒された一七世紀の作家、セヴィニエ夫人の感動もかくやという絶景は、船上から一目におさめることができる。画然と矩形《くけい》に切れ込んだ旧港と、背後の町並み、そして、丘の頂に聳え立つノートルダム・ドゥ・ラ・ガルドの金色の聖母像はそぞろ旅情を掻き立てることだろう。だが、車だと第一印象は、絵にも描けない美しさとはいかない。セヴィニエ夫人が娘に書き送った景色と違って、現代のマルセイユ郊外は殺伐の極みである。道路は重層してトンネルを潜り、高架橋を跨ぎ、取り壊し工事を趣味にしたくなるような街を縫っている。

土地鑑よりは幸運に助けられて、私たちはようよう旧港まで辿り着いた。たちまち景色が変って目の前に海が開け、排気ガスの臭気を吹き払って新鮮な潮の香が鼻を満たした。いつものことながら、混雑した道路を抜けて海辺の町に出ると生き返ったような気がする。ここマルセイユの名物は、漁師たちが売り声を競う魚市場の賑わいである。

市は港の東側で、毎朝八時頃から開かれる。ゴム長靴を履いて鞣《なめ》し革のような顔をした漁師たちがダイニングテーブルほどの浅い箱を前に声を嗄《か》らして客を呼んでいる。水揚げされたばかりの魚は銀色、灰色、青、赤、と朝日に鱗をきらめかせて飛び跳ねる。悲しげな目で通りすがりの客を見上げる魚もある。どの屋台も魚を捕ってくるのは亭主、売るのは女房である。足を止めると、内儀が魚を摑み上げて鼻先へ突きつける。「ほら、さっきまで海で泳いでいたんだよ!」叩かれて魚は身をくねらせる。「おやまあ、あたしったら、生きた魚を死んだのの値段で売ってるんだからね! 魚は頭にいいんだよ。精がつくしね。ヴネ、ラ・マミー、ヴネ! さあ、いらっしゃい、いらっしゃい!」客は勢いに呑まれて一尾買い、中でまだ魚が跳ねている青いビニール袋を突き出すようにぶら下げて歩み去る。

屋台店の背後の港では、モザイクのように水面を埋めて舫《もや》った船が漣《さざなみ》に揺れている。船縁を接して係留されたヨットやモーターボートは数百ヤードの沖合まで、足を濡らさずに伝っていけるほどである。洋上の安酒場もあれば、寝泊まりの設備のない小型ヨットもある。ニスも新しい大型の高級ヨットが優美な姿を横たえている。ずんぐりと胴の膨らんだフェリーに乗れば、すぐ向こうの、暗黒の歴史を秘める心寂《うらさ》びた小島までは一跨ぎである。

アメリカではサンフランシスコ湾のアルカトラズ島が連邦刑務所の代名詞だが、その先輩格とも言うべきシャトー・ディフは一六世紀、好ましからざる人物をマルセイユ市街から遠ざける目的で建設された。囚人にとって清々しい潮風はわずかな慰めだったに違いないが、自由の楽園、一衣帯水のマルセイユを眺めて送る獄中生活はまさに拷問の日々であったろう。小説を地でいくような道具立てだから、シャトー・ディフの名を世界に知らしめた、あのモンテ・クリスト伯が架空の人物だったことは異とするに当たらない。モンテ・クリスト伯の生みの親、アレクサンドル・デュマ・ペールは、フランス当局が大デュマの読者に失望を与えることを恐れ、モンテ・クリスト伯の独房を設けてその文業を記念するまで長生きした。それはともかく、実在の囚人は数限りない。一時は数千を越す新教徒がここに留め置かれ、後にガレー船の漕ぎ手としてこき使われた。法律は今も昔も理不尽で、気の毒なのはムッシュー・ドゥ・ニヨゼルである。国王の前で帽子を取らなかった無礼を咎められたのはやむを得ないとしても、何と驚くなかれ、それから六年、彼はこの島の独房に監禁されたという。フランス王室の不運な末路も故ないことでない。

一日のはじめにちょっと海の風に当たるのも悪くない、と思案して私たちはフェリー桟橋の切符売り場へ向かった。窓口の若い男はろくに顔も上げなかった。「欠航です。この天気ですから」

日は麗らかで、暑からず寒からず、これ以上の天気は望めなかった。桟橋に横付けになっているフェリーはシャトー・ディフとマルセイユの陸を隔てる鏡の海どころか、大西洋さえ渡れそうな堂々たる偉容である。天気がどうかしたか、と私たちは問い返した。

「ミストラルですよ」

　風は微かに頬に感じる程度だった。どう間違っても、これで船がひっくり返る気遣いはない。「だって、ミストラルなんて吹いてないだろう」

「もうじき来ますよ」

「じゃあ、君はここで何してるの?」

この日の第一号で、青年は大きく肩をすくめた。これをやられたら問答無益である。桟橋から引き返す途中、色の黒い小柄な男に呼び止められた。家内に向かってしきりに指をふり立てている。「駄目駄目」家内が肩にかけているカメラを指さして男は言った。

「バッグに入れとかなきゃあ。ここはマルセイユだよ」

私たちはあたりを見回した。カメラを狙う強盗団か、陸へ上がって酔った水夫か、暗黒街の顔役を乗せてスモークガラスで目隠しをした車か、相手が何者であれ、危害をこうむる恐れがあれば護身の策を講じなくてはならない。が、そんな気配はかけらもなかった。日差しは明るく、カフェは客がいっぱいで、歩道に溢れる人々は、地中海の都市という都市と同じで、どこへ急ぐふうもない。注意してよく見ると、マルセイユでは地方にくらべて裕福そうな肉付きのいい市民の姿が目立つ。私たちは半時間ほどの間に、普通なら一週間に出逢うよりもたくさんの便々たる太鼓腹を見かけた。肌色の配合もまたこの街独特で、カフェオレからセネガルの漆黒まで、アフリカ各地の風色を映すさまざまな肌合いの顔が道を行き交っている。

私たちは桟橋を後にしてカヌビエール通りへ出た。旧港から東へ伸びる目抜き通りである。かつては南仏のシャンゼリゼと言われたこの大路も、今では世界中の近代都市と同じ運命を辿って、銀行や航空会社、旅行代理店の営業所に特別の興味がない限り、これといって見るべきものもない。それでも、少し先のデュゴミエ通りを左へ折れれば、マルセイユを訪れる観光客が必ず見物の予定に加えるサン・シャルル駅に突き当たる。正確には、駅から下る階段がここで通りと落ち合っているのである。一九世紀に作られた、映画のセットを思わせる仰々しい大階段で、アジアとアフリカを象徴する彫刻が趣を添えている。大きな荷物を抱えていなければ、マルセイユ入城には打ってつけの場所である。時間に追われているか、足が痛くて歩きたくないようなら、ここから地下鉄に乗るといい。

自慢ではないが、地下鉄に乗ろうとすれば必ず迷子になる私の記録はいまだかつて破られたことがない。ロンドンでも、ニューヨークでも、パリでも、人が切符を買っている頃にはもう自分がどこにいるのかわからない。ところが、マルセイユの地下鉄に限っては嬉しいことに、方向感覚にぽっかり穴が開いている私のような人間にも、こぢんまりと軽便で実にわかりやすい。駅を出て十五分後、私たちは旧港の南に沿ってJ・F・ケネディ大統領海岸道路、コルニーシュを歩いていた。そろそろ昼時である。

街を歩いてこれほど楽しかったことは、思い出しても数えるほどしかない。現代都市のスカイラインにノートルダム・ドゥ・ラ・ガルドの金色の女神像が見え隠れして、目を転ずれば波静かな海にフリウールの島が浮かび、潮の香を孕《はら》む風が心地よい。道路と海を隔てるなぞえの岩場では、人々が寝そべってインディアン・サマーの日光浴を楽しんでいる。男が一人、水泳帽のほかは一糸まとわぬ姿で、蛙足で水を蹴っていた。紺青の海を間切る肌が白い。十月とは思えない、まるで六月の景色だった。

海岸線は小さな入り江、アンスが連なって虫が食ったようである。そのまた入り江の名がふるっている。アンス・ドゥ・マルドルメ、と不眠症患者の集落を連想させる入り江があるかと思えば、隣はフォッス・モネで、贋金造りの浦である。私たちの行く先はオッフ、すなわち、縄を綯《な》う名人の浜で、ここに歴史を誇るレストラン、その名も床しいシェ・フォンフォンがある。新鮮な魚が売り物で、テーブルに運ばれた魚がウィンクする、と評判の店である。

コルニーシュからそれてオッフの入り江に降りると、そこはさながら箱庭の漁村だった。汀の斜路に漁船が幾艘も引き揚げてあり、子供が二人、テーブルが込み合うレストランのテラスでボールを蹴り合っていた。アタッシェケースを足下に、突堤からディーゼルオイルの膜が虹色に浮く浅瀬に釣り糸を垂れている暢気者《のんき》もいる。折りから村の洗濯日と見えて、家々の前の物干し綱は花盛りだった。真紅、赤紫、緑、と華やかな中に、ところどころ、ややくすんだ濃いめのピンクが混じる下着の万国旗である。白やパステル調が主流の北部にくらべて、南仏の洗濯物が色彩豊かなのはどうしてだろう？　諸般の事情と同じく、ランジェリーもまた気候に左右されるのだろうか。マンチェスターやスカーズデイルで、かくも奔放で刺激的な光景を想像に描くことはむずかしい。

満目燦爛の下着の後で、シェ・フォンフォンの店内は仄《ほの》暗く、目を驚かす何もなかった。わざとらしく飾り立てずにしっとりと落ち着いた雰囲気を醸しているところが心憎い。どのみち、客はメニューに夢中で、店の内装に注意を向ける暇はない。目当ては魚である。

マルセイユと魚を一緒に話題に上せる時は用心しなくてはならない。ほかの土地ならいざ知らず、南仏ではきっとその場にブイヤベースの権威がいて、話が耳に入ったが最後、自分の好みのレシピが、断然、他に優っていることを説き、こっちが納得するまで解放してくれないからだ。ブイヤベースに関しては、正規の材料を使用していることを公的に保証するブイヤベース憲章、シャルト・ドゥ・ラ・ブイヤベースがあって、マルセイユのまともなレストランなら、必ずこれを店頭に掲げている。ところが、ほんの何十キロか東へ寄ったトゥーロンでは、マルセイユの憲章も威光は地に落ちて駐車違反のチケット並みである。ことはジャガイモにかかっている。

トゥーロンでは、ジャガイモ抜きのブイヤベースはブイヤベースと認めない。マルセイユでは、ジャガイモを入れるのは神聖冒瀆である。同様に、ロブスターに関しても意見が割れる。正統か、邪道か。すべては所柄の問題である。いずれ、こうした議論はブリュッセルの人権委員会か、ミシュラン・ガイド、あるいは、食文化も職掌のうちである内務省の裁断で決着が付くことになるだろう。が、それまでは、ブイヤベースといえばまずこれに止めを刺す一品を紹介しておこう。

魚は活きのいい地中海ものに限る。東京、ニューヨーク、ロンドンでブイヤベースをメニューに掲げているレストランは似非《えせ》である。魚はいろいろあるが、何と言ってもオニカサゴが一番だ。生みの母でなくては愛情を懐けないような醜怪な顔をした魚で、普通、これが頭付きで出てくる。客に悪い夢を見させようという魂胆ではない。とびきりの珍味とされている頬の肉を供するためである。オニカサゴの身は実に淡泊だが、そのために、かえってサフランとニンニクたっぷりのスープで一緒に煮込むほかの材料の風味を引き出すのだ、とその道の通は言う。

スープと魚は別々に運ばれてくる。スープにはトースト、魚にはルーイユが付いている。ルーイユは、チリペパーと山のようなニンニクをオリーヴオイルで解いた、その名の通り錆色のつんと来るペーストで、この香辛料と魚が舌の上で絡み合う鮮烈な味わいが何とも言えない。が、大量のニンニクが食後に尾を曳く効果は間違いなく反社会的である。店を出た私たちは、裏町で追い剥ぎに遭う心配はかけらもなかった。襲われたとしても、狙い定めてはっと息を吐きかければ、追い剝ぎはその場にへたり込むか、さもなければ、後をも見ずに飛んで逃げるはずである。

私たちはマルセイユでも歴史の古いル・パニエ界隈の裏町まで足を伸ばした。二万人ほどの市民が暮すこの一帯は、第二次世界大戦中、ユダヤ人難民やレジスタンスの闘士たちが隠れ住んで、これを知ったナチスの手であらかた爆破された。現在、残っているのは狭い急坂が入り組む陋巷《ろうこう》で、ここやかしこで階段に断ち切られた細道は舗装もろくに行き届かず、両側に建ち並ぶ民家は疲弊を絵に描いたようである。車はめったに通らない。この午後も、私たちが見かけたのはたったの二台だった。一台は路地から迷子の犬のようにそっと鼻面を覗かせたが、角が狭くて右にも左にも曲がりきれず、諦めてもと来た道を後進した。もう一台は曲芸的な駐車で、今も記憶に焼きついて離れない。

間口がわずか部屋一つ分ほどの、おそろしく手狭な家の前を通りかかって、開いたドアから中を覗くと、カーペットを敷き詰めてテーブルに椅子を配した極く普通の部屋に家族が三人揃ってテレビを観ているところだった。その傍らに、磨き上げたシトロエンがでんと駐まっている。小型のシトロエンには違いないが、それでもかなりの図体である。その車が、どうやってドアを抜けたものか、家具を擦《こす》りもせずに行儀よく駐まっているではないか。いつからそこに置かれているのか、果たして一度でも路上を走ったことがあるだろうか、と首を傾げずにはいられない。

シトロエンは、おそらく、私たちもさんざん物騒だと聞かされてきたこの界隈で、もしものことがないようにリビングルームに閉じ込められているのであろう。だが、見ると聞くとは大違いで、ここでもマルセイユは評判通りではなかった。女子供が路地に溢れて、どの顔もおよそ屈託なげである。ほとんどの家がドアも窓も開け放しで、門口がそのまま小さなレストランや食料雑貨店になっているところもある。物騒なことなど何もない、むしろ、ほっと寛げる町である。肉体に危害がおよぶ心配があるとすれば、どこからともなく飛んでくるサッカーボールくらいのものだろう。

プティ・ピュイ通りを登りつめたところに、マルセイユでも最も保存状態のいい歴史的建築の一つ、旧慈善院、ラ・ヴィエイユ・シャリテがある。クリーム色とバラ色のクーロンヌ石を組み上げたこの建物はピエール・ピュジェの設計で一七世紀から一八世紀にかけて建造され、一時はホームレスの収容にあてられていたが、思うに、ここで雨露を凌いだ貧窮者は、自分たちが建築美術の精華とも言うべき玉楼に身を寄せている有難みを知る心のゆとりもなかったろう。間口五十ヤード、奥行き百ヤードの広大な方庭を三層の回廊が取り囲んで、卵形のドームを頂く壮麗な中央礼拝堂を見降ろす結構はバロック建築の傑作に数えられている。

さりながら、慈善院の名とは裏腹に、初期の歴史はとうてい哀憐の行いと呼ぶにふさわしくなかった。一七世紀マルセイユの住人、少なくとも屋根の下に暮して懐中に貯えのある市民は、巷に徘徊する物乞いや浮浪者の数に怯えていた。宿無しは社会不安と風紀紊乱《びんらん》の元凶である。市警察は公安警備のために機動隊を組織し、緋色の制服を着た巡査長と十人の射手が街を警邏《けいら》して、マルセイユの生え抜きであることを証明できない貧者を片っ端から拘禁した。機動隊は職務に精励し、一六九五年には千二百人の男女が慈善院に叩き込まれた。彼らは武器を帯びた役人の厳重な監視のもとで苦役に従事したが、時たま見張り付きで葬列の頭数に狩り出されることもあった。

フランス革命を経て慈善院は本来の目的にかなう弱者救済の施設となり、老人、貧困家族、孤児、都市開発の区画整理で家を失った市民、ナチスのダイナマイトで焼け出された難民、と世紀を跨いで数多《あまた》の恵まれない人々に仮の住処《すみか》を提供したが、第二次世界大戦後は長らく荒廃に任されていた。

慈善院が綿密な計画のもとに現在の完璧な姿に修復されるまでには二十余年の歳月を要した。ごみごみと狭苦しい街を抜けてこの光満ちる広い方庭に立った時は、荘厳の気に圧倒される思いだった。目を瞠《みは》る景観に声を失うとはこれである。大規模な建築は、えてして人を寡黙にする。回廊には三、四十人の観光客がいたが、畏れかしこむとまでは言わずとも、ほとんどそれに近い気持で声を押し殺しているふうだった。たまたま季節の替り目で、催し物や展示は何もない。とはいえ、院内には地中海考古資料館や充実した本屋があって、それだけでも半日たっぷり楽しめる。

私たちは港に引き返して、最近とみに人気の高いブラッスリー、ル・ニューヨークのテラスから絢爛たるマルセイユの入り日を眺めた。一日はあっと言う間だった。見残したところはたくさんある。天気のせいでシャトー・ディフへは行かれなかった。終日これ以上はないほどの好天だったにもかかわらずだ。美術館や博物館、高層ビルの谷間に埋もれた古建築や大聖堂、大理石の円柱四百四十四本が穹窿《ヴォールト》を支える伽藍、パニョルの映画「マリウス」で男たちがカードに興ずるバー・ドゥ・ラ・マリーヌ、ナポレオン三世が妻のために建てたシャトー・デュ・ファーロ、それに、マルセイユの胃袋、マルシェ・デ・カピュサン、と行きそびれたところを数えだしたら切りがない。

マルセイユの一日は、樽から酌むほんの一盞《いっさん》でしかなかったが、ぜひまた来よう、と思わせるだけのことはあった。マルセイユは譬えて言えば、いささか薹っ葉な大年増かもしれないが、侮り難い魅力があって、おまけに、現代の俗臭の中にところどころ得も言われぬ美しさを残している。たまたま私はマルセイユの度はずれて奔放な、少々あくの強い土地柄が大好きで、とりわけ、フランス国歌とプロヴァンスを代表するアペリティフを横取りした鉄面皮にはただ敬服のほかはない。

フランス人の血を騒がせる「ラ・マルセイエーズ」は、もとはといえば、革命の最中にアルザスのストラスブールで作曲された「ライン軍の戦闘歌」である。これをマルセイユの志願兵五百人がパリへ上る道々歌って各地で熱狂的な喝采を博した。マルセイユ軍がパリに着いた時には、もはやこの曲はマルセイユの歌でしかあり得なかった。なるほど、フランス国歌の題名としては「ラ・ストラスブールジョワーズ」よりもこの方がはるかに響きがいい。

やや下って、若き日のポール・リカールは自分のブランドでパスティスを売り出すことを思い立った。リカールは後にマルセイユきっての大富豪にのし上がって権勢をふるい、奉公人千五百名を引き連れてローマ法王に拝謁するまでになるが、当時はまだ無名で、パスティスも自身の発想ではなかった。一九一五年に中毒性の強いアブサンが禁止されて、アヴィニヨンのペルノー酒造がパスティスの生産に乗り出した。ところが、このペルノーもまた、パスティスの元祖ではない。伝説によれば、元祖はさる遁世の修道僧である。世捨て人の身でありながら、野心家で大いに社交的だったこの修道僧が、自分の創り出したパスティスで一稼ぎしようと考えたところで驚くには当たるまい。彼がマルセイユにバーを開いたのは当然の成り行きだった。そのパスティスを地中海の特産に仕立て上げたのが、宣伝と市場開拓の才に長《た》けたリカールである。リカールは独力で正真正銘のマルセイユ・パスティス、ル・ヴレ・パスティス・ドゥ・マルセイユを完成し、これを品質保証の宣伝文句に使った。作戦は図に当たって、現在、リカールの売り上げは年間五千万本を超えている。

最後に、独立不羈のマルセイユ魂を物語る史実を一つ。ルイ十四世の時代、いっかな中央の権威に靡《なび》こうとしないばかりにマルセイユは痛い目に遭った。海上からの攻撃を防いでマルセイユを守るはずだった稜堡が破壊され、外敵よりも始末の悪い市民に大砲が向けられたのである。

自分でもよく説明できないのだが、王政が滅び去って久しい今もなお、昔に変らず反抗の意気に燃えるマルセイユ人が生きていると思うと不思議に嬉しい気がする。

鼻の学校

アプトから北へ車で一時間も走れば、そこはもうオート・プロヴァンスである。ジャン・ジオノの小説の舞台で、ジオノはとかく沈鬱な、仮借するところない目でこの土地を見つめている。風景描写一つ取っても実に素っ気ない。「家々は半ば傾きかけている。イラクサに覆われた道を風が渡り、吼《ほ》え哮《たけ》り、鎧戸もない破れ窓や開け放しのドアを吹き鳴らす」

ジオノは文章上の効果を意識して極端な書き方をしたかもしれないが、ここには荒涼として寒々しいこの土地の風景がよく描かれている。耕地の開けたリュベロンの絵葉書のような景色や、こぎれいな民家、桜の園、手入れの行き届いたブドウ畑を見馴れた目に、オート・プロヴァンスはまるで別の世界である。一帯は空漠として、ほとんど未開の原野と変りない。村々を大きく隔てる荒蕪の地は、あるところでは、突兀《とっこつ》たる露岩が鋸歯状をなし、またあるところでは、なだらかにうねるような起伏が美しい。目を上げれば無辺の空である。車を止めて耳を澄ますと、どこか遠く視野のおよばぬあたりから山羊の群の虚ろな鈴の音が伝わってくるほかは、聞こえるのはただ風の唸りばかりである。

フランスのどこよりも空がきれいなところとされているオート・プロヴァンス天文台を過ぎて、モンターニュ・ドゥ・リュールの山裾を行くと、盆地の底に、一面のラヴェンダー畑に囲まれた人口百人ほどの村、ラルディエがある。役場を中心に家々が肩を寄せ合うようにかたまっている鄙《ひな》びた土地で、村に一軒のレストラン、カフェ・ドゥ・ラ・ラヴァンドは、一日のドライヴの終りに素通りできようはずもない。料理、ワイン、愛嬌と三拍子揃った嬉しい店である。

ラルディエにジャーナリストが近づくことは絶えてなく、ましてや記者団など思いも寄らない。ところが、ラヴェンダーが灰緑色から濃紫に変る六月のある晴れた日、どこを捜してもほかに例のない教育機関の開講を取材に、報道陣が大挙して押しかけた。

学校設立の発起人は、ジオノの生地、マノスクに本社を持つ世界的に有名な生粋のプロヴァンス企業である。ロクシタンは匂いを売って名声を築いた。同社の石鹼、オイル、エッセンス、シャンプー、クリームはことごとくプロヴァンスで製造され、原料もほとんどは地元で調達している。誰もが真っ先に思い浮かべるに違いないラヴェンダーはもちろん、サルビア、ローズマリー、ハーブ、蜂蜜、桃、アーモンド、と匂いのもとは数限りない。

人は好みに応じて桃の香りの風呂に浸かり、タイムの油を肌に擦り込み、ローズマリーの涼やかな匂いを楽しみながら顔を当たる。近頃、これに新たな知恵が加わった。優れた発想がえてしてそうであるように、ふり返ってみれば呆れるほど単純な着眼だった。ロクシタンは製品のラベルに二通りの文字を使い、その一方を点字で表記することにしたのである。これによって、洗面所の棚の容器が目で見るばかりか、指先でもわかるようになり、そこからさらに新しい発想が生まれた。人体の基本的機能が損なわれた時、これを補う自然の働きを利用しようという考えで、この場合、発想の原点は視覚の欠損である。

失われた視力を補うためにほかの感覚は発達するが、とりわけ嗅覚は鋭敏になる。匂いを商売としている会社は、極度に敏感で、かつ見識を具えた鼻の持ち主を求めてやまない。香水は偶然の所産ではなく、複雑な薬品の処方にも匹敵する厳密な調合によって作られるものである。すなわち匂いのカクテルで、調合には芳香と異臭の微妙なバランスが要求される。香料を吟味し、混ぜ合わせ、匂いを判定する仕事は高尚な芸術と言って間違いない。どの分野にせよ名人上手がおいそれといるものではなく、香水の世界でも真の芸術家は稀である。香水の芸術家は生まれながらの適性がなくてはならず、何にもまして必要なのは百万人に一人という、並みはずれて鋭い嗅覚である。年月をかけて正しく訓練すれば嗅覚は発達して、あるかなきかの幽かな匂いを嗅ぎ分けられるまでになる。その一滴が凡庸な香水を忘れ難い芸術作品の域に高める、玄妙な調香の技も手の内である。が、それにはまず、もともとが優秀な鼻の持ち主でなくてはならない。

そのような人材をどこに求めたらよかろうか？　フットボール、数学、音楽、語学、何の世界であれ、抜きん出た才能は早いうちから顕れる。栴檀《せんだん》は双葉より芳しである。ところが、超高感度の鼻は隠れた資質で、人知れず研ぎ澄まされる感覚だから、普通の情況ではほとんど評価されることがない。例えば、母親同士、子供を自慢し合っている場面を考えてみればいい。「そりゃあ、ジャン・ポールはたしかに乱暴ないじめっ子よ。こないだだって、あたしの目の前で、お姉ちゃんの足に噛みついたわ。でもね、あの子が何をやっても、あたしは許せるの。だって、なにしろ鼻のいいことといったらないんですもの」―まずもって、あり得ない話だろう。小さい時から、鼻はすでにして見捨てられた器官である。

ロクシタンがこの現状に一石を投じて、六月のある晴れた日、極めて特異な学校が開講の運びとなり、生徒が何人かラルディエに集まった。年齢は十から十七で、いずれも目が見えない。

この鼻の学校の正式名称は、レコール・ディニシアシオン・オー・ザール・エ・オー・メティエ・デュ・パルファン・デスティネー・オー・ザンファン・アヴーグル「盲目児童のための調香技術教習所」である。教室は村はずれの石小屋で、ここに世界各国からかくも大勢の来訪者が集うことはこの先二度とないだろう。北米、ヨーロッパ、香港、オーストラリア、日本からやってきた報道陣がノート片手に鼻をうごめかせて見守る中で、生徒たちは中央の長いテーブルを囲んで着席した。

銘々に配られた教材は、いろいろな香料のフラスコと先細りに筒状に巻いた試験紙である。第一課は、これは何、とあらかじめわかっている香料を嗅ぐ技術で、たちまち私は今までずっと自分のやり方が間違っていたことを思い知らされた。物の匂いを嗅ぐとなれば、私はいきなり鼻を近づけて、溺れかけた人間が三度目に浮かび上がった時のように夢中で息を吸い込まずにはいられない。それは蓄膿症患者が薬を吸入するやり方だ、と講師はやんわり私を諭した。正規の受講生がこんなことをすれば、成績はびりっけつ疑いなしである。専門用語では鼻腔吸引とやら言うのだそうで、長い時間、もろに匂いを吸い込むと鼻の奥の繊細な粘膜が刺激に耐えかねて、しばらくは嗅覚が麻痺してしまう。

最初の試験に落第した私は、脇へ呼ばれて正しい吸引法の指導を受けたが、この道ではいみじくも「匂いを聞く」のだ、とこれもついでに教わった。実演は風雅そのもので、オーケストラの指揮者が今まさに木管セクションにきっかけを出そうとする刹那の呼吸に通じるところなくもない。試験紙の先をフラスコに浸し、これを引き上げるなり、流れるように鼻先をかすめて、ひょいと小手を撥《は》ねるのがこつである。この一瞬の動きで、鼻は確実に匂いを感知する。情報は脳に伝わって分析される。それだけのことである。私は重ねて聞かされた。ふがふがと、むやみに嗅いだところで意味はない。

生徒たちを見ると、私よりはるかに上手に匂いを聞いている。鼻が拾った信号を読み取って、思いつめた顔が驚嘆を示し、歓喜に輝くさまは実に感動的である。

嬉しいことに、講師がただの人ではない。リュシアン・フェルロは、見識といい、感覚といい、フランス屈指の調香師で、これまでに二千を超す香水を世に出している名匠である。学校の趣旨に賛同して、次の世代に蓄積を伝え、かつ、磨けば光る才能を発掘できるものならと、はるばるグラースから教えに来ている。

フェルロは生まれながらの教師で、自分の専門に情熱を懐き、大方の権威と違って、物事をわかりやすく、面白く説明する術を心得ている。生徒たちは彼の話をよく理解したし、呑み込みの悪い私さえ、置いてきぼりを食うことはなかった。香水は二つの段階で作用する。鼻による認識と、脳による解釈である。香水には大きく分けて五つの種類がある。香水とは、広義には各種の香料を調合してアルコールで薄めたもので、その役割は、クヴェルテュール・デ・モーヴェーズ・オドゥール、臭いものに蓋をすることである。名調香師フェルロは大袈裟に鼻を歪め、生徒たちはくすくす笑った。

最初の講義は一時間足らずで終った。一つには、職業上の大敵、嗅覚疲労が兆したためである。超一流の専門家といえども、しばらく匂いを嗅いでいると鼻が疲労して集中力が減退する。だが、それ以上に、ここはフランスである。学問修行も食事には席を譲らなくてはならない。教室の外のテラスにテーブルを設えて、カフェ・ドゥ・ラ・ラヴァンドから料理が運ばれていた。私はかつて一時に見たこともない数の報道陣とともに席に着いた。

正直、いささかの困惑を禁じ得なかった。過去に記者団と応接した体験は、数年前、メネルブにいた頃のことで、イギリスの新聞という新聞が挙げてプロヴァンス発見に沸いていた一時期である。記者たちは、夜討ち朝駆けで押しかけては洪水のような質問を浴びせ、わずかでも私の不注意な発言を聞き逃すまいとテープレコーダーを回し続けた。ほとんどの場合、私は彼らの期待に添えなかったが、満足しない記者たちは隣家のフォースタンがトラクターでブドウ畑に出るところを待ち伏せして聞き込みに励んだ。カメラマンは家の周りの茂みに潜んで機を窺った。ある熱心な新聞編集者は家内宛に、すでに時間の問題となった私たちの離婚を悲しむＦＡＸを寄越し、二百万読者に心境を語れと要求した。幸いにして、家内は今もまだ私を見限っていない。ある新聞は私の家の地図を、またある新聞は電話番号を掲載したが、これが両方ともまるででたらめだった。

どこかで誰かが、突然、見も知らぬイギリス人の訪問を受け、あるいは電話をもらってびっくりしたことだろう。極め付きはあるタブロイド新聞からの手紙で、発行部数を伸ばすために企画している賭博の賞品に私の家を買い取りたいという申し出である。てんやわんやの毎日だった。

同席の記者団が、他人の家の内情よりは香水学校に関心が深いと知って私は少なからずほっとした。ほとんどは家庭医学欄や美容欄の担当者で、肌の手入れや化粧について専門知識を誇り、眉の上げ方一つにもそれぞれの流儀があって、贅肉はかけらもなく、厳しい自己管理のもとにダイエットを励行しているに違いない。この佳人才媛たちは果たしてプロヴァンス風の夏の昼餉《ひるげ》を無事に乗り切れるだろうか、と私は懸念した。なにしろ、アイオリのこってりかかったタラとジャガイモ以下、料理三品に、午後の半日が跡形もなく沈んで消えるかと思うワインの量である。

これまで報道関係と付き合ってきた経験から、仕事で鍛えた健啖が物を言うことを、当然、私は知っておくべきだった。ジャーナリストはそれぞれに関心の対象が異なり、文体も違えば、取材の態度も、素材を発掘する能力も各人各様である。驚異的な記憶力を持つ記者もいれば、テープや速記に頼る筆者もある。が、ただ一点においてジャーナリストはすべて同類である。ジャーナリストはよく食べる。この日ラルディエに集まった女流記者たちも、小気味がいいほどよく食べ、よく飲んだ。コーヒーになってテープルを見回すと、わずかでも底に雫が残っているのはミネラルウォーターの壜だけだった。

国民性が表に出たのもこの席である。アングロサクソン系は、ほとんどがぐったり椅子に凭《もた》れて食後の安穏に身を任せたが、極東系は元気潑剌で、てんでにニコンを取り出して景色を撮りまくった。だが、残念ながら、人の鼻が捉えるものを、カメラは記録できない。かっと晴れたオート・プロヴァンスの匂いは、照りつける日の光に眩しく霞むラヴェンダーやサルビアの遠見に劣らず人の心を掻き立てる。焼けた土と岩、草いきれ、熱い風が醸す夏の匂いこそは、まさに、この地の風景の精粋である。やがてはこれも壜詰めにされることだろう。

午後は匂いの見学コースを歩いた。最初に寄ったのは、レストランとは趣を異にする調理場とでも言ったらよかろうか、数マイル離れたロシェ・ドングルにある花香油の蒸留設備である。私は白衣の技術者たちが制御装置のボタンを押す実験室のような場所を想像していたが、行ってみると、片側が吹き抜きの小屋掛けに熱気が渦を巻き、高い煙突からいい匂いのする煙が濃く立ち昇っている。アメリカの漫画家、ルーブ・ゴールドバーグが建てたかと思いたくなる工場で、錬金術師の親方は白衣の技術者どころか、TシャツにジーンズのI職人である。それも、名人肌の職人だ。

香料の製法といったところでむずかしいことは何もない。植物をただ火と水で加工するだけである。大小の管が曲がりくねって立ち上がり、壁や天井を這う装置の片側で桶に張った水を熱すると、蒸気が管を伝って蒸留塔を潜る。私が見た時はローズマリーを蒸留していた。蒸気によって分離した花の揮発成分は、螺旋状の管を通って冷却水の循環する凝縮装置に送られる。ここで蒸気は冷えて水となり、その表層に芳香を放つ精油が留出する。これを掬《すく》ってフラスコに取れば、五ツ星のＶＳＯＰに匹敵するローズマリー油の出来上がりだ。これと同じ工程で、バラ、レモン、ミント、ゼラニウム、タイム、マツ、ユーカリ、その他ありとあらゆる花木から香料が作られている。

あたりを見回して私は、香水製造の現場と、最終的に香水が使われる場所の対比に不思議な感慨を覚えずにはいられなかった。私は今、工場というのも躊躇《ためら》われる野中の掘立て小屋で、サウナに閉じ込められでもしたように汗をかきながら、初心者向けの化学実験設備かと紛う大きな装置で山盛りの花が蒸留されるさまを眺めている。香水に姿を変えた花々はどこへ行くのだろうか？　この粗末な工房からは想像もおよばないどこか遠くの深窓で、香水は化粧台の小壜から一滴一滴、女性の肌を湿すのだ。

汗だくになりながらも一つ知識を増して、私たちは焦熱の蒸留設備を後にサラゴンの修道分院へ回った。一二世紀にベネディクト会修道士の修行の場として建てられ、革命期に閉鎖されたこの史蹟は、現在、修復されてオート・プロヴァンスの郷土植物園になっている。

巨石を組み上げ、正確な間合いで造形に非の打ちどころない穹窿を戴くこの種の建物を見るたびに、近代的な建設機械の助けもなしに、よくまあこれだけのものを建てたことよと驚嘆を禁じ得ない。クレーンや油圧ウィンチはもちろん、電動の石鋸もない時代、人力と目分量を頼りに気の遠くなるほどの重労働を重ねて古人はこの修道院を完成した。自分たち夫婦の住む小さな家一軒の改築に要した時間を思い出すと、八百年前にこれを築いた修道士たちの並々ならぬ忍耐に脱帽しないわけにはいかない。

その修道士たちも、近年、敷地内に新しく整備された広い植物園は歓迎するに違いない。自然を相手にフランス人が、やるとなったらここまでやるぞ、と本気を見せる時の一徹な心組みで整然と管理されている植物園で、一枝一葉、わずかの乱れもなく、植物にとっては放縦の夏も、ここでは無軌道は許されない。草木は種類と匂い別に正方形の区画に植わっている。私たちは説明を聞きながら花や木の香を嗅いで、色とりどりのカーペットを敷き詰めたような園内を歩いた。植物はすべてラテン語の学名で標示され、雑草などただの一本も生えていない。これではトカゲもうかうか這い出せまい。姿を見せれば不法侵入の罪に問われるのではないかと思う。

陽は西に傾いて、私たちもかなり草臥《くたび》れた。暑く長い午後の疲れが溜まって、もはや匂いを感じなくなっている。このあたりで鼻を休めて、一日の締めくくりに備えた方がいい。

食事は星空の下だった。マーヌの村を見降ろす丘の、古い農家の庭でテーブルを囲み、アペリティフを傾けると、たちまち記者団は息を吹き返した。隣り合わせた美貌の記者は、前の仕事にくらべたら今回の取材は天国だ、と打ち明けた。前の仕事は減量道場におけるレタスとレモンジュースのダイエットと、泥濘浴の体験取材であったという。彼女は自ら認める通りの健啖家で、空腹では仕事ができない、と公言して憚らない。仕事で旨いものが食べられるなら一挙両得である。彼女にとってフランスは栄養源だった。

　これをきっかけに、私はほかの面々にオート・プロヴァンスの印象を尋ねてみた。面白いことに、返ってくる答はてんでんばらばらだった。日本人記者たちは、家々の大きな作りや広漠とした土地にすっかり気を呑まれていた。見渡す限り高層建築もなければ、雑踏も騒音もない。素敵な料理や強いワインもさることながら、何よりも彼女たちを驚かせたのは豊饒の空間である。生涯を東京のマンションで送る身分では、この広さが実感できない。

　アメリカ人はだだっ広い土地に驚くわけもなく、オート・プロヴァンスの田舎はむしろ、どこやら見馴れた風景である。カリフォルニア中西部のナパ・ヴァリーから車を退《の》ければこことさして変らない、と女性記者の一人は言った。彼女は年を経て崩れかけた建物に頽廃の美を見出している。古いものは美しい。その反面、衛生観念では世界の最先端を行く大都会の住民として当然ながら、フランスの何とも理解し難い給排水設備には懐疑的である。片手にシャワーのノズル、片手に石鹸を持って、いったい、どうやって体を洗うのだろうか。フランス人は二人でシャワーを浴びるのだろうか。

通り雨がいつか霖雨《りんう》に変って降り籠められる夏のはじめのイギリスから来た一行は、プロヴァンスの太陽と暑熱、それに、戸外の食事を存分に楽しんでいた。女性記者の一人は美容欄担当の専門家の目で私を見ると、思わず顔をそむけそうになるところを踏み止まって、強い日差しは皮膚を老化させる、と言った。が、それはともかく、集まった記者団はプロヴァンスの気候によく馴染み、土地の人々が「パリジャンのようにお高く止まらず、気さくで親切」なことを知って、みなみな大喜びだった。気の毒に、パリジャンはどこへ行っても総すかんだ。

素晴らしい一日の終りを飾る、楽しい一夕だった。新設の学校で、幕開き早々これほどの関心を集めるとは予期せぬことであったろう。集まった記者団の誰一人、批判めいたことは口にせず、学校の成功を祈る気持はみな同じだった。

その後、どんな様子か知りたいこともあり、私自身、鼻の訓練を続けたい考えもあって、数か月してから今度はグラースの仕事場にリュシアン・フェルロを訪ねた。グラースははじめてで、一九世紀初頭以来フランス香水産業の中心地であるという以外、この町について何の知識もない私は、麦藁帽子の老人がバラの花を手押し車に山と積んで通りを行く光景や、ロシエ・ドングルで見たような、トタン屋根の粗末な蒸留設備を思い描き、街角ですれ違う人々はみなミモザやシャネルの五番を匂わせているのだと想像していた。ところが、町の手前の交通渋滞でそんな幻想は色褪せ、現実に接して完全に消し飛んだ。グラースは現代風俗が雑踏する労働者の町である。

グラースは、羊と、バッファローと、カトリーヌ・ドゥ・メディシスの組み合わせに、ふとした風の吹き回しが重なって香水産業に進出した。中世のグラースは、プロヴァンスの羊皮とイタリアの牛皮を加工する皮革工業の町だった。一度でも製革所に足を踏み入れたことがあれば容易に理解できる通り、皮革加工は途中の工程で芳香植物を必要とする。そこへファッションの波が打ち寄せて、町を新しい方向へ押しやったのである。ルネッサンス期のイタリアに、典雅を求める風潮が澎湃《ほうはい》として起こり、香水を染み込ませた手袋が大流行となった。世の中の動きに遅れまいと、人々は我も我もといい匂いの手袋をしたがった。その需要を賄うため、貴族階級のファッション・コンサルタントだったカトリーヌ・ドゥ・メディシスがグラースに声をかけると、皮革業者たちはいちはやく肩書きの重要性を認識して自ら地位の向上を図り、ガンティエ・パルフュムールを名乗るようになった。今や彼らは牛皮と格闘する職人風情ではなく、貴族御用達の匂い手袋生産者である。

すべては順調だったが、やがて革命が起きて貴族は没落し、同時に貴族の生活様式もあらかた地を掃った。国王は位を追われ、公爵伯爵以下すべての廷臣とお抱えの料理人たちはパリの宮殿ともども、輝ける共和国の栄光の前に膝を屈した。匂い手袋や、権力にへつらってきた軽薄なエリート主義者や、非民主的分子が姿を消したことは言うまでもない。御用達の看板に頼り切っていたグラースの皮革加工業者たちは、ここにおいて、肩書きや看板はどうにでも重宝に変えられるものだと気づくと、何の未練もなく手袋の字を捨てて、ただの香水商、パルフュムールに鞍替えした。香水は生き延びた。革命期のフランスでも、誰も彼もが共和主義者の匂いを帯びたいと願ったわけではなかったのである。

現在、グラースで自前の香水を作っている会社は数えるほどで、ほとんどは技術の高いフリーの調香師に調合を依頼している。ムッシュー・フェルロの仕事場を訪ねてみると、これが案に相違の大企業である。建物は斬新な設計で、今しがた艶《つや》布巾をかけたばかりのように隅から隅まで磨き上げられている。室内に漂う微かな芳香はオフィスの化粧水、オー・ドゥ・ビュローとでも言うのだろうか。大理石の床に靴が鳴るほかは、あたりに物音一つない。私たち夫婦はフェルロに案内されて、香水の壜とコンピュータが並ぶ中を奥へ通った。

「新しい香水開発のきっかけは、顧客から寄せられるおおざっぱな注文か、あるいは、ふとした思い付きです」私たちを前に、フェルロは言った。「いずれの場合も、私はタブロー・オルファクティフ、頭の中で香水の絵を描くことからはじめます」鼻をキャンヴァスに、匂いを絵の具に見立てた説明は続いた。「一口にブルーだの、ピンクだのと言いますが、同じブルーでも微妙な色合いの違いを数えたら、何百通りもあるでしょう。柑橘類、バーベナ、ジャスミンについてはどうですか？　何千という種類があります」

午前中いっぱいかかって、私たちはそのほとんどを見たように思う。匂いもたくさん嗅いで鼻は酩酊状態である。が、その中で何が印象に残ったかといえば、天上の花の香でもなければ、秘伝の調合によるハーブの薫香でもない。忘れられないのは、逃げ出したくなるような異臭、涙が出るほどの悪臭である。

フェルロは試験紙をフラスコに浸し、私の鼻先にふわりと舞わせて気色を窺った。

「つんと来るでしょう。何だと思いますか？」

鼻が曲がりそうな強い悪臭だった。私のように嗅覚が人並み以下でも、大方の見当は付く。少なくとも、あれだな、と私は思った。とはいうものの、どうも口には出しにくい。匂いの殿堂で、まさか……。

「どうです？」フェルロは答をせがんだ。

「ああ。どこかで嗅いだことがあるようですが……」

「もう一度、嗅いでみますか？」

「いえいえ」私は最初の一撃からまだ立ち直っていなかった。「一種異様な臭いですね。ひょっとすると、これは、その……」

フェルロは指をふり立てて私の困惑を払いのけた。

「ピピ・ドゥ・シャ。猫のおしっこですよ。化学薬品を合成して、まったく人工的に作ったものです。面白いでしょう。本物とまるで区別が付きません」

猫の尿臭が面白いとも思えず、そんなものがタブロー・オルファクティフに何の役に立つのかと私は理解に窮したが、そこが香水芸術家の奥深く非凡たる所以《ゆえん》である。この日、私は猫の尿ばかりか、鯨の腸内にできる結石や、麝香《じゃこう》に似た山羊の分泌物も、むろん極く微量ながら、香水の風格を増すために使われることを学んだ。匂いの不思議に深く感動して、私たちは食事に出た。

ムッシュー・フェルロは博識な座談の名手である。ウェイターたちまでが、給仕しながら香水について知識のおこぼれに預かろうと聞き耳を立てている。私は誰もが懐くであろう初歩的な質問をした。中身はほとんど水でしかない小っぽけな壜一つが、シャトー・ラトゥールの大壜にも引けを取らない値段で売られるのはどういうわけだろう。フェルロは嘆かわしげに頭をふった。

「一般に、そこがまるでわかっていません。香水が高いのは贅沢な包装のせいだと思われているのです。たしかに、それもありますが、でも、原料を考えてごらんなさい」私はバラの花香油よりも、まずピピ・ドゥ・シャを思い浮かべて、我ながら忸怩《じくじ》たるものを感じないわけにはいかなかった。「例えば、アヤメの精油は現在、キロ当たり十一万フランします。それには、花びらがどれだけいると思いますか？　精油一キロを採るのに蒸留する花びらは、九万、ないし、十万片ですよ」フェルロは人に芳香を与えるために必要な投資の大きさを嘆ずる体に、掌を返して肩をすくめた。

もう一つの初歩的な質問は、何をもって調香の成否を判断するかということだった。この点に関しては、コンピュータ技術も微量測定法も女性の直感にはかなわない。フェルロはそれを妻女の審判、ワイフ・テストと呼んでいる。

「新しく調合した香水の小壜を家に持って帰るのです。そうして、家内の目につくところへ置いておきます。私は何も言いません。ええ。小壜がどこからともなく湧いて出たように、その辺に置きっ放しにして、黙って様子を見るのですよ。一週間経って壜が空になっていたらしめたものです。中身が減らなかったら、まずたいていは、やり直しです。家内はいい鼻をしています」

食事の間中、私はフェルロの鼻から目を離さなかった。上等のワインや、天然のマッシュルーム・スープ、それに、郷土料理、ソーセージとベーコンのキャベツ巻きにフェルロの鼻がどう反応するか、興味あるところだ。フェルロは何度か満足げに、小さく鼻をうごめかすだけだったが、コースが進んでチーズの段にさしかかるや、まだ遥か彼方にあるうちから、俄かに勢いづいて鼻翼を膨らませた。

「強いチーズがお好きなら」フェルロは、まるでコレステロールの詰まった静脈が浮き出ているようなクリーム色のチーズを指さして言った。「フロマージュ・デトナトゥールですよ」

「デトナトゥール、起爆剤の名に恥じない強烈なチーズだった。盛り合わせの盆をチーズのオーケストラに見立てるなら、さしずめこれは打楽器だろう。どうしたって、ワインをもう一杯、ということになる。

調香師というのは不思議な仕事である。ある意味では、報われない仕事とも言える。持って生まれた性格、巡り合わせ、親から受け継いだ遺伝子、多年の修業、早いうちに運よく出逢って身につけたたピピ・ドゥ・シャや龍涎香《りゅうぜんこう》の知識、と今の自分を説明する材料はいろいろあるだろうが、誰が何と言おうと、調香師は才能に恵まれた稀有な芸術家である。人間離れした嗅覚とずば抜けた感性を誇り、その調合技術こそは香水を産むために何にもまして大切な条件である。毎日、世界中で数知れぬ女性が頬に吹きつけ、そっと胸に垂らし、耳朶を湿す香水は、彼ら調香師の作品にほかならない。にもかかわらず、表向きの作者は別にいる。イヴ・サン・ローラン、カルヴァン・クライン、ラーゲルフェルト、ミヤケ、シャネル。真の作者である調香師の名は出ない。世に類ない傑作をものしていながら、調香師はあくまでも隠れた名工、無名の巨匠である。

たまたま訪ねた先やパーティの席で、男であれ女であれ、見ず知らずの相手の匂いに覚えがあって、その匂いは私の細工ですよ、と耳打ちしたい衝動を抑える気持はどんなものだろう。フランスならまだいい。が、アメリカでうっかりそんなことを言おうものなら、性的ならぬ臭覚的いやがらせ、ネイザル・ハラスメントで訴えられることにもなりかねない。

楽しい一日の掉尾《とうび》を飾る収穫は、ヴェルサイユの香水学校に宛てたフェルロの推薦状だった。ラルディエで教えた生徒のうち、抜群の資質を窺わせた十七歳のダヴィッド・モーリを推す文面で、フェルロは書いている。「その鋭敏繊細な感覚は驚異と言ってよく、適性これに優るものはありますまい」超一流の調香師から、この念の入った推薦状である。若いモーリ君は間違いなく入学を許されることと思う。

究極の栓抜き

去年のクリスマス、めっぽう派手好きで気のいい友人が、最新技術の結晶と称するワイン用の栓抜きをプレゼントしてくれた。凝った作りで、油圧式の開閉機構が組み込まれてでもいるような、物々しい道具だった。どんなに頑固なコルクも難なく抜ける、と折り紙付きで、通が使う栓抜きだ、と友人は言った。彼は目の前で実演してみせたが、なるほど、アルコールをめぐる現代工学の水準を窺わせて、コルクは易々と抜けた。さりながら、我が家では以後、一度もこの栓抜きを使っていない。栓抜きは箱に入ったまま放ったらかしで、この先も愛用される望みはない。

一見、恩知らずとも言える私の態度を説明するには、前の夏、アヴィニヨンからほど近いある小さな村で食事をした場面に遡らなくてはならない。食事はレジスの奢りだった。レジスは親切にもここ数年来、私に食べることの愉しみを教える責任を進んで負っている。レジスが何かにつけて言うように、イギリス人が多少とも料理に才能を見せるのは、朝食と熟成したスティルトンチーズだけで、これは大方の常識である。レジスは本職の料理人ではないが、自らグルメ、グルマンを名乗っている。料理とワインを知り尽くし、本当の味がわかって、おまけに無類の食い道楽という意味だ。成人の後はあらかた飲み食いに時間を費やし、そのことを裏付ける胃袋と見識が自慢の種である。彼はまた筋金入りのショーヴィニストで、人間にとって価値あるすべてにおいてフランスは世界の頂点であると確信している。

食事に先立ってレジスは、軽い運動で舌を馴らさなくては、と言い出した。彼が運動と名の付くことをするとしたら、この舌馴らしをおいてほかにない。コート・デュ・ローヌの白ワイン二種、まだ熟れていないコンドリユーと、よく寝かせてこくのあるエルミタージュの飲み口をくらべようというのである。席に着くと、二本の壜が汗をかいてアイスペールに横たわっていた。レジスは揉み手をして、溶けかけた氷の中で壜を揺すり、ベートーヴェンの難曲に挑むコンサート・ピアニストよろしく指を屈伸させると、ズボンのポケットから栓抜きを取り出して、おもむろに鞘を払った。

レジスがコンドリユーのネックに湾曲した短い刃をあてがい、すいと馴れた手つきで引き回すと、口金がきれいに取れた。外科医のメスを当てたように切り口は滑らかで、裂け目はおろか、ぎざ一つなかった。レジスは抜いたコルクを鼻の下に近づけ、満足げにうなずくと、同じ手順でエルミタージュのコルクを抜いた。栓抜きがポケットにおさまる手前で私は、ちょっと拝見、と声をかけた。

これほど形のいい栓抜きを手にするのははじめてだった。俗に「ウェイターの友」と呼ばれる栓抜きと似たような作りで、握りの一端に小さな刃、反対側にヘラがあって、中央にスクリューが付いている。が、似ているのはそこまでで、その辺にいくらでもある普通の栓抜きとこれを一緒にするのは、コンドリューとグレープジュースを同列に置くに等しい。両端に金具の植わった角製の柄はずっしり重く、その磨き込んだ峰に沿って黒ずんだ鋼に模様を彫った帯が象眼してある。平たく図案化された蜂の模様がしんがりを固め、ヘラの表にくっきりと〈ラギオール〉の文字が刻印されている。

「世界一の栓抜きだよ」レジスは二つのグラスにワインを注いで、にったり笑った。「もちろん、フランス製だ」ワインを傾けながら、彼は栓抜きについて私の無知を補う講釈に取りかかった。

ラギオールは南仏アヴェロン県の一画を占めるナイフの町である。今、私が手にしているラギオールの栓抜きの原型は、一八八〇年頃、コルクの後を追って登場した。正確には、コルクはそれよりやや早く、一八世紀から使用されているのだが、南仏では何事もたちどころには変らない。爾来、ステンレスを取り入れるなど、細部に改良が加えられたが、基本的なデザインは変っていない。何はともあれ、品質の高さは今も昔のままである。

嘆かわしいことに、近頃は世の中が浅ましく、いたるところに偽物が出回っている。見た目はラギオールのナイフでも、機械を使ってほんの一時間でこしらえたなまくらが安い値段で売られている。「正真正銘のラギオール」はかれこれ五十の工程を経て製作され、そのほとんどは手作業である。職人が丹精込めた手作りのナイフは、一本一本にLの字が刻印される。これに加えて品質を保証する伝統の商標は、ギリシア哲学で万物を形作る基本元素とされた四大、すなわち、水風火土である。水は刃の峰寄りに彫られた波形の樋《ひ》、風は図案化された蜂、火は炎の刃文、土は柄に象眼された真鍮の釘の頭で、これは大地の稔り、麦の穀粒を象徴している。これらの商標がなければ、どんなに見場よく鋭利なナイフも本物のラギオールではない。

ここでレジスはまたもや実演を思い立ち、本来なら後にチーズで飲むはずのシャトーヌフ・デュ・パープに手を伸ばした。「ほうら」彼は栓抜きの一端に挿《す》がっている短い刃を指さした。「鋸状になっているだろう。この方がまっすぐな刃よりきれいに口金が切れて、おまけに鈍らない」レジスは口金を切って、抜いたコルクをしかつめらしく嗅ぎながら言った。「もう一つ。このスクリューに秘密がある。クー・ドゥ・コション、豚の尻尾と言ってね、中空で、溝が切ってある。それでコルクが割れたり欠けたりしないのだよ。ユンヌ・メルヴェーイユ。よくできているだろう。栓抜きはこれに限る」

レジスはますます興に乗って、遠足を提案した。おかしなもので、このまったくの出任せがゆったりした食事の席ではいかにももっともと思われた。ラギオールまで栓抜きを買いに行こう。いや、ただの買い物ではない、悔いのない投資だ、とレジスは言った。ラギオールへ行くとなれば、近頃とみに評判が高いホテル、ミシェル・ブラのレストランに寄らずには済まされない。四ツ星に適うシェフの帽子四つの評価で、ゴー・ミヨー・ガイドでは二十点満点で十九点の高級な店である。それのみか、ミシェル・ブラはゴロワーズ・ブロンドの本家本元で、レジスに言わせれば、これ以上に高貴で味のいい鶏料理はない。一度この味を知ったら、ほかの鳥などはどれもこれも筋張った雀である。まさにフランスならではの、鶏料理の最高傑作だ。

すでに上等なワインに浸ってすっかり出来上がっていた私は、遠足の誘いに一も二もなく同意した。どうして翌日出掛けなかったのか、記憶は定かでない。よんどころない仕事があったたか、または、レジスが肝臓の定休日でエヴィアンレバンあたりに雲隠れしたのではないかと思う。が、それはともかく、ラギオール行きの計画は頭にこびりついて離れなかった。栓抜きには無関心ながら、鶏にはうるさい家内も大いに張り切った。彼と言うより、私とレジスを一緒にしておくとろくなことはないと思ったに相違ない。彼女から見れば、レジスは無責任で信頼の置けない朋友だ。彼女がレジスを目の敵にするようになったはじめは、私が昼食に七時間かかって夕食に遅れたことである。もう何年も前の小さな事件だが、ことほど左様に奥方というのは執念深い。

そんなわけで、秋冷九月の朝まだき、私たちはリュベロンを発ってセヴェンヌの森をうねうねと縫う街道を西へ向かった。ロバート・ルイス・スティーヴンソンが驢馬の背に揺られて行った道で、あたりの景色は当時も今もほとんど変りないのではなかろうか。行けども行けども荒蕪の地で、緑は濃いものの、空寂として心悲しい。フランスの人口はイギリスとほぼ同じだが、その人口が約三倍の広さに散らばっている。わけてもセヴェンヌは過疎地帯で、時たま建築資材の原木を積んだトラックに行き合うほかは車の往来もなく、人家を見ることは稀である。

道は曲がりくねって見通しが悪い。松の丸太を山と積んで重たげに前を行くトラックも追い越す気にはなれなかった。そろそろ昼時である。トラックの運転手は、この果てもない曠野《こうや》のいったいどこで食事をするのだろうか。外国人ならサンドイッチで間に合わせるかもしれないが、フランス人はそうはいかない。長距離トラックの運転手となればなおさらだ。彼らはきちんとテーブルで食事ができるように、あらかじめ距離を計算して予定を組むのである。フランスの知らない土地を走っていて空腹を覚えた時、これさえ守れば間違いのない鉄則がある。トラックについていくことだ。私たちもこの鉄則に従った。果たせるかな、ほどなくトラックは道をはずれて大型車でいっぱいの広い駐車場に入った。私たちにしてみれば、星印のいくつも付いたお薦めの店に案内されたと同じだった。

店は機能本意の平屋建てで、男ばかりの客で賑わっていた。黒板に手書きのメニューには、豚肉料理や、サフランで煮込んだイカのブロス、チーズにデザートが並んでいる。昼食はワインが一本付いて六十五フランである。私たちは駐車場を見渡す野外のテーブルに陣取った。店の女将はトラックで言えば十八輪の大型ながら、驚くほど身が軽く、四十人を超す客をさして待たせもせずに一人で捌《さば》く手際は見事と言うほかない。小気味のいい客あしらいもさることながら、料理もそれに劣らず上等で、長距離輸送網における貨幣価値の高さは実に感動的だった。私たちは、レストランの階層で言えば天と地の開きがある店で夜の食事をする予定である。それを思うと何やらちぐはぐな気持がした。

だが、その前に気候の変化に馴れなくてはならなかった。道は次第にまっすぐに伸びて登りが急になり、午後の半ばには雲に抱かれた山岳地帯にさしかかった。森は開けた牧草地に変り、霧に濡れてカラメル色の艶を帯びた牛が点々と草を食む景色が続いた。民家も疎らな村が霧の底から浮かび出ては背後に遠ざかった。家々はひっそりと戸を鎖《とざ》して、通りも閑散としている。見たところ、人よりも牛の多い土地である。フランスの中部山岳地帯、ラ・フランス・プロフォンドは不思議な静寂に包まれていた。

途中の景色とホテル・ミシェル・ブラの際立った対照は思わず息を呑むほどだった。

私は道すがらここかしこで見かけた民家を一回り大きくした程度の、厚い古壁の陰気な建物を想像していたが、意外やホテルは丘の頂に浮かぶように建つ、石材と厚板ガラスの鋭角的な近代建築だった。雲に周囲の視界を閉ざされていることもあって、なおさらシュールな印象である。遠く陸を離れて雲の中に錨を降ろした新鋭の豪華客船といったところだろうか。なお驚いたことに、私たちの取った部屋は最後の空室だった。季節はずれの平日、何とこの人里離れたホテルが満員なのである。山歩きと景色を楽しみに客は来る、とフロントの若い女性は言って、雲か霧か、灰色で何も見えないことを詫びるように肩をすくめた。もう一つの楽しみが料理であることは言うまでもない。

が、それにはまだ時間がある。私たちは数マイルの道をラギオールへ引き返した。私の目当ては究極の栓抜きである。

ラギオールはこぢんまりとした、きれいな町だった。地場産業は一目で知れる。目抜き通り一筋だけでも刃物を商う店は十数軒を下るまい。正統派のポケットナイフにはじまって、柄頭に恐ろしげな角の出た牧童用の山刀や、ハンドバッグに入る女性用の小刀にいたるまで、ありとあらゆる種類の刃物が店先に並んでいる。いったい、世の中の女性はあのちっぽけな玩具のナイフを何に使うのだろうか。応急のマニキュア道具か、ラブレターの開封か、名うての触り魔を撃退するためか。柄もまたいろいろで、角、ローズウッド、柘植《つげ》、黒檀、オリーヴ、と驚くほど多用な素材が使われている。アムレット、ボワ・ドゥ・セルパン、ココボロなど、聞いたことのない木材もいくつかあった。ラギオールはナイフ蒐集家の天国である。

　刃物生産地ラギオールの歴史は、ピエール・ジャン・カルメルがはじめてナイフを作った一八二九年に遡る。目抜き通りに元祖の家名を掲げている店ならば、私の捜し求める栓抜きを売っているに違いない。ところが、行ってみると店先にあるのはただただ刃物ばかりである。私は思いあまって売場の女性に尋ねた。おたくには、栓抜きというものがありますか？　不馴れな旅行者が遅かれ早かれ体験することで、土地の習慣や約束事に関する無知をさらけ出せば、フランス式の冷ややかなあしらいは免れない。軽侮はまず高々と上がった眉、次いで溜息、そして駄目押しの声音に表現される。「栓抜き？」彼女は言った。「いいえ。うちは刃物の店ですから」一昨日《おととい》来いとばかり、彼女はぷいとほかの客に向き直った。その年配の婦人は親指の腹でステーキ・ナイフの切れ味を探っていたが、やがて中の一丁を選んで物々しくうなずいた。「これなら、安い肉でも大丈夫だわ」

　しゅんとしながらも、私は気を取り直して沿道の店を何軒か尋ねて歩き、栓抜きばかりか、思いがけない逸品を手に入れた。一種官能的な匂いを放つナイフである。匂いのもとはナイフの柄で、プロヴァンス産の肌理《きめ》細かい、琥珀色を帯びたビャクシン材でできている。これを指で擦るとビャクシンとガリーグの清冽な匂いが立ち昇る。目をつむって嗅いでごらんなさい、山の中にいるようでしょう、と店員は言った。まだいいことがある。ビャクシンの香は天然自然の駆虫剤で、このナイフをポケットに入れていれば、蛾や、蠍《さそり》や、蟻の大群に悩まされることがない。虫の多い土地を旅するには心強い味方だろう。ズボンを白蟻にやられる心配もない。

私たちは霧の中をラギオールのホテルに戻った。灯の点ったホテルはますます暗黒の海を行く外洋船だった。食事の前に軽く一杯、と立ち寄ったサロンは花崗岩とガラスの大広間で、白いレザーを張ったふかふかの肘掛け椅子が並び、中央の暖炉に薪が焚かれて、私のナイフの柄と同じビャクシンの香りがあたりに漂っていた。一隅では、艶やかな髪をした身なりのいい日本人カップルが厖大なワイン・リストを前にソムリエの講釈に楽しく耳を傾け、背後ではドイツ語が飛び交っていたが、フランス人の客たちは物も言わずにメニューに顔を埋めたきりだった。

いやしくも高級レストランに数えられている店ならば、食前の儀式をゆるがせにするはずがない。この日の口取り肴《ざかな》、アミューズグルは、銘々に一口ずつ、かりりと薄く焼き上げたクレープ・タルトと、バターのようにとろりとしたパテの小鉢だった。この軽い口取りが、果たして本式のメニューに立ち向かう体力を養うためなのか、シェフが重砲攻撃をしかける前に、ちょっと技量のほどを示す礼砲か、私は今もってよくわからない。が、いずれにせよ効果覿面《てきめん》で、私はもりもりと食欲が湧き、トラック運転手の昼食は忘れ去って本日のお薦めに目を走らせた。

残念ながら、名代の鶏料理はメニューになかったが、その代り、魚、羊、牛、その他四つ足各種と盛りだくさんで、それぞれの料理に簡潔な、それでいていかにも旨そうな説明が添えられている。私は料理の正体がよくわかって食欲をそそり、しかも、虚仮《こけ》脅しに流れることのない、すっきりと書かれたメニューが大好きだ。例えば、ロンドンのさるレストランで小魚の法外な値段を正当化するふるった口上を見たことがある。「当店のシェフはこの新鮮な小魚を、束の間、煮え立つ油に潜らせ、驚愕から立ち直る隙も与えず引き揚げるのです」このメニューの作者も魚と一緒に放り込んでしまえという意見がもしあるとしたら、私は全面的に賛成だ。

ミシェル・ブラのメニューには間違ってもこんな愚劣なことは書かれていない。が、さりげない口上は、どれもこれも、見れば食べたくなる名調子である。それ自体、すでにして立派な文学で、調理場には本職のメニュー作家がいるのではないかと思わずにはいられない。片隅の丸椅子に控え、おそらくはワインのグラスを手にして、オーブンの中の出来事に発想が浮かぶのを待っているのではなかろうか。立派なレストランはどこも調理場に大勢の人材を雇っている。そこへメニュー作家が一人加わったところで不都合はない。シェフは総じて気さくで大らかな人種だから、いずれ作家はメニューのどこか、デザートと食後酒の間あたりに名前が載るようになるかもしれない。それくらいは不思議でも何でもないではないか。

期待を孕んだ一団が列を作ってテーブルに案内されてきた。見ると、相客の一員は大きな袋から栗色の鼻をひくひくと覗かせている。嬉しいことに、ミシェル・ブラのレストランは犬も飼い主同様に歓迎する機会均等の店だった。私は試みに、世界中のどこであれ、最高級のレストランに犬が登場したらどんな騒ぎが持ち上がるか想像に描いた。たちまち非難の怒声が沸き、公衆衛生局の検査官を呼べと求める声が溢れ返るに違いない。ところが、ここでは袋を着た毛むくじゃらの珍客が飼い主の足下に降ろされたからといって、周囲の誰一人、眉一つ動かすでもなかった。

食堂は奥行きのある、しっとりと落ち着いた場所だった。椅子はグレーのレザーで、テーブルクロスが天板の下にたくし込まれた一本脚の円卓は大きな茸を思わせる。特別誂えのナイフやフォークは、テーブルの燭台と同じくラギオールの最高級品である。何人とも知れぬウェイターたちが音もなくテーブルの間を行き来して、厳粛とさえ言える空気があたりを支配している。これは名のあるレストランに共通の雰囲気で、話す声も自然と低くなり、食事が何やら宗教儀式めいて、私個人の好みからすると少々重苦しい。店の責任と言うよりは、何であれ日常とはかけ離れたものがもたらす抑制効果であろう。客は料理が美しく盛られた皿を拝殿のように扱い、自分たちがただ食事のためばかりでなく、一夕の感悦を求めてやってきたことすら忘れがちである。だが、私に言わせれば、弾ける笑いに優るバックグラウンド・ミュージックはない。

この日はフランス人のビジネスマン十人が賑やかに繰り込んで、隣のテーブルに笑いが絶えなかった。上着を脱いで席に着いた彼らはのっけから無礼講で愉快に盛り上がっていた。グラスを傾けて冗談を飛ばし、悪態を吐《つ》き合うことひとしきり、やがて最初のコースが運ばれてくると、みなみな一斉に舌なめずりをした。とびきり上等の料理はフランス人をはっきり二派に分ける。私たちの周りには、その両派が席を占めていた。隣のビジネスマン一行は熱心党で、賛嘆を惜しまず、料理を頬張ってはしきりに歓声を発した。彼らが食べることを心から楽しんでいる様子は傍目《はため》にも明らかだった。その対極はシェフの崇拝者たちで、畏《かしこ》みおそれて黙々と料理を噛みしめ、クミンの幽かな風味やじわりと染み出すトリュフの汁が口に広がるごとに、感無量の使徒たちよろしく、わけしり顔にうなずき合った。

かく言う私は、断然、賑やかな熱心党の支持者である。シェフたちはみな、自分の仕事が誉め讃えられるのを聞きたがっているはずではないか。ところが、高級レストラン流儀の美食道には古来の作法があって、とかく厳かでなくてはならない。わけてもやかましいのは給仕をする側の心得である。それで思い出すのは一度だけ行ったことがあるパリのさる店で、料理はすべてポーセレンの蓋物で運ばれてきた。私たちは四人連れだったが、テーブルに蓋を取る係りのウェイターが二人配置されていた。無言の合図で、ウェイターはぴったり同時に四人前の蓋を揚げた。息の合った見事な演出には違いないが、時に間の悪いことがないでもない。その晩も、私が注文したラムチョップは途中で迷子になってしまい、皿の料理はサーモンに化けていた。蓋物にはよく気をつけてもらいたい。

シェ・ミシェル・ブラでは、こうした間違いが起きる気遣いはない。ウェイターは大きな銀の盆を肩に、テーブルの間を滑るようにやってきた。盆の上は蓋のない皿である。ウェイターその二がメニューの口上を繰り返しながら手際よく料理をテーブルに移した。粗忽なグルメは料理が出てくるまでに自分が何を注文したか忘れていることがあるから、この心配りは有難い。すべては注文通りだった。が、私たちが食事に取りかかるより早く、ウェイターその一が頼んだ覚えもない一品を捧げ持ってきた。釉薬をかけた陶製の鉢で、なにやら見馴れない白っぽいものからいい匂いの湯気が立っている。ウェイターが中身を掬うと、不思議な料理は鉢とスプーンの間に太く糸を引いた。ウェイターは器用にスプーンを回して糸を切り、銘々の皿に一山ずつ盛りつけた。

「土地の名物、アリゴーでございます」ウェイターは言った。

アリゴーについては、あらかじめ、一言断っておこうと思う。アリゴーはクリームのような舌触りで、タフィに似た粘り気のある、何とも言えない珍味である。実に口当たりがよく、お代りをしないのは罪だと思うほど、するすると喉を通る。が、食べてしばらくすると、きっと何かが肋骨に食らいついてくるような気分に襲われるから覚悟してかからなくてはいけない。

大方の珍味緑酒の例に洩れず、アリゴーもまた修道僧の発明で、一二世紀か、あるいはもっと前に登場した。冬の最中に修道院にやってくる巡礼は決まって芯まで冷えきって、腹を空かせている。とりあえず何か食べるものがほしい。この「とりあえず何か」を意味するラテン語のアリクィッドが訛ってフランス語のアリゴーになったと伝えられている。はじめの頃は溶かしたチーズとパン屑の粗末な粥でしかなかったが、その後、いろいろと工夫が加わって現在のアリゴーが出来上がった。ここで四人前のレシピを紹介しておこう。

材料は、ジャガイモ二ポンド、地元産の生チーズ、トーム・ドーブラック一ポンド、サワークリーム半ポンド、ニンニクの塊一個、ないし二個。ジャガイモを茹《ゆ》でて裏漉《ご》しにかけ、これにサワークリームとチーズを加えて、命が懸かっているつもりで掻き混ぜる。火にかけたシチュー鍋からお玉杓子が抜けないようなら煮すぎだから、ワインを一杯飲んで、はじめからやり直す。

アリゴーは八時間休みなしの野良仕事や、終日のスキー、あるいは十五マイルの強行軍の疲れを癒し、体力を回復するのに何よりの滋養食である。ただ困ったことに、夕食のために着替えるほかはまるきり体を動かさなくても、肉体労働の後に劣らず旨い。美食の殿堂とも言えるレストランのメニューに、この質朴な農民料理が載っているとは意外だった。意外なうえに、心暖まる思いがする。手の込んだ料理ばかりが旨いもののすべてではない。

翌日、霧はアリゴーのように濃く、ほんの数ヤードから先は見通しがきかなかった。景色には恵まれず、名代の鶏料理も食べそびれたが、これほどの近間で知らない土地を訪れたことは幸いだった。土地の風俗習慣、料理、景観、訛り、人々の顔形、何から何までプロヴァンスとは違う、まるで遠い他所の国である。たかだか数時間後には、抜けるような空の下に地中海人種の顔がひしめく、日差し明るい南仏に帰り着くであろうことが信じられない気持だった。

食事は料理のみならず、すべてをひっくるめた体験の比較に関心を誘う。あるレストランが忘れられないのは何故だろうか。何がまた行きたいと思わせ、人に薦める気を起こさせるのだろうか。どのようにしてガイドブックに念願の星数を獲得するのだろうか。セヴェンヌ山中を下る道すがら、私たちはとうていミシュランの審査員にはなれまいという結論で一致した。什器調度の鑑賞眼を問われれば、落第は間違いなしである。これまでの体験から、ミシュラン・ガイドがいくつも星をつける店は料理が上等であるだけでなく、店の作りや内装もある水準を超えていなくてはならないことがわかっている。食器や店員の風采まで、何もかもが揃ってはじめて高級な店、オー・レストーである。

椅子はふかふかで、店の特注であることが望ましい。ウェイターはお仕着せ姿で、ソムリエはネクタイをしていなくてはいけない。客、ということはつまり、ミシュランの審査員が一歩店に入る途端に、陶磁器、銀器、ガラス器、テーブルクロス、生花、凝ったメニュー、照明などに金をかけて贅を尽くしていることがわかるようでなくてはならない。

いずれも精いっぱいのもてなしで、フランス人の贅沢趣味、アパランス・ドゥ・リシエスに訴えることは理解できる。が、反面、その手の豪奢な店は人を威圧し、神殿に額《ぬか》ずく信者の態度を強いて、レジスの言う食べる歓び、ジョワ・ドゥ・マンジェに欠ける嫌いがある。総じて高級な店はとり澄ましているばかりで活気がない。雰囲気は食べられない、と言われればそれまでだが、そんなことはどうでもいい。食事の席は明るく賑やかなことが一番だ。厳かなのはいただけない。高価な食器や調度に用はない。

思い出しても嬉しい店がある。私個人の評価では、点を辛くしても三ツ星は下らないレストラン、オーベルジュ・ドゥ・ラ・モールである。一部のガイドブックがこの店を載せていないのは、たぶん、およそ気取らない行き方のせいだろう。かつてガソリンスタンドだった頃の名残を留める給油ポンプが、今は紺と白のペンキ塗りでテラスの飾りになっている。入ってすぐのトタン張りのバーは長年の間に客の肘で磨かれて鏡のようである。パスティスの銘柄に足りないものはなく、そのほかにも、フランス以外ではめったに飲めない希少なアペリティフがずらりと並んでいる。食堂へは調理場を抜けていく構造で、これから出てくる料理の旨そうな匂いが鼻をくすぐる。ソースにグレイヴィ、それに、肉やジャガイモの焼ける匂い。冬ならば、ブラック・トリュフだ。

食堂は殺風景の一歩手前で、片側に石組みの暖炉があるほかは手をかけて飾り立てた跡もなく、すべては必要最低限に止まっている。使い込んで磨り減ったナイフやフォークに洗い晒しのテーブルクロス、どこにでもあるような当たり前のグラス。ナプキンは黄ばんでしなしなである。だが、メニューを眺めているところへ調理場から聞こえてくる鍋やフライパンの音が頼もしい。

長く待たされることはない。はじめの一品とコース最後の二品は、注文するまでもなくシェフの見繕いで豪勢な料理が運ばれてくる。客はメイン・ディッシュを店のお薦め数種類から選ぶだけである。ワインに関しては心して控え目にしなくてはならない。オーベルジュは四十年前からレイナル一族がやっている店で、親子二代で築き上げた酒蔵の充実したワイン・リストは驚嘆に価する。一本四、五十フランという、なかなか行けるバール県の地酒にはじまって、二千フラン、三千フランと値の張るブルゴーニュやボルドーの絶品にいたるまで選り取り見取りだから、客は財布と相談で好きなワインを飲めばいい。

はじめてオーベルジュで食事をするに当たって私たちは、この店は馴染みの友人知人から、序の口で張り切りすぎないようにと忠告された。ペースの配分を考えて食べないと担架で運び出されることになる、と誰もが言った。しかし、その晩は冷え込みが厳しく、私たちは餓えていた。シェフの腕前にも大いに関心があって、一通り食べてみないことには気が済まない。食いしん坊と思われるかもしれないが、私に言わせれば、誠意ある探究である。席に着いてナプキンを顎の下に挟むと、暖炉に燃える薪の匂いまでが食欲をそそった。

まず真っ先にトーストが出た。これが、アングロ・サクソン式の萎びて薄っぺらなパンとはわけが違う。厚切りのカントリー・ブレッドで、両面はかりかりの狐色、中はほかほか柔らかい。言うなれば、テーブルに並んだテリーヌを口に運んでそのまま食べられる運搬用具である。角形の深皿に、淡泊なものから濃厚なものまで、色合いも見た目も違う四種類のパテが盛ってある。ポークもあれば、ノウサギもあって、それぞれにナイフが無造作に投げ込まれ、アメリカのピクルスに当たる香りのいい小さなキュウリの酢漬け、コルニションの鉢が添えられて、どうぞごゆっくり、という段取りだった。

料理を運んできた若い娘が小声で予告した。今夜はおまけの一品が付く。採りたての天然マッシュルームをさっぱりとしたペストリーで包んだ焼き物に、シェフが腕をふるっているところだから、その分、空けておくように。さりながら、言うは易く行うは難しである。自家製のパテにふっくらしたパンと来れば、どうしたって、あれこれ食べくらべずにはいられない。ポークとノウサギでは、どちらが上だろうか。食べるたびに意見が変って、コルニションで区切りをつけては、もう一口、もう一口、と止めどがない。マッシュルームが出て、やっと私たちは最初のコースだけで食事を終らせるしくじりを免れた。

私たちは友人から、年来この店を贔屓《ひいき》にしている上客のことを聞いていた。毎週土曜日に一人で昼食に来る老紳士である。トゥーロンから四十マイルをタクシーで乗りつける。その客がじっくり料理を味わう二時間、タクシーは店の前で待っているという。これが他所の国ならば、そんなにまで食べることにこだわるのは異常とも言われかねないが、フランス人は胃袋とシェフのためなら水火も辞せず、どんな苦労も厭わない。時に、まさかと思うような人里離れた場所で頬が落ちるほどの料理に出逢うのも、決して故ないことではない。

空腹については面白い説がある。オーベルジュで私たちもなるほどとうなずいたその説は、同じものをある一定量食べると飽きが来るが、風味や口当たりが変ると食欲は嘘のように回復するという趣意である。というわけで、お次は家鴨のコンフィと、金茶色に丸く焼き上げたジャガイモのケーキだった。ケーキは薄切りにして家鴨の脂で炒めたうえ、シェフの言葉を借りれば、ニンニクと叩いたトリュフで「活を入れ」てある。これとコンフィの組み合わせは、栄養学的に配慮を凝らしたメニューなら注意書きが付くところだろう。コレステロールの塊にも等しいこの料理は、心臓病学者の悪夢、早すぎる死への片道切符と言われても仕方がない。しかし、この時ばかりは、統計は味方だ、と確信して私たちは皿に残ったグレイヴィをパンで浚《さら》った。それが証拠に、周りのテーブルには若い者顔負けの食欲を示す高齢の、生きた統計が大勢いる。事実、フランスは西欧世界で最も冠状動脈疾患による死亡率が低い。私たちは、これが何度目かで、フランスの矛盾《パラドックス》に乾杯した。

そうは言っても、そろそろ勢いが鈍りかけているところへ、今度はマンホールの蓋ほどもあるチーズの皿が運ばれてきた。固いのや、柔らかいのや、ほとんどどろどろのや、と盛りだくさんである。あらかたは、分を知らぬ味音痴とも言われるブリュッセルの食品検査官が何よりも重要と考えている滅菌処理を経ずに、農家から直に仕入れたものであろう。それだけに、チーズは法的に認め難いほどいい味だった。

ここで小休止があって、私たちは呼吸をととのえ、ナプキンを直して、シェフが繰り出す追い打ちの一矢に備えた。何と、デザートは三つ組みで、焼きたての小さなリンゴのタルト、深皿にたっぷりのクレーム・カラメル、それに、赤ワインで煮しめたナシ。打ち止めは、コーヒーに一盞《いっさん》のカルバドスである。

もしや葉巻があろうなら、と言う傍から、箱を山積みにしたバスケットが運ばれてきた。パルタガにコヒバはもちろん、めったに手に入らないキューバ産の太巻き、魚雷のようなNO.2モンテクリストまで揃っている。贅沢な食事と同様、葉巻もテーブルにいっぱいの大盤振る舞いである。私はブランデーと同じ名のカルバドスを吸いつけた。ほどよい湿り気で、リンゴの香りが仄かに甘く、まことに言うことなしの一服だった。私たち夫婦は心から安らいで、ローベルジュ・ドゥ・ラ・モールはフランスが世界に誇るべきレストランだと話し合った。料理は超一流で、しかも親しい友人の家のキッチンのようにほのぼのと気楽で居心地がいい。星印がいくつも並んだ世に言う高級レストランは、どこもそれぞれ立派だが、完璧を期するあまり、虚飾が過ぎて個性がない。それに引き換え、オーベルジュはほかのどこでもあり得ない、フランスならではの店である。

サン・トロペから二十マイル足らずのところにあるこの店は、夏になると各国から知名人がやってきて、給油ポンプがあるテラスのプラスチックのテーブルで食事をする。チャールズ皇太子、二人のジャック、シラク大統領と映画スターのニコルソン、ジョーン・コリンズ。有名人ではないが、レ・ミミ・ドゥ・サン・トロペと呼ばれるぴちぴちしたブロンドのリヴィエラ娘たち。年配の叔父に伴われて、彼女たちは足の爪まで日に焼けて遊び戯れる。八月中、店の隣の駐車場はポルシェとメルセデスのディーラーの集会かと紛うばかりである。携帯電話や、チタン・フレームのサングラスや、ルイ・ヴィトンのビーチバッグがテーブルに散らかっている。店のバーでは、そんな賑わいに背を向けて、土地の農夫や労働者たちがフットボールやトゥール・ドゥ・フランスの話題に打ち興じる。話が尽きれば、三々五々、家に帰って昼の食事である。

●

夏の午後の過ごし方

なるべくなら願い下げにしたい質問は数々あるが、中でも毎度ながら閉口するのは一途に思いつめた旅行者から助言を求められることである。どういうわけか、尋ねてくるのはほとんどが男性で、およそ遊び心がない。せっかくの休暇も、スーツにネクタイの鎧に身を固めず、お付きも連れずに出掛ける商用の旅で、自由行動や予定のない空き時間には極度に懐疑的である。日程に空白があると、そこが埋まるまではどうにも落ち着かず、成り行き次第の場面を想像すると、そんな予定を組んだ秘書の無能力を詰らずにはいられない。まさに、その昔、ヨーロッパを五日で回るパッケージ・ツアーを売り物にした先駆者たちの精神的末裔である。プロヴァンス旅行を思い立って、まず真っ先に何をするかといえば、私のところへ電話を寄越し、決まって同じことをＦＡＸで言ってくる。問い合わせの内容は、いつが一番いいか、である。

そんな時、私は質問を返して相手を躱《かわ》すように心懸けている。春、満開の芥子《けし》や桜がお望みだろうか？　日光浴シーズンたけなわの七月、八月に真っ黒になりたいのだろうか？　アヴィニヨンの音楽祭、演劇祭がお目当てか？　モン・ヴァントゥーを自転車で走るか、リュベロン山中を裸でジョギングするのがお望みか？　秋の収穫期にブドウを搾って、といっても、むろんこれは見物するだけだが、ブドウの葉がくすんだ金色に変る景色を楽しみたいのだろうか？　建築美術や古代ローマの遺跡に関心がおありだろうか？　古道具市や、三ツ星レストランは予定に入っているだろうか？

ええ、ええ、と相手は勢い込んで言う。どれもこれも大いに興味がある。ただ、一週間しか暇がない。それで、いつ行ったらいいだろうか？

私は何とか答えようと懸命に努力する。少なくとも、相手が満足する答を見つけようと思案する。だが、悲しいかな、これまでのところ、納得してもらえたことはほとんどない。年来、当てずっぽうに歩き回った体験から最も正解に近いところを薦めても、私の答は都合よく日記の何ページかにおさまりきるものではない。問題は物の考え方、心の持ちようで、具体的な日程や場所の話ではないのである。それ故、生真面目な旅行者はたいてい面食らって二の句が継げない。私は言う。プロヴァンスで一番いいのは昼下りだ。

それも、できれば夏の午後がいい。何となれば、思う存分楽しむための最低条件はたかだか二つで、その一つは輝く太陽だからである。もう一つは、何の予定もないことだ。この条件が揃ってはじめて、人は長い午後の無為を満喫できる。

勘定は済んだ。ロゼの最後の一口も飲み終えた。アイスペールに逆さに立てた空き壜は、ウェイターにさよならの挨拶である。さて、これからどうやって午後を過ごそうか。まずは気温と、体力と、趣味、性分と相談だ。知的教養の世界に遊ぶか、体を動かすか、とにかく時間はたっぷりある。知恵が湧くように、ここでワインをもう一杯というのも悪くない。プロヴァンスにはテーマパークも、マルチスクリーンの映画館も、ショッピングモールもないけれど、消閑《しょうかん》の具には事欠かない。これから紹介する遊びは、まったく私個人の好みだが、何をするでもなく半日を楽しむのに、プロヴァンスはどこよりもいいところだと、多少ともおわかり願えたら幸いである。

かぶりつきでペタンク見物

どの村にも、たいていは自前のささやかな競技場がある。最も簡素な設備となると、縦横二、三十メートルのよく踏み固めた、砂利混じりの平らな空き地でしかない。二百年も続いているような由緒ある競技場であれば、これに二つの進歩改良が加わっているはずである。一つは、ナポレオン麾下《きか》の庭師が植えたかもしれないプラタナスの見事な並木が落とす涼しい影。もう一つは、競技場に臨むカフェの提供する飲み物である。カフェは一般にル・スポルタンの名で呼ばれ、奥の棚に黒光りする球形のトロフィがずらりと並んでいる店も少なくない。

ペタンクに類似する各種の投球技は、人間が反撃を食らう恐れのない標的に石を投げる楽しみを知って以来、あちこちで行われている。初期の頃に使われていたペタンクのボールは、木製のテニスラケットや、ヒッコリーのゴルフクラブと同様、今では古美術級の骨董品である。柘植の芯に釘を打ち込んで球にした実に味のある細工で、重なり合って球面を覆う釘の頭は魚の鱗を思わせる。見て楽しく、持って嬉しいボールだが、いかんせん、手作りのために歪みがあって、ともすれば地面に落ちてから明後日《あさって》の見当へ転がってしまう。数ミリの距離を争って興奮が渦を巻くペタンクの試合で、このボールの気紛れは悲嘆と怨念のもとである。そんな歴史を経て、旧式のボールは現在の機械技術で加工された完全な鉄球に変った。

だといって、ペタンクの試合から悲嘆と怨念が拭い去られたわけではない。それどころか、悲嘆、怨念、激昂、議論は、正確な技巧に劣らず、競技者と見物双方にとって試合を楽しむには不可欠の要素である。このドラマがなかったら、ペタンクはただ行儀よくボールを投げることの繰り返しでしかない。

試合の眼目は、必要とあれば相手チームの球を弾き飛ばしてでも、自分たちの球をできるだけ的に寄せることである。的は一回り小さい木製の球で、コショネと言う。投球が終ると、選手たちはコートに出て距離を測る。これが、スポーツマン精神で強者必勝の原則に従った公正な判定と思ったら大間違いである。どうしてどうして、とうていそんな話ではない。選手たちは球の上に屈み込んで興奮を募らせ、コショネと球の距離を火種に、毛筋ほどの違いをめぐって喧々囂々《ごうごう》の議論を戦わせる。ある者は勝ち誇り、まためる者は不満に目を剝いて、腕をふり上げ、声を張り上げ、折り尺をふり回す。大声必勝である。

ペタンクの試合に付き物のこの喧噪は、どうやら真剣に勝ち負けを争う闘志とは別の、もっと強い刺激が誘因と思われる。私の知る限り、ペタンクは世界中を見回してもほかに類のない野外運動競技である。試合中に酒を飲むことが許されている。しゃんと立つことができて体の自由がきき、手がふるえない限りは投球の際、グラスを置く必要もない。思うに、名選手が披露する奔放華麗な妙技もまたアルコールのせいではなかろうか。

投球はアンダーハンドで、ボールに高め低めはあっても、神経を凝らして的球を見据え、膝のばねを利かせて投げる手順はたいていの球技と変りない。各人の個性が際立つのは、ボールが手を離れた後である。選手は投球線を越えてはならない規則だから、いずれもその場で奇妙奇天烈なバレエを踊ることになる。選手は片足を上げたまま、ボールの向き次第で前後左右に体を揺する。両手を羽搏《はばた》くようにふり回すのはボールを急き立てる仕種か、または反対に、引き止めようとする焦りの動作である。爪先立った軸足はついに地べたから浮き上がらず、その姿は、川底の泥に片脚を取られながら飛び立とうともがいている鷺に似ていないでもない。涼しい木陰で見物していると、実におかしくも頰笑ましい光景である。ボールが落ちて土埃があがる。時たま鋼鉄のボールが触れ合って、恐竜の歯ぎしりに似た音がする。かしましい議論のまにまにカフェのラジオが微かに聞こえてくる。選手たちはコートの端から端まで、のんびりと行き来を繰り返している。陽は熱く、風はそよとも吹かず、時間は止まったかのようである。

ペタンクの魅力は年齢にかかわりなく誰でも参加できて、下手は下手なりに楽しめることである。腕力よりは才覚と視力が物を言う。断固として男の遊びとされているところが私には不思議でならない。もっぱら怠惰な傍観者の立場で長年ペタンクを見物してきたが、日暮れまでかかる試合にフランス人女性が正規の資格で参加するところはついぞ見たことがない。戯れに一度、どうして奥方も一緒にゲームをしないのか、と古顔の常連二人に尋ねてみた。一人は肩をすくめて取り合わなかったが、もう一人は悪びれるふうもなかった。「冗談じゃない。誰が夜の支度をするんだ?」

水浴びガーデニング

私は本式の園芸家に不可欠な特性に恵まれていない。なにしろ、からきし根気がない。

先を見通す知恵もなし、季節の移り変りと調子が合わず、若苗が育って何の木かわかる姿になるのを待ってもいられない。肉体的にも、私は園芸家向きにできていない。英語でグリーン・サムと言う通り、園芸家は緑の指をしていなくてはいけないのに、私の親指は不格好で、冴えない黄土色だ。人はみな、病み衰えた庭木を介抱して燃え立つばかりの緑に返すことを知っている。私が世話をすると、善意は届かず、結果は惨憺たるものである。一週間もすれば、潑剌と咲き誇っていた花が悄然と項垂《うなだ》れてしまう。草木は私を見るとすくみ上がる。

と、こう話せば、プロヴァンスの庭が私と相性がいいことは、いくらかおわかりいただけると思う。プロヴァンスは気候の険しい土地で、冬は氷点下、夏は華氏百度以上と寒暖の差が激しく、岩だらけの地味は痩せている。降れば洪水、上がれば日照り。吹き荒れるミストラルは一帯の草木を薙ぎ倒し、進路に当たる地べたから何もかもをこそぎ取る。年来の経験から、この厳しい気象条件に耐え得る草木なら、ちょっとやそっとではびくともしないことを私は学んだ。

知り合いに何人か本格派の園芸家がいる。植物学にのめり込んで、自分の庭の草花を言うにも何気ないふうを装いながら、もったいぶって学名を使う。キンポウゲは〈ラヌンクルス・アクリス〉、デイジーは〈レウカンテムム・ヴルガーレ〉、下積みのタンポポは出世して〈タラクサークム・オフィキナーレ〉である。この手の専門知識攻勢には、わからないままいい加減にうなずくか、話題を変えて対応するようにしているが、そんなことで引き下がる相手ではない。遅かれ早かれその口から、プロヴァンス式で殺風景な私の庭をイギリスからそっくり移したコテージ・ガーデンに変えるにはどうするか、助言、指導を賜る破目となる。

ちょっと彩りがあった方がいい。不満げに庭を見回して、彼らは言う。全体が、ぱっと明るくなるように。これはどうしても、芝生が必要だ。何といったって、芝生ほど見た目に落ち着いた感じを与えるものはないのだから。意外にも、芝生にはラテン語の学名がないらしい。一面の芝生で庭が緑になれば、あとは次から次である。垣根仕立ての果樹。バラの四阿《あずまや》。花物の生け垣。そして、イギリス人が何よりも好む作庭の目玉、多年草の縁取り花壇。この分で行くと、隠し垣や、花壇を幾何学模様に配置した庭園、パルテールも遠からず計画に上るであろうことは目に見えている。

園芸家が引き揚げると、私はほっとして大好きな庭を眺めやる。ラヴェンダーにコットン・ラヴェンダー。イトスギ。サルビア。ローズマリー。ゲッケイジュ。キョウチクトウ。ツゲ。タイム。これ以上、彩りに何の不足があるというのだろうか。灰色だけでも青に近いものから、ほとんど白までさまざまだし、緑にしても、艶やかな浅緑から、重たげな濃緑まで幅広い色相に跨っている。粉が吹いているのもあれば、煤けているのもある。夏は紫の氾濫だ。どの色も姿も周囲の景色によく映る。草木はいずれも険しい気候を生き延び、私の不器用を大目に見ている。ほとんど手入れの必要もなく、唯一、私の務めは仕事というより楽しみで、七月のラヴェンダーの収穫である。

これは水浴びをしながらに限る。ひとしきりプールに浸かってから、手鎌なり、花鋏なりを持ち出して、最初の畝《うね》に取りかかる。この時期、ラヴェンダーの茎は乾いて脆《もろ》くなっているから、刈るのにまるで苦労はない。ほんの何株か刈るうちに、両手は瑞々しいラヴェンダーの渋みを含んで涼やかな匂いに染まる。五分もすれば、強い日差しに体は乾ききって、十分後には汗が噴き出してくる。三十分を区切りに、再び潜る水の底は天国である。

午後いっぱいで籠に一山のラヴェンダーが穫れる。手を替え品を替え、いろいろに楽しめるところがラヴェンダーの有難さで、花は枯れても匂いはなかなか薄れない。匂い袋をこしらえて抽斗《ひきだし》やリネン・クローゼットに入れておけば、七月の花は年を越してもなお馥郁《ふくいく》と移り香を残してくれる。茎を一、二本オリーヴオイルや酢の壜に入れると、テーブルは一年中、夏の匂いである。ラヴェンダーのエッセンスはプロヴァンスの万能薬で、切り傷や虫さされの消毒によく、嗽《うが》い薬にもなるし、熱湯に垂らして湯気を吸うと頭がすっきりする。蠍除《さそりよ》けにも有効で、キッチンの床磨きをする時などは重宝だ。冬のはじめ、取っておきの枯れ花を炉開きの火にくべれば、半年近く前に収穫した畑の紫の匂いが屋の内に満ち溢れる。これだけのことが、縁取り花壇の草花にできるものならお慰みだ。

職人の口約束

近頃では家を建てるのも簡単で、ドアや窓、ユニット式のキッチン、その他もろもろ、規格化された部品を組み立てるだけの安直なモジュラー・ハウスで快適な生活ができるようになっている。そうした技術が登場する以前の古い家は趣があって結構だが、片方で何かと不便も多い。風格を求めれば建築上の精度が損なわれて一長一短である。昔の家は床が傾き、冬になると妙な具合に浮き上がったりする。壁は傾《かし》いで、立て付けも悪い。階段は蹴込みの高さがまちまちで、怪しげに軋る。どこを捜しても、正確に九十度の角は一つもない。ぐらぐらになった手すりや、虫に食われたドア、ひしゃげた鎧戸などを取り替えたくても、おいそれと出来合いの建具や部材があるものではない。どうしても、心優しく腕のいい幻の名工、プロヴァンスの職人のもとに足繁く通うことを覚悟しなくてはならない。職人は、何であれ注文に応じて、ぴったり望み通りのものを作ってくれるはずである。

ヴォークリューズ一円には、それぞれの道で技を極めた職人衆がぞろぞろいる。芸を見せる素材は、木、陶土、石、大理石、鍛鉄、鋳物、と多様だが、気性の点から言えば彼ら職人は多分に共通するところがあって、そのことは、仕事を頼んで付き合いを重ねるにつれてわかってくる。職人衆を頼むとなれば、食事に満ち足りて、細工が仕上がるまでの経過を丸ごと一種の享楽と思えるほど気持が和《なご》んでいる夏の午後に優る時はない。

はじめての客は必ず工房に案内される。まずは得意先から注文されている仕懸かりの細工をご覧《ろう》じろ、と親方は胸を張る。なるほど、出来上がりが楽しみな半製品が所狭しと置かれているのを見て、客は間違いなく注文をかなえてくれる名人に出逢えた幸せを感謝する。それだけではない。親方は新規の仕事に大いに乗り気で、何もかも放り出して、今夜にも寸法を測りにうかがいましょうと言う。

やってきた親方は注文の箇所を仔細に検分して、黄ばんで裾もまくれた手帳に何やら書きつける。当然ながら、素人にはわからないことがいろいろあって、一応の講釈は欠かせない。親方は特注に応じることのむずかしさを説き、しきりと傷ましげに頭をふりながら錆や腐食の激しいところを指し示す。労りの心をもって丁寧な細工をしなくてはならない。だが、こうして年季の入った玄人が引き受けるからには、何も案じることはない。パ・ドゥ・プロブレーム。任せておけだ。見積もりが出て、値段の交渉がまとまる。客が不可知の領域に迷い込むのはここからである。出来上がりを尋ねると、親方はいつが希望かと問い返す。客は心当ての日付に一月の猶予を見て納期を指定する。

返ってくるのは職人衆の合い言葉である。私はこの一言をあまり何度も聞かされて、今では、見習いの職人が仕事を教わるよりも何よりも、まず真っ先にこれを叩き込まれるのだと理解している。期限を切られて職人は、すぐには答えず、深々と溜息を吐《つ》いてから思案げにうなずいて言う。セ・ポシーブル、できない相談ではない。この時、客は相手がはっきり、承知した、と答えてはいないことに注意しなくてはならない。職人は、注文は可能性の範囲内である、と言っているだけだ。やがて思い知らされるように、この微妙な違いが、実は、決定的である。ところが、不馴れなうちはそうとは知らず、客はこれで依頼主と職人の間に確固として明快な契約が成り立ったものと勘違いしてしまう。

口やかましく短気な異邦人と思われたくないばかりに、客は頃合いを見て、かなり経ってから電話で細工の進み具合を問い合わせる。が、返事を聞くことはおろか、満足に話もできはしない。というのは、職人の電話は決まって仕事場の最も騒音が激しい一角にあるからだ。これは歓迎できない催促電話を妨害する策略に違いない。ひょっとすると、録音された喧噪が自動的に流れる仕掛けではあるまいか。とにかく、極めて効果的であることは間違いない。電動の丸鋸や、ストーン・カッター、溶接バーナーなどがけたたましくがなり立てる音の壁に向かって、何を言っても無駄である。カンカン、ドンドン、ギーギーを貫いて言葉の切れ端は通じるかもしれないが、とうてい実のある話にはならない。仕事の進捗情況を知りたければ、こっちから作業場へ足を運ぶしかない。

工房の様子は以前と少しも変っていない。完成の暁にはさぞかし見事であろう細工物が仕懸かりのまま、所狭しと散らかっている。注文の品がコレクションに加わっていたら運がいいとしなくてはならない。親方はその未完成の細工を、目に入れても痛くない娘のように、誇らしげに披露する。どうです。これなら文句ないでしょう。客の身にとっては、いつ仕上がるか気になるところだ。何とか、来週には届けてもらえるだろうか？

親方は深々と溜息を吐いて、思案げにうなずく。セ・ポシーブル。むろん、完成の見込みはない。しかし、まあいいではないか。それがないからといって家が倒壊するわけでもない。

ショッピング

もてなしの行き届いた食事に数杯のワインと、買い物に繰り出したい衝動の相関関係について、誰かこれまでに研究したことがあるだろうか。私は元来、買い物の趣味はなく、必要もないものを捜して歩きまわることが面白いとは思わない。ただ、昼の食事を楽しんだ時は別である。満腹して、気が大きくなった昼下り、私はお人好しで感じやすいカモ、すなわち、金銭感覚をどこかに置き忘れた浪費家になる。いきおい、大きな都会ではつい高価なものに手を出して我ながら驚き呆れ、アメリカン・エキスプレスからきついお叱りを頂戴することもしばしばである。その点、今なお現金主義の古風が守られているプロヴァンスは安心だ。

知り合いの多くは宣伝に頼らない小商人、プティ・フルニッスールを贔屓にしている。チェーンストアやスーパーは相手にせず、自家製品を直接販売する地元の店である。しっかり客の人気をつかんでいる店は、たいてい、街道沿いの片田舎か、町や村でも目抜き通りからは奥まったところにあって目立たず、道案内がなくては尋ね当てることもむずかしい。店の売り物はホワイト・アンチョヴィから注文生産の突っ掛け草履、エスパドリーユまでいろいろだが、どこも何かとおまけが付くところが客にとっては有難い。品物に関するちょっとした知識も値段のうちである。店の故事来歴や、商品の製造工程を話してくれるところもあり、競合する大量生産の品物をそれとなく悪しざまに言って自家の宣伝に努めるところもある。客の心にゆとりがあれば、発見の種は尽きない。買い物とはこうありたいもので、それには時間の流れが緩慢な、夏の午後がいい。

私たち夫婦はカヴァイヨンで、最高のメロンが手に入る農家の評判を聞いた。その何とも言えず甘い匂いと溢れるような汁気に対抗し得るのは、偏屈で時に厭味な主《あるじ》の性格だけであるという。この組み合わせに興味を引かれて私たちは、さんざん道に迷いながらも、ようよう青物市場にほど近い町はずれの袋小路に辿り着いた。

狭い通りに人気はなく、かつて納屋だったらしい建物の戸口に群れる蠅の羽音を除いては、あたりは静まり返っていた。熟れた果実のねっとりと甘い匂いが濃く漂い、開け放ったドアの向かいに白のメルセデスが駐まっている。裕福な得意客だ、と私は思った。遠路はるばる買いにきて、今まさに、メロン王と取引きの最中に違いない。そのメロン王は、野良着姿の節くれ立って皺だらけの老人だろう。

私たちは蠅の群を払いのけて中を覗いた。土間に麦藁を厚く敷き詰めたその上に、黄緑色のメロンが山をなして立ちこめる芳香が小屋を満たしていた。入ってすぐの、ひしゃげたブリキのテーブルに腰を載せて男が一人、携帯電話に噛みついているところで、その土地訛りがなおさら濃密な空気を醸す気配だった。男は小作りで色浅黒く、地肌まで日に焼けた頭に黒い髪を撫でつけて、見事な口髭を蓄え、鉤鼻にラップアラウンドのサングラスをかけている。縞柄のオープンネックのシャツに、角度によって虹色の光沢を発する濃紺のズボン。履き物は、甲に轡《くつわ》に似た真鍮の飾りのある黒革の靴である。この気障《きざ》な伊達男が、音に聞くメロン王だろうか？

男は、うん、と唸って電話を切ると、煙草をつけて、サングラスのまま私たちに向き直った。「メロンを買いに来ました」私は言った。「おたくのメロンは極上だと聞いたもので」

お世辞がきいたか、さもなければ、向こうも食事の後で気分が大らかになっていたのだと思う。男はおもむろに腰を上げると、指先に煙草を挟んだまま、背後のメロンの山へ腕をふり上げた。「最高の、そのまた最高、シャランテ・スュブリーム。大デュマこと、アレクサンドル・デュマ父はこれが大好物でね。あまりにも有名な話だけれども」彼はとぐろを巻いたホースを伸ばして、小屋の奥のメロンの山に霧をかけた。メロンを売り込む営業の初手と見えて、熟れた果実の芳香はこの霧吹きでますます濃く甘くなった。彼はメロンを一つ取って蔕《へた》を親指で押し、果頂を嗅いで私に手渡すと、何かを捜すふうに小屋の隅へ屈み込んだ。

メロンは表皮に水滴を光らせて、大きさの割りには驚くほど重く、柄はしんなりと柔らかい。私たちはその香気に賛嘆の声を発した。メロン王のにっと笑った顔は、手にした刃渡り十八インチの大型ナイフといかにもちぐはぐな印象だった。「中を見て下さいよ」彼は私からメロンを引き取ると、一太刀ですっぱり二つに切った。燃えるようなオレンジ色の果肉から汁が滴った。まさしくメロン王の言う「喉を蕩《とろ》かし、胃の腑に清涼を運ぶ」一顆にほかならない。洒落《しゃれ》たことを言う、とその時は大いに感心したが、後にこれはあるメロン好きな詩人の作から拝借した賛辞と知れた。

毒味が済むと、メロン王は期待の色を浮かべて向き直った。「十キロ単位で、安くしておきますよ。トンとまとまれば、もっと勉強しましょう。ただ、運送の手配はそっちでしてもらわないと」彼は注文を待つ構えでサングラス越しに上目遣いに私を見た。

こういうこととは知らなかった。メロン王が毎年パリの名だたるレストランに何トンもの品物を納めている元売り業者だとは誰も話してくれなかったから、勝手が違って私たちは面食らった。が、ここは彼のために言っておかなくてはならない。世間の評判とは裏腹に、メロン王は一ダースという私たちの些少な注文に快く応じたばかりか、持ち運びに便利なように、浅い木箱に湿った藁を敷いてメロンを詰めてくれた。

車に戻る前に近くのカフェに寄ると、ウェイターがまたメロンの権威で、私たちはここでも知恵を授かった。メロンの果頂を切り取って、芯をくり抜いた後へウォッカを満たし、一昼夜、冷蔵庫に寝かせるとウォッカが果肉に染み込んで、得も言われぬ芳潤なデザートが出来上がる寸法である。

喉を蕩かし、胃の腑に清涼を運ぶ無上の佳味だろうか。

「ヴォワラ、エグザクトマン」ウェイターは言った。そう、その通り。

ワインが飲める博物館

世界広しといえども、カエル・フェアや、カタツムリ・フェスティバルの開かれる国がフランスをおいてほかにあるだろうか？　官公庁が主催するソーセージの祝典や、ニンニクの記念日についてはどうだろう？　チーズや、ウニやカキ、クリやスモモ、オムレツといった食べ物が地元で脚光を浴びて、ほかの国ならフットボールの優勝チームか、国営宝籤の当選者に相当する待遇でもてはやされるのは、世界中でもフランスばかりではなかろうか。

そんなわけで、気高くも日々の暮しに必要不可欠な器具、栓抜きの博物館があると聞かされたところで、別に驚きはしなかった。なにしろ、ワインを醸して飲むことが一種垢抜けた信仰とされている国である。壜に封じ込められた快楽を解き放つ小道具に、多少の敬意は払われて当然ではないか。とはいうものの、栓抜きだけで博物館が成り立つものだろうか？　どうせ、欲の張った先祖の遺品から拾い出した栓抜きを二、三十本並べただけの、博物館というのもおこがましい我楽多市だろう、と私は想像した。まさかルーブル美術館の縮小版だとは思いもしなかった。

その博物館も、つまるところ、メネルブの南を走る街道Ｄ一八八号線に時代の流れがもたらした変化の一端というにすぎない。渓谷には、ほかにも幾筋か街道があって、景色はどこも似たようなものである。かつてこのあたりは、片側のブドウ畑に切って嵌めたような古い農家が一軒、反対側にムッシュー・パルディガンの自動車整備工場があるばかりで、二羽の家鴨が門番をしているほかは、どこといって特色もない田園地帯だった。いい景色には違いないが、車を止めることはおろか、スピードを下げる気にもならない田舎道でしかなかったのである。

今や整備工場は跡形もなく、家鴨もどこかへ姿を消した。一方、向かいの農家は翼廊や別棟を建て増して、以前に変る繁栄を誇っている。増築部分はよほど工事に手間暇をかけたと見えて、どこまでが古い建物か、どこからが新装か、区別が付かない。ブドウ畑の手入れも怠りなく、バラの植え込みが整然と境を限っている。樹齢百年は経ていようというオリーヴの並木が街道と一跨ぎの母屋を結び、目をやるところ、すべては趣味の奢った粋人が惜しみなく金を遣った心意気を語っている。

この田園改造の仕掛け人はメネルブの現市長、イヴ・ルセ・ルアールである。根っからのワイン好きで、ある時、パリの競売場ドルーオ館で栓抜きのコレクション一式が売りに出されたのがそもそものはじまりだった。その豊富な種類と浅からぬ歴史に魅せられて、ルセ・ルアールはコレクションを落札した。爾来、栓抜きと見れば買い漁り、彼は蒐集家や古物商の間で一躍名を馳せた。今も買い続けて、集めた栓抜きは数知れず、どれ一つ取ってもほかに同じものはない。病膏肓《やまいこうこう》とはこのことだ。私有のブドウ畑と酒蔵、それに所蔵のコレクションを並べる気のきいた場所がなかったら、続けられる趣味ではない。

聞き酒の部屋、テイスティング・ルームを見れば博物館の奥行きが知れる。木製のテーブルに横たわっているのは巨人国の栓抜きである。長さが三フィートほどもあって、とうてい片手では扱えない。傍らには、この栓抜きで開けるにふさわしい数ガロン入りの大壜が置かれ、筋骨隆々、見上げるばかりの家僕がいつなりと手を貸す構えで控えている。博物館のガラス戸棚にはおさまりかねる飾り付けである。ここを過ぎると、簡素ながら趣味のいい展示室で、壁龕《へきがん》のように奥まったガラス戸棚から間接照明が洩れるほかはただ仄暗く、教会を思わせる静謐《せいひつ》があたりを支配している。

ここに何百という栓抜きが、その出所と、歴史に占める位置を説明する簡単なパネルとともに展示されている。全体がそっくりそのまま、人類がワインに注いだ愛情の証であり、単純な機能を果たすにすぎない家庭用品を味わい深い工芸の域に高めるのみか、時に奇抜で色がかった小道具に変える知恵の結晶である。男根を象《かたど》った栓抜きもあれば、女が股を閉じる動作で栓が抜ける仕掛けもある。ピストルや、狩猟ナイフの一部をなすものもあり、栓抜きを孕んだ仕込み杖もある。喧嘩の時に指に嵌めるブラスナックルに組み込まれた栓抜きもあって、奇想天外の珍品、傑作が宝石商の飾り窓にも似た雰囲気の中に陳列されているのである。当然といえば当然ながら、ブルガリの栓抜きも数ある中にところを得て精彩を放っている。柄の材は角、オリーヴ、ベークライト、鹿の脚、といろいろで、禁酒法の生みの親、ヴォルステッド上院議員の肖像を浮き彫りにしたものもある。折り畳み式もあれば、ヴェストポケットに入るのもあり、世界に三つしか残っていないうちの一つという最古の栓抜きから、技巧を凝らした一八世紀の逸品にいたるまで、その多様なことといったらない。すべてを紹介するわけにはいかないが、なお嬉しいことに、ここは私の知る限り、唯一、ワインが飲める博物館である。というより、盛んに勧められるのだから、飲まずに引き揚げては申し訳がない。

テイスティング・ルームに戻って午後の日差しに目をしばたたきながら、博物館自家製のワインを傾け、これだけの場所を作り上げた男の凝り性を讃えて過ごす小半時は何ともいえぬ快楽である。栓抜きが買えることは言うまでもない。

夢のシャトー

見も知らぬ他所さまの屋根裏を掻き回してみたいと思う気持はいつの世も同じ、人間の持って生まれた性癖ではなかろうか。室内便器から、人が入れるほどの大きな衣装ダンスにいたるまで、ありとあらゆるものを扱う古道具市、ブロカントはプロヴァンスのあちこちにあって、いつ見ても賑わっている。しかしながら、道具屋歩きには危険な落とし穴がないでもない。掘出し物を手に入れると、これが病みつきになり、アメリカのさる友人の言う骨董エスカレーションが高じて、古道具市に出掛けてはトラック一杯のがらくたを買い込むようなことにもなりかねない。そもそも家一軒、とまでは言わずとも、それに近いものが買えるのに、家財道具ばかりにこだわる必要がどこにあるだろうか？　正しくは建築廃材回収利用というのだが、アプトの郊外に、取り壊した建物の部材や設備で盛大に商売をしているところがある。廃品の山に分け入り、ここかしこで資材を集めて頭の中に夢のシャトーを築く一時の楽しみは捨て難い。

シャボー兄弟、アンリとジャンは古代都市の遺跡かと紛う数エーカーの土地で廃材を商っている。私はいつも、鋳物のチムニーバックだの、石の水盤だの、手焼きのタイルといったささやかなものが目当てで行くのだが、じきにそんなことは忘れてしまい、気がつけば、手が届かないばかりか、およそこの身にそぐわない壮麗な世界に遊んでいる。

今回の場合は、廃材置き場に足を踏み入れて、膨れた腹を地べたに預けて物憂げに横たわっているギリシアの壺を見る途端に高貴の幻想が頭を擡《もた》げた。アンフォラと呼ばれるこの両手付きの壺は身長七フィートの人間がゆっくり入れる大きさで、口は私の肩幅より広い。我が家の庭の、イトスギの並木が尽きるところに置いたらさぞ見栄えがするだろう。さて、何を入れようか。土を三トンばかり入れてゼラニウムを植えようか。当方の好意をいいことに、いささか長居のすぎる泊まり客に入ってもらおうか。心配は仮想の庭師に任せることにして、私は奥へ進んだ。

向こうに、所領の景観に雅趣を添える恰好の大道具が見えていた。アーチを戴く石柱に装飾的な鉄扉の嵌まった潜り門である。近づいてみると、アーチに闊達な大文字でシャトー・ラシュネイと館の名が彫ってある。これで、この格式に適うシャトーがあれば文句はない。

材料はすべて揃っている。ただ、継ぎ接《は》ぎしてシャトーを完成するには一生かかると思って間違いない。屋根瓦。敷石。とてつもなく大きな切石の暖炉。樫材の梁《はり》。三角の妻壁。パラディオ様式の円柱。階段はまっすぐなもののほかに、右や左に弧を描いているのもある。何もかもが大ぶりで、シャトーで暮した一七、八世紀の貴人よりは現代のバスケットボール選手向きである。昔の人は小さかった。彼らはだだっ広い部屋で、自分がなおさらちっぽけになったような心持ちに満足を覚えたのだろうか。廊下や控えの間の案内図は必要なかったろうか。小間使いが屋根裏の迷路で消息を絶ちはしなかったか？

炎昼の陽を避けて木陰に腰を降ろすと、そこに豊満な乳房の妖しい女人像があった。どうしたものか、腰から下はライオンの姿である。その向こうで中年の夫婦者と、建築家と思しき若い男が何やら話し合っている。建築家は時代のついた見事な暖炉の寸法を測り終えたところである。

「あの部屋には大きすぎますね」彼は言った。

「大丈夫だって」依頼人の亭主は取り合わなかった。「部屋に合わせて切ればいい」

建築家は眉を寄せた。泣きたい気持は顔に書いてある。目の前にあるのは間然するところなく均整の取れた美しい石の調度である。それも、フランス革命後の混乱の時代から、第二次世界大戦にいたる百五十年の略奪と破壊を潜り抜けた貴重な古美術だ。その暖炉が、ほんの隙間塞ぎのために暴虐の危険にさらされている。

暖炉を囲んだ三人の背景には、優に一部屋の間口を占める階段が十五フィートの高みに立ち上がって宙に浮き、最上段で猫が昼寝をしている。見渡す限りあたり一面、昔日の栄華の名残を留める瓦礫の山である。私はシャトーの暮しに思いを馳せた。豪奢を極める石の洞窟で送る日々は、果たしてどんなふうだったろうか。フットボール競技場ほどの食堂を想像して、ひとしきりの感興が去ると、現実を考えずにはいられない。とりわけ冬は住み憂《う》かろう。セントラルヒーティングはなし、足下からじめじめと湿った冷気が這い上がる。衛生設備は不完全で、照明は行き届かない。料理ははるばる調理場から運ばれて、テーブルに着く頃には冷えきっている。これでは名門と謳われるイギリスの寄宿学校と変りない。

私はごめんこうむりたい。この夏の日盛りに、味気ない話は止しにしよう。何と言っても、シャトーは常夏《とこなつ》の幻想の中に置くのが一番だ。私のシャトーについてもそれは変らない。

住宅不足実地検分

プロヴァンスに二週間も滞在すれば、充分陽に焼けて、市場もあちこち見て回り、ブドウ畑を訪ねて、教会巡りも済ませ、古代劇場の平戸間に坐ってローマ遺跡の一端に触れるくらいの時間はある。言うなれば、好奇心旺盛な行動派の旅行者が体験する一通りは、まずこれで卒業である。そこまで行くと、たいていは欲が出て、もっと見たくなる。土地の暮しを知りたいと思う。それどころか、家の中にまで立ち入って、つぶさに観察したいとさえ思うようになる。

　他人の家ほど興味を掻き立てるものはない。生け垣一つ隔てた向こうは、まるで心ときめく未知の国である。招かれてドアを潜れば、小さな発見の種は尽きない。逆立ちした本の背表紙。石鹼から冷蔵庫にいたるまで、ブランドはどれも見馴れぬものばかり。内側に開く窓。ペンキが褪せていい色に変った木の鎧戸。石組みの暖炉。丸天井の部屋。不思議な匂い。異邦人には何もかもが物珍しく、プロヴァンスに隠れ家《が》を持つのも悪くない、とふと思う。これといってすることもない午後、気の向くままに、夢が叶いそうな家を尋ねて歩く以上に楽しい過ごし方があるだろうか。
と、ここで不動産仲介人が登場する。

　正確な数は知らないが、こう見たところ、リュベロンにはパン屋とくらべられるほど不動産屋がたくさんある。土地の祭と公営の駐車場があるような村へ行けば、ブティックほどの代理店がきっと一軒はあって、買い手の気をそそる写真が窓を埋めている。建て替えを待つばかりの小さな古家。桜の園と二十マイルの見晴らしを誇る農園。石造りの農家、バスティード。メゾン・ドゥ・メートル。羊小屋。時には小さな村がそっくり売りに出ていたりもする。いずれも陽を浴びて、新しい所有者の愛撫を待ちかねている風情である。物件の豊富なこととといったらない。

　不動産屋は揉み手をして客を迎える。ほかの同業を素通りして、まっすぐここへ来たとは何と賢明なことだろう。夥しい物件のチラシを見た目には信じ難いことながら、不動産屋は、リュベロンでは上等な物件が払底していることを強調する。とはいえ、当社の手持ちは選り取り見取りだから心配無用、いつなりと喜んで現地へご案内しよう。

話がややこしくなるのはここからである。客の方では気をきかせたつもりで、まずは何軒か当たりをつけて、中を見るのはそれからにしたい、と申し出る。車も地図もある。場所さえ教えてもらえれば、貴重な時間を割かせるまでもなし、現に住んでいる売り手に迷惑をかけることもない。

メ・ノン。あいにく、それはできかねる、と不動産屋はにべもない。ここにおいて、客は教訓の第一課を学ぶことになる。客は好意かもしれないが、不動産屋としては物件の場所だけ教えるなどもってのほかである。不動産屋がくどくどと並べ立てる弁解を聞けば、つまるところ、理由はただ一つ、最前の説明にあった通り、リュベロンでは上等な物件が払底しているということにつきる。一方で、仲介人の数は有り余っている。掃いて捨てるほどだから、業者間の競争は激しい。よくあることで、一つの物件が複数の不動産屋に任された場合、最終的に買い手を紹介した業者だけが手数料にありつける。これが馬鹿にならない額で、契約価格の五パーセント、ないしはそれ以上である。早い者勝ちの原則は揺るぎない。物件を下見する客に付き添っていくのは不動産屋の縄張り宣言なのである。

そんなわけで、不動産屋は猜疑心の塊で、徹底した秘密主義だから、極く単純な何でもない質問を躱す話術は神業に近い。これが教訓の第二課である。例えば、南仏一円に読者を持つ高級雑誌〈コート・スュッド〉の不動産広告で気に入った物件を見つけ、ページの下端に載っている不動産屋に電話したとしよう。

客　「おたくで扱っている物件のことで聞きたいのですが。照会番号は、ええと……F2637」

不動産屋　「ああ。アン・シャルム・フー！　これはもう、絶対、お薦めですよ。こんな物件は二度と出るものじゃあありません」

客　「ええ、なかなかいいと思いましてね。どこですか、場所は？」

不動産屋　「どうぞ、こちらへおいで下さい。写真をお目に懸けますから」

客　「いや、それはともかく、場所を知りたいんですが」

不動産屋　「サン・レミとアヴィニヨンの中間でして、空港からほんの四十五分で……」

客　「だから、どこなんです？」（右の答は家一軒どころか、軍隊が隠れることのできる範囲である）

不動産屋　「……二階の窓からアルピーユが一目に見渡せて、その景色のいいこと……」

客　「村からは、近くですか？」

不動産屋　「……全面南向きで、陽当たりは最高です。ええ、まさに、太陽がいっぱい、ゴルジェ・ドゥ・ソレイユですよ。静かなところですが、決して辺鄙ではなし……」

客　「村はどこです？」

不動産屋　「……よろしかったら、明日にでもご案内しますが」

と、まあこんな具合で、どこまで行っても切りがない。不動産屋はローマ風の瓦屋根や中庭、樹齢百年のプラタナス、地下のワイン蔵などについて滔々と述べ立てる。ミストラルは避けながら、夏の涼風は通る微気候に触れることも忘れない。家の隅から隅まで、ほとんど目に見えるほどこと細かに話しながら、しかし、物件の所在地だけは何としても明かさない。これだけ話してもまだ、代理店を訪ねることこそが天国への第一歩だと説得できないとなると、不動産屋はこの住居建築の至宝を写真と文章で詳しく説明した案内書を送って寄越すことに、泣きの涙で同意する。

次は第三課。不動産屋は一種の暗号とも言える業界用語を交えて物件を語る。何度か案内されれば、その意味するところは容易に理解できる。

何よりもまず、不動産屋は決して価格を口にしない。家の値段は大ざっぱに、三つの等級で暗示されるのが普通である。

1　プリ・アンテレサン、お買い得。そうは言っても、説明から想像されるほど安いことは間違ってもあり得ない。不動産屋としてはそれでも精いっぱいで、何はともあれ、屋根のある家を買う気ならいたしかたのないところだ。

2　プリ・ジュスティフィエ、お手頃。これは大枚の金と覚悟しなくてはならない。もっとも、大理石の浴槽があり、恐ろしげな地下牢には一二世紀当時の手枷足枷がそっくり残っていたりして、ここでパーティを開くことを思えば、存外、安い買い物かもしれない。

3　プリ――ヌー・コンスュルテ、価格についてはご相談ということで、つまりは天井知らずである。さしもの不動産屋も、この途方もない金額をチラシに刷り込むことは躊躇する。しかし、店に出向いて腰を落ち着ければ、不動産屋はそっと値段を耳打ちするだろう。客は耳を疑って、目の玉が飛び出す額である。

家本体の価格に、買い手の好みで模様替えをする費用が加わることは言うまでもない。

この費用は修繕と内装にどれだけ手をかけるかによって幅がある。家の状態についても評価は三段階である。

1　アビターブル。即入居可。理屈から言えば、その足で荷物を担ぎ込んでも生活できる状態である。ただし、水回りや電気配線はもはや寿命が尽きかけて、軒は怪しげに傾いている。それでも、住む分には差し支えない。現に人が住んでいる。

2　レストレー・アヴェック・オータンティシテ。状態良好。そのまま住めば、一八世紀の農民の暮しを再現する家屋である。古びた敷石に剝き出しの梁で、壁には亀裂が走り、薄暗い小部屋が入り組んでいる。広々とした明るい部屋が希望なら、削岩機を持ち込んで、石工を何人か雇わなくてはならない。

3　レストレー・アヴェック・グー。趣味人向き。趣味は人それぞれで、一概には何とも言えない。飾り紐や、壁掛け式の燭台や、隠し絵の壁紙を垢抜けた上趣味と見るか、低俗な悪趣味と取るかは好みの問題で、売り手と買い手の趣味が一致することはめったにない。もっとも、不動産屋にしてみれば、値段に跳ね返ってくれる限りはどんな趣味もすべて上趣味である。

まだこのほかにも業界言葉はいろいろあるが、初日の午後はまずこんなところで充分だろう。何はともあれ、強気に出ることだ。(小切手帳を忘れずに)

読書の真似事

旅行者がせめて一度は体験すべきプロヴァンスの習慣を、一つだけ挙げるとすればシエスタだ。昼寝も夏は戸外に限る。

不思議なことに、私は我が家の泊まり客に、昼寝こそは何よりも健康的ですっきりする夏の午後の快楽だと説くのだが、これが、なかなか聞き入れられない。彼らは日頃の職業倫理をそのままプロヴァンスに持ち込み、自堕落を敵とするアングロ・サクソン流の考えで、いささか退廃的でしまりのない地中海の風習に抵抗する。不活発に対する激しい恐怖が湧き出して、彼らは言う。はるばるやってきて、何もしないなんて。

何もしないのは精神衛生によく、消化にもいいことはいくら強調しても足りないが、私の勧めも聞く耳に懐疑があっては素通りである。ところが、正気の沙汰とは思えない食後のテニスは喜ばれる。これが私には理解できない。辛うじて考えられるのは、ボールを追って炎暑の中を駆け回る肉体労働と、命取りにもなりかねない心臓の負担に何やら魔性の魅力があるらしいことだけだ。筋道を立てて諭してもテニス党がその危険を悟らない時は、当地のフローレンス・ナイチンゲール、ムッシュー・コンティニにお出まし願うほかはない。救急車のエンジンをかけたまま、テニスコートの脇に待機してもらうのである。これで、まずたいてい試合は打ち切りとなる。自慢ではないが、私のところではいまだかつてただの一人も傷ましい犠牲者を出していない。とはいうものの、彼らに罪の意識を与えず、食事の席で浮かぬ顔をされないためには、代りに何か気のきいた娯楽を提供しなくてはならない。

あれこれ試した末に行き着いた策は、何もしない口実に文学を持ち出すことである。長い夏の午後は、本を読んで知識を深め、教養を高めるいい機会だ。

問題は、何を読むかである。スリラー小説や、冒険小説、中世怪奇ロマンなどはいけない。この手の本は中身も軽いが、ペーパーバックで重みがない。必要なのは、内容、体裁ともにずっしり重い大冊である。前々から読みたいと思い、読まなくてはならないと知っていながら、ついに時間がなくて読めなかった本と来れば願ったりだ。そういう古典、名作は数知れないが、私のところにもいくらか蔵書があって、名付けてハンモック・ライブラリーと言う。アンソニー・トロロープ、ブロンテ姉妹、ジェーン・オースティン、トマス・ハーディ、バルザック、トルストイ、ドストエフスキー。中でも、これまでただの一度も失敗がなかったのはエドワード・ギボン畢生《ひっせい》の大作、三巻箱入りの『ローマ帝国衰亡史』である。

一巻を小脇に抱えて、谷を見降ろす庭の隅の緑陰へ向かう。そっとハンモックに寝そべって枕の位置を直し、ギボンを腹に載せて、しばらくは耳を澄ませるのが本式である。蝉が鳴きしきっている。疲れを知らぬ蝉たちの、軋るような、それでいて不思議に気が休まる顫鳴《せんめい》が波のうねりに似て暑い午後の空気を揺るがす。どこか遠くで犬が吠える。暑さに負けて気のない声は、やがてファルセットの欠伸《あくび》に変る。ハンモックの下では、トカゲが虫を追って乾いた草叢を走る気配がする。

両肘をハンモックの縁にかけてギボンを持ち上げる。その重いこと。開いたページの向こうに自分の爪先とハンモックの吊り手が見え、さらにその向こうの、こそともそよがぬナラの葉越しに青く霞んだリュベロンの眺望が開けている。ノスリが一羽、広げた翼を動かすともなく、高空に悠然と輪を描いている。ギボンはますます持ち重りして、いつしかまた腹の上に俯せになる。誰の場合も例外なく、ローマ帝国に取り組む前に、ここでほんの五分ばかりうつらうつらしたところで罰は当たらないと思う。

二時間ほどして目を覚ますと、陽は西に傾いて、山の端の空が紺碧から紫に変りかけている。ギボンはハンモックから落ちたその場にページを開いたままである。これを拾って埃を払い、一三五ページあたりに見せかけの栞《しおり》を挟んでから、木の間をプールへ移動する。一泳ぎした後の爽快なことといったらない。この気分を味わえば、なるほど、シエスタも悪くない、と納得がいくはずである。

フォアグラ二千年の遺伝的効果

老年期の訪れを、首を長くして待ち望むという話はあまり聞いたことがない。老齢福祉の充実を求めるロビー活動家がどんなに体よく言葉を飾っても、かねて覚悟はしていながら、ついに回ってくる付けと同じで、歓迎できないのが人生の黄昏である。とはいえ、プロヴァンスで年を取るのはまんざら悪いことばかりでもないように思う。物心両面において、高齢者が銀行に預けてもよさそうな慰みの種はきっとある。

例えば、引退して、持ち家のほかにこれといった資産もない場合を考えてみるといい。当の老人は、死亡広告に名前が出るまでその家で何不自由なく暮すことができる。しかし、長生きをすれば入費がかかって、年々負担が増すことは避けられない。孫にフェラーリをねだられ、住み込みの料理人の手当ては嵩み、上物のワインは値段もべらぼうだ。

やがて、天から金が降ってくれないかと思うようになる。いよいよフランス独特の制度、アン・ヴィアジェを活用して家を売る思案をしなくてはならない。

これは一種の賭けである。老人は時価よりもかなり低い値段で家を売りに出すが、自分はいわば付属の動産で、生きている限りはそのまま居続けることができるから、ケーキの家に住んでいるのと変りない。買い手にとっては割安な不動産を取得できて有利だが、それはあくまでも高齢の先住者が延々と居座って邪魔をせず、潔く旅立ってくれた場合である。一部にはこの制度を陰湿、非道と嫌う向きもあるが、フランス人は金のこととなれば徹底した現実主義で、売り手と買い手の双方にとってこれは自然の恩恵と心得ている。

ところが、賭けは往々にして裏目に出る。つい最近も、町それ自体が老熟を絵に描いたようなアルルで実際にあった話である。紀元前からの歴史を誇り、美人が多いことで知られるアルルは一九九七年まで、マダム・ジャンヌ・カルマンの地元だった。カルマンの生涯は南仏プロヴァンスの活性の証であり、不動産投機家すべてに対する警鐘と言える。

マダム・カルマンは一八七五年生まれで、娘の頃ヴァン・ゴッホに会っている。九十歳を機に彼女はアン・ヴィアジェで土地の弁護士に家を売った。四十を過ぎたばかりでまだほんの駆け出しに毛の生えた程度だった弁護士が、有利な投資をしたと考えたのも無理はない。

ところが、カルマンは長生きした。ただの長生きとはわけが違う。老いてますます盛んとは彼女のためにあるような言葉で、オリーヴオイルで肌の手入れは欠かさず、毎週一キロほどもチョコレートを食べ、百歳まで自転車を乗り回した。煙草を止めたのは百十七歳の時である。公式の記録によれば、ついに百二十二で亡くなった時、カルマンは世界最高齢だった。不運な弁護士はその前の年に七十七で死亡した。

マダム・カルマンの長寿が奇跡的だったことは言うまでもない。時に保険統計の均衡を破る特例であったろう。だが、この稀に見る長寿の記録がいつの日か、常々間近に接している元気な老人の誰かに破られたとしても、私はさほど驚かない。自分の扱っている品物よりも長く生きている古道具商。食料雑貨店で、若い娘顔負けの勢いで人を押しのける老婦人。自宅の菜園でトマトの苗に激励の言葉をかけている、皺だらけな中にも品格を感じさせる土地の長老たち。プロヴァンスの何が彼らの長寿を支えているのだろうか。老人たちの元気の秘密は何か？

一時期、近くの農家と行き来があったが、ペペの名で誰からも慕われたその家の隠居はほれぼれするような年寄りだった。小柄で痩せぎすなペペは、いつも洗い晒しのブルージーンズにジャンパー姿で、鳥打ち帽を脱いだところは見たことがない。散歩の帰りには、よく我が家の私道を抜けてブドウ畑を見回った。緑の谷に人が出て、草をむしり、伸びすぎた若枝を刈り、肥料を撒いている時、杖を休めて作業を監督するのが好きだった。

ぺぺは惜しまず人に知恵を貸した。折に触れて自分からも言う通り、八十年を超える経験に裏打ちされた助言は含蓄に富んでいた。ワインや天候について、誰かがおこがましくも異を立てると、ぺぺは記憶を漁り、埃をかぶった古い証拠を持ち出して自分が正しいことを説いた。「そりゃあ、一九四七年の夏と言っても知るまいが、八月にウズラの卵くらいもある雹《ひょう》が降って、このあたりのブドウは全滅だ」老人の口からこうした話を聞かされては、この分なら今年はブドウの出来がいい、と暢気に喜んでばかりもいられない。楽天主義と自然は相容れない、とぺぺは常々言っていた。一時間ほどして、ブドウ畑がよく手入れされていることを見届けると、老人は私の庭を跨いで義理の娘のキッチンへ向かう。次は昼の支度の監督指揮である。

ぺぺは満足することを知っていたと思う。皺だらけの顔は今にも笑いだしそうで、事実、ぺぺはよく笑った。歯はほとんどなく、笑えば歯茎が覗くばかりだが、その笑顔は柔和だった。腹を立てたり、短気を起こしたりするところは見たことがない。オートバイの騒音など、現代風俗にはいささか閉口気味だったが、大好きなアメリカの古いホームドラマが見られる大型テレビや、何かと便利な家電機器は歓迎した。ぺぺは天寿を全うして九十代の半ばで亡くなり、その人柄を偲んで、村中が総出で見送った。

ぺぺのような老人はほかにもたくさんいる。矍鑠《かくしゃく》として、悠揚迫らず、カフェの隅でひっそりと昼前のワインやパスティスを楽しんでいる姿を見かけることは珍しくない。村の広場の戦没者慰霊碑の前で、節くれ立った褐色の手をステッキの柄に重ね、おとなしいノスリの群のように木のベンチに並んでいることもある。家の前の木陰に椅子を出してたむろしている老人たちもいる。彼らは絶えず通りのあちこちに目を配って何事も見逃さない。現在の水準から見れば、若い頃の暮しは決して楽ではなかったはずである。痩せた土地で汗水流す労苦は報われず、生活するのがやっとだった。スキーはもとより、カリブ海で冬を越すなど思いも寄らず、ゴルフもテニスも縁がない。別荘を持つことも、三年ごとに車を買い替えることもなく、際限もない生活向上の掛け声は彼らに何をもたらすでもなかった。にもかかわらず、彼らは壮健で、明るく、まるで衰えることを知らぬかのようである。

長寿を例外と言って済ますには、あまりにも元気な年寄りが多すぎる。彼らに会うと長生きの秘訣を尋ねずにはいられない。ところが、十人中九人まではただ肩をすくめるだけである。それで、私は自分なりの、およそ当てにならない答で我慢するしかない。

まず考えられるのは、彼らの世代は気紛れな上司とは違う、自然を相手に働き盛りを過ごしたために、現代人の抱えるストレスを免れたことである。ならば、自然は会社の上役にくらべて心優しく、頼りになるかと言えば、決してそんなことはない。嵐や、山火事や、作物を冒す病害などがあって、自然もなかなかむずかしい。ただ、少なくとも私怨や社内政治の力関係による軋轢はないし、自然は公平である。凶作の被害は隣近所も同じで、翌年の幸運を祈って慰め合うよりほかにどうする術もない。自然相手の労働は、いや、それ以上に、自然との闘いは、人にある種の達観を植え付け、引いては、不運を託《かこ》つことにひねくれた快感を覚える性格を生む。農民の間で暮していると、きっと彼らが目を輝かせて厄災を語る場面に遭遇する。我が身の災難も恰好な自慢の種である。不幸を好む点で、彼らは生命保険の勧誘員におさおさ劣らない。

季節の移り変りが節目になって仕事の見通しが立つことも、彼らがストレスを抱えない一つの理由ではなかろうか。春から夏へかけての一時期と、秋の収穫期は忙しい。冬は閑居の季節である。功名心に逸《はや》る気短な企業の役員ならいらいらが溜まって早死にするような暮しのリズムだが、みんながみんな、そうやって命を削ると決まったものでもない。友人に、私と同じ広告業界から足を洗った男がいる。数年前、リュベロンに移り住んで、今はワインで暮しを立てている。運転手付きの黒塗りの車とはこと変り、自分のトラクターで畑に通う毎日である。もはや身勝手で注文の多いクライアントに用はないが、天気を見て一喜一憂し、収穫期にブドウを摘みに来る渡り労働者の確保に頭を痛め、とそれなりに忙しい。フランス人が仰々しく側近と呼ぶ秘書や個人助手の一団がいなくても、仕事に差し支えないことを彼は知った。最後にネクタイをしたのはいつだったか、もう憶えていない。パリにいた時よりも長時間働いて、収入はずっと少ない。しかし、彼は幸せで、夜はよく眠る。そして、何よりも仕事に誇りを感じている。ここにも一人、満足をつかんだ男がいる。

彼もまた、いずれは生きている骨董品の仲間に加わって、村のカフェでのんびり閑と日々を送るようになるかもしれない。が、それまではたゆみない肉体労働の暮しである。体を動かすことは、老年期の充実に欠くことのできない条件だろう。人間の体は使えば使うほどよく動く機械である、と自分はほとんど動かないくせに医者は言う。体を動かさずにいると筋肉が萎縮して、日頃からきちんと運動をしている人にくらべて臓器の衰えも早い。それで、都会人はジョギングに励み、ジム通いに精を出す。田舎では、そんな苦労もない。生きるために肉体労働をすることが、そのまま田舎のエアロビクスである。草むしりや、ブドウの剪定で絶えず腰を曲げ伸ばす。肥料の叺《かます》の積み降ろし、薮の枝払い、灌漑用水の溝浚《さら》い、薪の貯蔵……と体を使う仕事は山とある。楽ではないが、これがすべて効果覿面《てきめん》だ。一日の労働は、手足の肉刺《まめ》と、肩凝り、耐え難い腰の痛みばかりで、ほかに収穫はないかもしれないが、一月も経てば気分は幸せで、胴回りもはっきり細くなる。生涯この暮しを続ければ、奇跡の長寿である。

冬籠りの間も、時に狩猟という名の運動が無為の快楽を妨げる。リュベロンから鳥獣があらかた姿を消した今では、狩猟といっても銃を担いで歩くだけだが、これが何よりも体にいい。険しい斜面を歩くことで脚が鍛えられ、新鮮な空気を胸いっぱい吸えば心臓が若返る。武器を帯びた楽天家に年齢制限はない。森を歩いていると、火薬の発明以前から生きているのではないかと思うような老ハンターにちょくちょく出逢う。町中なら交差点を渡るのに手を貸してもおかしくない相手である。ところが、リュベロンの年寄りたちは、のべつ幕なしにしゃべりながら、とっとと早足で歩く。こっちは汗だくで、ついていくのがやっとである。

サイクリングは二十歳前後の若者のスポーツとばかり思っていたが、どうやら、平均年齢ははるかに高い。それでいて、服装はどう見ても若向きである。エメラルドグリーンや、パープルや、色鮮やかなスパンデックスのシャツを着たサイクリストが、低空をかすめる大きな昆虫のように走り抜けていく。カフェに寄ってビールで喉を潤す彼らを見れば、髪は胡麻塩で、静脈が綯《な》うように浮き出し、とうに年金受給資格を得ている高齢者たちである。いったい、どこからあれだけのエネルギーが湧くのだろうか。その年齢なら痛風を病んで、足を引きずりながら処方箋薬局へ通うのが普通であって、昼前にひとっ走り、百キロの遠乗りなどもってのほかとは知らないのだろうか。彼らは何を食べているのだろう？　旨いものを食べて、ほどほどのワインを飲むほかに、どんな秘密があり得よう？　それで思い出すのは古代ギリシアの医者、ヒポクラテスのしかつめらしい養生訓である。「死は腸内に宿る。消化不良は万病のもと」これが本当なら、長生きの多いプロヴァンス人の腸は、毎日消化する食べ物から直接の影響を受けて発達した、極めて効率のいい、頑丈な臓器だという理屈になる。

プロヴァンス人の頑健な胃腸の秘密を説明する、魅力的で検討の価値ある理論は少なくない。オリーヴオイルの常用もその一つである。ニンニクの多用と赤ワインまた然り。赤ワインは信奉する学説にもよるが、一日グラス一杯から五杯が適量とされている。私個人は五杯説だ。が、それはともかく、私にとっては興味深い統計を説明する栄養学者の研究にはいまだかつてお目に懸かったことがない。統計に見る限り、フランス南西部の心臓病罹患率はこの国のどこよりも低く、フランス全体を取っても、日本を別として、先進国中最低である。

南西部の健康な住民は何を食べているのだろうか。減塩オートミール粥か、豆腐中心の長寿食か。木の実のカツレツに、ノンアルコール・無糖の味も素っ気もない発泡代用ワインだろうか？　どういたしまして。言い古された食養生の知恵や、健康食に関する世間一般の常識とは裏腹に、南西部の食生活の柱は脂肪、とりわけ鵞鳥や家鴨の脂である。ジャガイモを炒めるのも、カスーレの白インゲンを煮込むのもこの脂だし、コンフィは鵞鳥や家鴨の肉を脂で包んだ保存食である。フォアグラにいたっては家鴨の脂肪肝と言うしかない。フォアグラの起源はローマだが、旨いものに目のないフランス人はいちはやくこの料理にフランス名前を奉り、以来、持ち前の奥ゆかしさでこれを食卓の至宝と珍重している。この高カロリーの美食が健康な長寿の一因とは、いったいどういうことだろう？　いずれはフォアグラが栄養学上の正しいメニューから豆腐や煮豆を駆逐することになるのだろうか？　脂肪は果たして、事実、健康にいいのだろうか？

これはおそらく、脂肪の出所にもよりけりだろうが、食糧警察はそのようなささいな色分けに取り合ってはいられない。昔から、何であれ脂肪と名の付くものはすべて健康に害があるとされているではないか。聞くところによれば、骨と皮と筋ばかりで、健康にいい適量のシリコンを摂取している市民がやたらに多いカリフォルニアで今、行政当局は脂肪を使用禁止物質に指定することを真剣に検討しているという。ここフランスでさえ、食料品は成分表示に、脂肪分はこれこれ、と明記して社会の臓腑に害をおよぼす罪を告白しなくてはならない。ことほど左様に脂肪は嫌われ者である。だとすると、フランスの一地方でかくも罪深く、コレステロールがいっぱいで静脈を脅かす料理を山ほども食べながら、住民が元気溌剌としている事実は、控え目に言っても七不思議ものである。

フォアグラと健康優良の関係を解明しようと、食餌療法や栄養学の本を何冊か繙《ひもと》いてみたが、それぞれ趣向を凝らしてはいるものの、しょせん手垢のついた理論の焼き直しで変り映えがしない。ただ、脂肪に関しては、申し合わせたようにどの本も命取りと決めつけている。欠かさず脂肪を摂り続けると、働き盛りにぽっくりいくことにもなりかねない、というのである。私はこれに飽きたらず、どれほど非科学的であろうとも、フランス人の食生活の源流を尋ねてみようと思い立った。はじめはシェフに相談することも考えたが、私が尊敬しているシェフはいずれも味が第一義である。旨いものを供することが自分たちの責任で、心臓がどうなろうと、それは食べる側の問題だ。彼らに期待できるのは、フォアグラにはどのソーテルヌ・ワインが一番、といった助言くらいのものだろう。それ以上に、私は中庸を得た意見を聞きたかった。

ムッシュー・ファリグールは、どう考えても公平とは言い難いが、それでも現役の教師時代にいくらかは栄養学の知識を身につけているかもしれない、と思い直して私は会いに出掛けた。例によって、ムッシュー・ファリグールはバーの定席に陣取り、腹に据えかねる様子でフランス文化擁護論をぶっていた。

槍玉に挙げられているのは中国産のロゼ・ワインだった。悪戯っ気のある仲間が土地のスーパーで見つけ、血圧が跳ね上がるようにと進呈したのである。

ファリグールは問題の壜を私の方へ押しやった。ラベルには、ロゼ「万里の長城」中国河北省華夏酒造謹製としてある。

「はじめは、中国産のトリュフ」彼は言った。「今度はこれだ。不愉快極まる」

不愉快極まるかどうか知らないが、中身は半分になっていた。「味はどうです?」私は尋ねた。

ファリグールはグラスのロゼを口に含み、舌に転がしてから言った。「デグラス。これはひどい。田圃の水を靴下で濾《こ》したようなもんだ。それも、汚れた靴下だな。実にどうも、不愉快このうえない。何だって国がこんなものの輸入を認めたのかねえ。フランスのロゼは世界一だろうが。タヴェル。バンドール。オット。次は何だ？ 中国産のカルバドスか？」

ファリグールは、あたかも愛馬に打ち跨る体に気を励まし、自由貿易の弊害について十分近く滔々と述べ立てた。フランスの真面目なワイン業者は打撃を受け、今や戸口に片足を突っ込んだ中国は、ほしいままの狼藉を働く危険なしとしない。私は再三フォアグラの恵みに話を戻そうと試みたが、彼は耳を貸さなかった。中国の浸潤が目下の憂患で、この日ばかりはアメリカに矛先が向くことはなかったが、私はついに何の収穫も得ずに終った。

フランスの優越を語らせれば、何事につけ凝り固まった偏見が頼もしいレジスも、この問題に関してはあまりはかばかしくなかった。フォアグラは体にいいに決まっている。わかりきったことではないか。ガスコーニュの、リヴォワール姉妹のフォアグラを食べてみるがいい。ユンヌ・メルヴェーイユ。世の中にこんな旨いものがあるかと驚き入ること請け合いだ……。しかし、フォアグラが健康にいいことを裏付ける医学的な根拠となると、レジスはまるで役に立たなかった。

ついに残るはマリュス一人となった。ある朝、村の葬式評論家に手招きされてカフェに立ち寄った私は、何やら話があるのはわかっていたが、先を制して食べ物と長生きについて意見を求めた。

「好きなものを食っていりゃあいい」彼は言った。「どうせ同じなんだから。ラ・ヴィエイエス・ニュイ・グラーヴマン・ア・ラ・サンテ。年を取れば、誰だって体は衰える。こいつは間違いのないところだ」

我ながらいいことを言ったとばかり、マリュスは上機嫌に身を乗り出して、つい最近の葬儀の模様をこと細かに報告した。他人の死を語る時の常で、低く沈んだ声だったが、マシャン事件がマリュスにとって痛快この上もなかったことは、その口ぶりからも明らかだった。

故ムッシュー・マシャンは後半生をもっぱら国営宝籤、ロットリー・ナシヨナルに入れ込んだ。一攫千金を夢見て、彼は週ごとに新しい籤を買い、その札を一着しかないスーツの胸ポケットに大切にしまっていた。冠婚葬祭のほかに用のないスーツはいつも衣装ダンスの中で、たまたま、時のフランス大統領が村を訪れたパレードの五分間は異例の出番だった。週に一度、衣装ダンスの戸が開いて、ポケットのはずれ籤は新しい札に変った。この習慣を守ること三十年、マシャンはついに一サンチームの幸運にも恵まれなかった。

夏の暑い盛りにマシャンはあっさり亡くなって、長年、地域に貢献した郵便局員の身分にふさわしく、しめやかな葬儀が営まれた。週が変って、マシャンが生前最後に買った籤が当たりとわかった。運命とは皮肉なもので、何百万フランもの大当たりではなかったが、それでも、数十万の僥倖《ぎょうこう》である。

マリュスは言葉を切って、この不条理が私の胸におさまるのを待ち、いつの間にか自分のグラスが空になっていることに驚くふりを装うと、口外無用と釘を刺すふうにあたりを見回して先を続けた。マシャンが一張羅のスーツで埋葬されたのは至極当然だが、その胸ポケットに問題の当たり籤が入っている。アン・プティ・プロブレーム。ここに、少々面倒臭いことが起きた。札がなくては金は受け取れない。宝の山は二メートルの地下である。国営宝籤は規則がやかましい。墓を暴いて死者を冒瀆することは思いもよらず、だといって、そのままにすれば、みすみす一財産がふいになる。

「セ・ドロール、ネス・パ？」どうだ、傑作だろう。マリュスはにんまり笑ってしきりに頭をふった。他人の不幸は鶴の味で、マリュスにとっては堪《こた》えられない痛快事である。

「遺族にしてみれば、笑いごとではないね」私は言った。

「うん、そこだ」彼は鼻の脇を叩いた。「こいつはまだけりが付いていない。みんな知ってるんだからな」

私は盗掘者が群をなして深夜の墓地に忍び寄る陰惨な情景を思い描いた。シャベルが士を嚙み、棺の蓋をこじ開ける音が夜陰を裂く。当たり籤が見つかって、一同、してやったりと低く唸る……。だが、しかし、何とか遺体を辱めずに遺族が金を受け取る方法はないものだろうか。

マリュスは、私の馬鹿さ加減に呆れ返った顔で、人差し指を激しくふり立てた。規則は規則である。ここで特例を認めれば、何やかやと話をでっち上げて籤も買わずに金を受け取ろうとする不心得者に道を開くことになる。犬に食われたの、ミストラルに吹き攫《さら》われたの、洗濯屋になくされたの、と切りがない。マリュスは眉を曇らせたが、ふと何やら思い出したように軍放出のジャケットの内懐へ手をやった。

「手を組んで、一儲けする知恵があるんだ」彼はポケットから丸めた雑誌を取り出すと、ページの皺を伸ばして言った。「これを見ろ」

雑誌は〈アロー！〉だった。美容院や歯医者の待合室へ行けば、どこもたいていは置いている通俗誌で、もっぱら知名人の私生活を取材した特集記事が売り物である。上流階級や王族の誰彼が遊戯に興じ、あるいは私邸で寛ぐ姿を紹介するカラーグラビアに混じって、時に葬儀の場面が掲載されることもある。これを見て、マリュスは閃いた。

「広告屋上がりなら、脈があることはわかるだろう」

彼は先の先まで考えていた。近い過去に死亡した有名人士の友の会雑誌を創刊する計画である。誌名は、フランスでは〈アディュー〉、英語圏向けは〈グッドバイ〉と決まっている。中身は新聞各紙から転載する死亡記事と、生前の写真で構成する。マリュスの言う「在りし日の幸せな姿」である。毎号「今月の葬儀」と銘打って特集を組む。彼の目当ては広告収入である。葬儀社。花屋。花輪メーカー。早桶屋。それに、最も期待の持てる仕出し屋。葬儀の格式を重んじるなら、通夜のもてなしは疎かにできない。「どうだ?」マリュスは言った。「セ・パ・コン、エ? 悪くないだろう。こいつは金のなる木だ。毎週、誰か彼か、有名人が死ぬからな」彼は眉を高々と上げて椅子の背に凭れた。私たちは人の死と金のかかわりについて、しばし沈思黙考した。

「本気じゃあないだろうね」私は言った。

「もちろん、本気だとも。誰だって、いつかは死ぬことを考える。早い話、どうやって死にたいか、そっちも考えているはずだろう」

死にざまに関して、私の希望は一言に尽きる。突然死である。ところが、年老いた禿鷹、マリュスは私の答に満足せず、どこで、どう、と細部にこだわった。そんなことを訊かれても返事のしようがない。マリュスは嘆かわしげに頭をふった。死は人生において最も不確かなことの一つである。私はこれまで死について、夜の献立を思案するほどにも考えたことがない。そんな私にくらべて、マリュスは周到な計画を持っていた。幸いにも葬儀に列席した者にとっては忘れ難い享楽を伴う最後の凱旋である。彼は興に乗って、かねてから夢に描いている饗宴のありさまを語った。すべて彼の筋書き通りに運ぶなら、なるほど饗宴と呼ぶにふさわしい一幕に違いなかった。

何はともあれ、かっと晴れた夏の日であることが絶対条件である。太陽は南中して碧《へき》空《くう》は抜けるような青白に変り、風は長閑《のど》けく、聖歌隊に代って無数の蟬がここを先途と鳴きしきる。マリュスに言わせれば、雨が降ってはせっかくの晴れ舞台もぶちこわしだ。もう一つ、欠くことのできない条件は旺盛な食欲である。この世の見納めは木陰の涼しいレストランのテラス、と彼は心に決めている。

三ツ星のレストランであることは言うにおよばず、酒蔵には考えられる限りの高級高価なワインが揃ってなくてはいけない。特級のブルゴーニュに一級のボルドー、一九世紀末のイケム、最高級のシャンパン。どれほど値が張ろうとお構いなしで、あらかじめワインを選んでおけば、シェフはそれに合わせて料理に工夫を凝らすことができる。ここでマリュスは、カフェが十フランで飲ませるテーブルワインの赤を一口含み、まずそうに肩をすくめて話を続けた。

この特別な日には気の置けない相伴がぜひとも必要である。すでにマリュスは年来の友人、ベルナールを相手に選んでいる。ベルナールはただの友人ではない。金を出すことが何よりも嫌いで、地元では誰一人知らぬ者とてない札付きの吝嗇漢《りんしょくかん》である。マリュスの記憶では、これまでの長い付き合いでベルナールがカフェの割り前を払ったのはただの二度、それも、勘定をする段になって、手洗いが塞がっていたばかりに退路を絶たれて切羽詰まった末だった。とはいえ、ベルナールとは互いに知り尽くして話の合う仲である。飲みかつ食いながら思い出話に耽るとなれば、彼に優る相手はいない。

臨終の午餐、メニュー・ドゥ・モールについて、マリュスはなお細かい段取りを検討中である。まずは舌馴らしにクルジェットの花のこってりした揚げ物。むろん、フォアグラは欠かせず、ほかに、シストロンのラムにナスのシャルロットか、蜂蜜をきかせたハト、あるいは、サルビアをたっぷり使ってよく火を通したポークもいい。まあ、そのあたりはシェフに任せておけば間違いないだろう。それから、炙《あぶ》った山羊のチーズにローズマリーの付け合わせ。続いて、カスタードとチェリーのタルト。もぎたてのモモに、ヴェルヴェンヌのハーブティー……。

マリュスの視線は私を素通りして夢の饗宴に向けられていた。テーブルにこう盛りだくさんのご馳走があっては死んでいる暇はないし、どだい、死ぬ気があるのだろうか、と私はいささか気懸かりだった。彼は小さく頭をふってたけなわの宴に気持を戻した。

「さあ、これからだ。一生に一度の豪勢な食事は済んだ。王侯貴族のように、飲むだけ飲んだ。話すことはすっかり話して、さんざん笑った。女についても、あることないこと自慢し合って、永遠の友情を誓った。最後の壜も空っぽだ。まだ日は高い。時間はたっぷりある。腹ごなしにもう一、二杯、となれば、あたしの生まれた一九三四年のコニャックにかなう酒があるか？　手を上げて、ウェイターを呼ぶ……。と、そこで、コクリ！」

「コクリ？」

「クリーズ・カルディヤック。心臓発作だよ」マリュスはテーブルに突っ伏すと、首をひねって私を見上げた。「一巻の終りだ。ところが、顔は笑っている」彼は片目をつぶってみせた。「勘定はベルナール持ちだから」

彼は起き直って十字を切った。「死ぬ時は、こう行きたいね」

その日の午後、私は犬たちを連れてボニューの北のクラパレード高原を散歩した。暮れ近い空は紺青を帯びて、東の山の端に上弦の月が懸かり、日は今しも西に沈みかけるところだった。暖かく乾いた空気は心地よく、岩の割れ目に繁茂するキダチハッカの清々しい香りが漂っていた。風のほかはあたりに物音一つなく、崩れて藪に埋もれた石壁の断片が、わずかに、かつてここに人が住んだ名残を留めるばかりである。周囲の景色は何百年、いや、何千年と変っていまい。思えば人の一生はほんの束の間でしかない。

私はチョコレートと煙草を活力源に百二十二歳を生きたマダム・カルマンや、プロヴァンスの賢者たちから薦められた健康と長寿を保つ妙薬について考えた。ニンニクの丸かじり。一日一杯のトウガラシ水。ラヴェンダーの煎じ薬。体の節々に潤いを与えるオリーヴオイル。誰もフォアグラに触れなかったのは淋しいが、それ以上に大切な栄養素であるジョワ・ドゥ・ヴィーヴル、つまり、ただ生きているという単純な事実に歓びを見出す能力についても彼らは語らなかった。

家常茶飯のいたるところに、生きる歓びは溢れている。カフェの片隅でカードに興ずる男たちの熱気や、底抜けに明るい市場の喧噪、村の祭に弾ける笑いや、日曜の昼、期待を孕んでレストランに漲《みなぎ》る空気はみな生きる歓びの表現である。健康な長寿を約束する処方箋がもしあるならば、それはおそらく、食べて、飲んで、楽しく暮すことに尽きるのではなかろうか。わけても大切なのは、楽しく生きることである。

オリーヴオイルのすべて

私が生まれた頃、イギリスは食糧難の時代だった。ろくな食べ物はなく、市民は食糧を配給に頼っていた。一人頭わずかずつの割り当てで、週に一度、肉やバターの配給があればいい方である。産みたての卵などはめったに手に入らない贅沢品だった。ジャガイモは粉末の形で配給された。たしか、ＰＯＭと言ったように思う。これを水で溶いて、黄色とも灰色ともつかない薄汚れたマッシュにするのである。戦後、六歳ではじめてバナナを与えられた私は、どうやって皮を剝いたらいいのやらわからなかった。その当時、チョコレートはこの世のものとも思えない甘味である。オリーヴオイルはまだなかった。

やがてイギリスに登場したオリーヴオイルは、海峡の向こうから持ち込まれた得体の知れない薬品でしかなく、とうてい、フィッシュ・アンド・チップスや、ロースト・ビーフや、ヨークシャー・プディングと一緒に口にするものではなかった。進取の気風に富む料理人がこの外国産の怪しげな液体を買おうと思い立って、さて、どこへ行けば手に入るだろうか、と心当てに訪ねる先は薬局チェーン、ブーツ・ザ・ケミストだった。咳止め、魚の目の薬、入れ歯洗浄剤、湿布薬、ふけ取りシャンプーなどと並んで、オリーヴオイルのラベルを貼った小さな薬壜があればめっけものである。ラベルには、原産地はおろか、栽培者の名も、搾った工場も記されていない。イギリス人の想像力がおよびかねる「エクストラ・ヴァージン」の表示は、もとより必要もないことだった。オリーヴオイルは一商品にすぎず、それも、飛ぶように売れる品物ではなかった。

二千年あまりにわたって、消費はほぼ南欧に限られていたオリーヴオイルだが、今ではオリーヴの木が賢くも成長を拒む、どんより暗く寒冷な北方にまで広まっている。大西洋を跨いで西にも伝わった。開拓時代初期のオリーヴはマティーニの冷たいジンに放り込まれて、ずいぶん寒い思いをしたけれども。

幸いなことに、世界はすっかり開化した。今なおオリーヴの実はバーに置かれているが、オイルは地位が上がって、まずキッチンに進出し、近頃ではミネラルウォーターのリストを用意しているような気取ったレストランのテーブルにも並ぶほどの躍進ぶりである。その手のとかく自意識過剰なレストランでは、シェフが銘柄を謳って贔屓のオリーヴオイルを客に薦める。多くの店でエクストラ・ヴァージンはサラダ・ドレッシングの主役である。食事の前に強い酒を飲む習慣は廃《すた》れ、皿に残ったオリーヴオイルをパンで浚う作法が主流になっている。この分で行くと、遠からずオイル通がシェフの出すトスカーナのフラントイオを突き返し、知名度が低い分、好事家が珍重するトレド産のコルニ・カブラを所望するようになるのではあるまいか。

こうしてますます上げ潮の勢いに乗ったオリーヴオイルの流行は、心臓や静脈のみならず、味蕾《みらい》のためにも歓迎すべきことである。何事によらず、めったに意見の一致を見ることのない医者たちも、オリーヴオイルに関しては口を揃えて健康にいいと言う。オリーヴオイルは消化を助け、悪玉のコレステロールを退治して、皮膚、骨、関節の老化を防ぐばかりか、ある種の癌に対して予防効果もあるとされている。つまり、罪の意識や消化不良に悩むことなく存分に愛好できるというわけで、今、世界中でオリーヴオイルの消費は増加の一途である。

オリーヴオイルといえばイタリアだが、プロヴァンスのオイル業者にしてみれば、これは少々面白くない。時に捨て置けぬ癪の種である。が、数字を見れば不思議はない。地中海沿岸諸国で生産されるオリーヴオイルの、実に、二十五パーセントがイタリア産である。レジスが、トスカーナの調子者、とぼろくそに言うイタリアのオイル業界は、創意工夫を凝らして世界市場に製品を売りまくり、大成功をおさめている。それにくらべて、プロヴァンスのオリーヴオイルは地中海産の三パーセントに満たず、これまでのところ、市場開拓の努力も今一つと言わざるを得ない。

私がここまで生産高の数字に詳しいのは、年来の夢の付録である。今は昔のことながら、ある時、生まれてはじめてオリーヴの茂る光明るい南斜面を見て、たとえ猫の額でも、自分のオリーヴ園を眺めて暮せたら、さぞや楽しかろうと思った。有史以前から生えているような幹や、見事に広がった枝、吹く風に銀と緑に翻る葉は私の心を捉えて離さなかった。こうしてオリーヴの姿に惹かれたのがきっかけで、その後、何年か経つうちに私はオリーヴなしには夜も日も明けないほどになった。オリーヴの実はそのまま食べてよく、黒ずんだクリーム状のタプナードにしてウズラの卵にかけてもいい。タルトやサラダはもちろん、肉と一緒に蒸し煮にしたドーブや、挽肉や卵と練り合わせて焼いたローフも捨て難い。しかし、何と言っても止めはオリーヴオイルである。私のところでは、料理はすべてこの油で、スープの味付けにも、山羊のチーズの保存にもオリーヴオイルを使っている。私は毎朝、食事の前に小さなグラスで一杯ずつ飲む習慣である。オリーヴオイルは人間が最も古くから親しんでいる純粋な味覚の一つで、数千年来、その味わいは変っていない。

家の裏手にオリーヴのもたらす歓びのすべてを常備する考えは、それだけで興奮を誘い、私は愚かにも自明の問題を見過ごしていた。私は時間を超越した自然の記念碑とも言うべき節くれ立った古木に憧れたが、そのような木は少なくとも樹齢百年を経ているはずである。まだ苗の域を出ていない高々五年の若木を植えるとすれば、立派に育った姿とその実りを楽しむために、私は寿命に一世紀を加えなくてはならない。いくら楽天家の私でも、これぱかりは無理な相談だ。

よくあることで、この時もまた、知恵を貸してくれたのはレジスだった。樹齢百年から三百年の古木が望みなら、ボーム・ドゥ・ヴニーズに伝《つて》があるという。ボーム・ドゥ・ヴニーズの近くに局地的な気候が適してオリーヴが密生している丘がある。レジスからその知り合いに頼めば、喜んで注文通りの老樹を移し植えてくれるに違いない。ただし、それにはちょっとした条件が二つある、とレジスは言った。支払いは現金、移植は真夜中でなくてはならない。

「どうしてまた?」私は腑に落ちなかった。「自分の木じゃあないんですか?」

レジスは両の掌を伏せて突き出し、体の釣り合いを取るようにひらひらさせた。「今のところはな。でもまあ、いずれは自分のものになる。父親から相続するはずだから」

「だったら、お年寄りが亡くなるのを待たなくては」

「トゥー・タ・フェ」レジスはうなずいた。「そこだよ。だから、近所の目を避けて夜中に移すんだ。ご老体は引き籠もったきりで、わかりゃあしない」

曲がったことをしてまで自分の庭にオリーヴを植えるのは気が進まず、私はレジスに、もっとまともな植木屋を知らないかと尋ねた。

「それはまあ、いることはいるが、用心しないと輸入物をつかまされるから」彼は眉を上げて首を横にふった。「まさか、イタリアの木を植えたくはないだろう、え？」まるで、イタリアのオリーヴは質の悪い病害に冒されているとでもいう口ぶりだった。どのみち、フランス原産ではないとなれば、レジスとしては真面目に検討する価値もない。

それどころか、レジスのおかげで私は、自分が本当は何を求めているのか、まるでわかっていないことを思い知らされた。古木ははじめからの希望である。枝ぶりの見事な木がほしい。ならば、種類は何がよかろうか？　物の本によれば、プロヴァンスには少なくとも十何種類かのオリーヴが育っている。普通よりいくらか小ぶりな木もあり、厳しい寒さと、オリーヴに集《たか》る蠅に強い木もある。大きい実の生《な》る種類もある。というわけで、多少は役に立つ予備知識がないでもなかったが、これからオリーヴを植えるにしてはおよそ具体的な情報に欠けていた。必要なのはこの頭の混乱した素人に、サロナンクと、ピショリーヌと、アグランドーのうち、どれを植えたらいいか、それも、いつ、どこに植えて、施肥と剪定をどのようにするか、教えてくれるオリーヴの権威だった。

プロヴァンスで権威を捜すのはむずかしくない。行きつけのバーはどこも権威でいっぱいだ。問題は、知識と情熱を等しく持ち合わせている人物に会えるかどうかである。運よく友人の知り合いに、私にとっては願ってもない男、アン・ノンム・セリューがいた。小規模ながらとみに成長著しいオリーヴオイル会社の経営者で、地元オート・プロヴァンスのみならず、各地の特産を手掛けている。ワインの仲買人と同じ要領で、地中海沿岸に何千とあるオリーヴ園から品質の高い製品を精選して市場に出そうと思い立ったところから商売ははじまった。アンダルシア、カタロニア、クレタ島、ガリラヤ、ギリシア、サルディーニャ、トスカーナ、アトラス山脈、と良質のオリーヴオイルを産するところはすべてこの会社の縄張りである。まるでオリーヴオイル業者になるべくしてなったかのように、彼はその名をオリヴィエと言い、フォルカルキエからほど近いマーヌ村に本拠を構える会社はオリヴィエ商会を名乗っている。

マーヌは鄙びた村で、オリヴィエ商会は地味ながら貫禄のある、こぢんまりとした古い石造建築である。事務所は二階にあって、一階は世界中のオリーヴオイルを揃えた店になっている。テーブルに壜とぽってりしたポーセレンのティースプーンが並んでいるから、客は味見をして買うことができる。アンダルシア産のオイルと、キアンティや、レ・ボー渓谷のオイルをくらべるのも思いのままで、いずれも一番搾りのエクストラ・ヴァージンである。種類の違う木から搾ったオイルはそれぞれに独特の香りと風味がある。色も翡翠から透き通った金にいたるまで微妙な差違を見せながら広い色相に跨っている。ここを訪ねてほんの小半時の間に、私はオリーヴオイルがワインに劣らず多種多様であることを知った。その朝、煮出したようなコーヒーを飲み過ぎてすっかり鈍麻した私の舌でもはっきり違いがわかるほど、どれもみな個性豊かである。

各銘柄に添えられた鑑定書は、ワインとオリーヴオイルの共通性を浮き彫りにする。柑橘類やクロフサスグリの蕾、チョウセンアザミやコショウ、新鮮なハーブなどの匂いを感じさせるその文体は、あたかも地下の酒蔵から聞こえてくるかのようである。シャトーヌフ・デュ・パープの酒蔵に集って聞き酒をした赤鼻の老人たちが、まさにこんな言葉でやりとりしたのではないかという想像もあながち無理ではない。一つ大きな違いは、気ままな老後に備えてオリーヴオイルを貯えても意味がないことである。大方のワインとは異なって、オリーヴオイルは長く寝かせたところで熟成しない。オイルは鮮度が命である。

舌と口蓋が潤滑になり、歯もまだオリーヴオイルに染まったままの状態で、私は二階のオリヴィエに会った。オリヴィエは、髪を短く刈って眼鏡をかけた色浅黒い男だった。物静かなところは商人よりも学者向きに思えたが、事実、私の質問に答えるオリヴィエは学者言葉が板に付いていた。イタリアはルッカ産のオリーヴオイルに、はじめて「エクストラ・ヴェルジネ」の表示を見て以来、ずっと気になっていたことを私は尋ねた。

そもそも、何であれ、格別に純潔とはいったいどういうことだろう。これを裏返せば、女性について、格別に妊娠しているという表現もあり得るはずではないか。処女性に格付けがあることがまず理解できない。私はこれを、イタリア人特有の自己宣伝癖だろうと思った。「私の処女はあなたの処女より上等よ」と言っているようなもので、ラベルに刷った時の意表を衝《つ》く効果を別とすれば、さして意味もないのだと勝手に解釈していたのである。

オリヴィエは眼鏡越しに、上目遣いに私を見た。「実は、純度に三つの等級がありましてね。オリーヴオイルは必ず遊離脂肪酸を含んでいます。エクストラ・ヴァージンとされるには、その脂肪酸の含有量が一パーセント以下でなくてはなりません。それだけ純度が高い、極上、ということです。一パーセント以上、一・五パーセント以下のものをヴィエルジュ・フィーヌと言います。かなり純度が高い、まずは上等、の意味です。脂肪酸の含有量がこれを超えると、三・三パーセントまでが辛うじてヴァージンの範囲内です。並みの純度、ということで、ヴィエルジュ・オルディネール。おわかりですか？」

オリヴィエはさらに、オリーヴオイルのヴィンテージや、搾油後の劣化について語った。嬉しいことに、エクストラ・ヴァージンはそれ以下のヴァージンより長持ちするという。次いで感覚器官に与える刺激の特性、つまり、我々素人の言う味の成分について奥深い講義にかかろうとするところで、オリヴィエは時計を見て腰を上げた。

フランス仕込みの教養に最も重きをなす学習課程、盛りだくさんで時間のかかる昼食にフォルカルキエまで行く車の中で、講義は続いた。オリーヴオイルが体にいいことは私も大ざっぱに理解していたが、いろいろと工夫を凝らした利用方法について初耳の知識は少なくなかった。例えば、オリーヴオイルに卵黄を溶いて顔に塗ると、乾いた肌にしっとりと潤いを取り戻す抜群の効果がある。ローズマリーのエッセンスとともに肌に擦り込むと肩凝りや筋肉痛が取れる。ハッカを混ぜてこめかみに塗れば偏頭痛が嘘のように治る。これから山のような料理を食べて、したたか飲まなくてはならない時は、前もってスプーン一杯のオリーヴオイルを生で飲めば、油膜が胃壁を守って悪酔いを防ぎ、胃腸の調子を整える。オリーヴオイルは便秘にもよく効き、また、過度の美食と強いワインの飲み過ぎから来るフランスの国民病、肝臓障害の予防に有効である。総じてオリーヴオイルは内臓を健康な状態に保つから、毎日エクストラ・ヴァージンをたくさん摂れば寿命が延びる。というわけで、オリヴィエの話を聞けば、オリーヴオイルは骨折を除いて万病に効く妙薬である。

中には誇張もあるだろう。が、私はすべてを信じるに吝《やぶさ》かでない。日光浴や葉巻のように、私の楽しみには人から体に毒だと言われることがあまりにも多いから、健康にいい嗜好品は大歓迎である。それはともかく、フォルカルキエに着いて町の広場を渡る頃には、オリヴィエの話がいちいちもっともに思えて、疑義をさしはさむ気は少しもなかった。行く先は、ル・ラパン・タン・ピという変った名前のレストランで、シェフのジェラール・ヴィーヴは、近所付き合いができたらどんなにいいだろう、と今でも思う好漢だった。シェフが客と食事をともにするのは、どの店の場合も最高のもてなしと言って間違いない。オリヴィエの同業が二人加わって、私はまたしても、玄人の中に一人混じった愚者だった。

オリヴィエは最新の発見と称して地元レ・メー産のオイルの壜を取り出した。食事の前に、まずこれを毒味する段取りである。私は面々がポケットからポーセレンのスプーンを抜き放つのではないかと半ば期待したが、ここではパンを使う素朴な流儀が行われた。ふんわりとした手触りが何とも言えない、見るからに旨そうなパンである。私は両隣の専門家がすることを真似てパンをちぎり、親指で浅い窪みをつけた。以下、壜を回して各自その窪みにオイルを満たし、顔を寄せて匂いを聞いてから、鳥が水を飲むように少量を口に含む。ゆっくりと、奥歯のあたりに転がして嚥《の》み下し、パンを食べて、親指を舐める。みんなして、もう一度これを繰り返した。

毒味の流儀はいろいろあって、パンを使うのは中でも最も安直な方法である。コルシカでは、掌に数滴のオイルを垂らし、人差し指で練るようにして温める。その後、掌と指のどちらを舐めるかは毒味役の好みによるという。ジャガイモを使うやり方もある。蒸《ふか》したジャガイモにオイルをふりかけ、一口ごとにリンゴで舌を清めながら、これを試食するのである。いずれの場合も、深く息を吸って口の中でオイルと空気をよく混ぜるのがこつである。それによってオイルの特性があますところなく発揮される。簡単なようで、やってみると、これがなかなかむずかしい。口を半分開けてオイルをこぼさずに舌に転がすのは至難の業である、とたちまちにして恥をかきつつ思い知るはずである。毒味役が何人か集まった席で、オイルの垂れた顎を見れば素人は一目でわかる。この場合、私だったことは言うまでもない。

とはいえ、その私もじっくりと味を確かめるだけのオイルを口に含んでいることはできた。芳ばしい香りで、微かにぴりりとした後味が残る結構なオイルだった。オリヴィエの話によれば、アグランドー、ピショリーヌ、ブーテイヤンの三種類の実を搾ったものので、いずれも蠅を寄せつけず、オート・プロヴァンスの厳しい寒さに耐える木だという。私が植えるオリーヴも、どうやらこのあたりになりそうだった。

料理四コースの盛大な昼食では珍しくないことで、それからそれへ話が弾み、やがて食事も終る頃、私は時期を見て最前のオイルを搾ったオリーヴ園を見学することになった。収穫期の見学が希望なら、十一月の末、サント・カトリンヌの祝日前後がよかろう、とオリヴィエは言い、案内役によく気がつく真面目な男を紹介すると約束した。

私はジャン・マリー・バルダサーリをオレゾンの事務所に訪ねた。はじめて会ったその場から打ち解けて話ができる気さくな男で、土地の自然と気候に身を委ねて生きる人物に特有のおっとりした性格と見受けられた。地元のオリーヴオイル業者組合の役員を勤めているが、根っからオリーヴが好きでこの仕事をしていることは語り口にも明らかだった。ジャン・マリーはオリーヴのことを知恵ある木と呼び、また、樹木界の駱駝と言う。オリーヴが幹に水分を貯えて長い旱魃を生き延び、めったなことでは枯死しないためである。エルサレムのあたりには樹齢二千年と推定される木さえある。

プロヴァンスのオリーヴはこれまでに何度か受難の時代を潜り抜けている。天災もあれば、人災もある。一九五六年の霜害は今なお記憶に新しい。加えて、オリーヴ農家が利益の大きいブドウに鞍替えする傾向は依然として変らない。一九二九年当時、八百万本だったプロヴァンスのオリーヴは、現在、二百万本に減っている。打ち捨てられてそのままの木も少なくない。人が手放して、雑草に覆われた丘の斜面で冷遇されたオリーヴの傷ましい姿を見かけることがある。幹は野生のツタでがんじがらめに結《ゆわ》かれ、そのうえ、キイチゴに埋もれて、ほとんど窒息死の状態である。が、驚くなかれ、オリーヴはどっこい生きている。ツタやキイチゴを除去して根方の地面を清掃し、絡んだ枝を払ってやれば、一、二年でもとのように実をつけるまでになる。知恵ある駱駝はほとんど不死と言ってよく、樹木としては悪夢の虐待を堪え忍んで瑞々しく蘇る生命力を持っている。ジャン・マリーがそんなオリーヴに畏敬の念を懐いたとしても不思議はない。

さりながら、忘れられたプロヴァンスのオリーヴを残らず見事に復活してもなお、オリーヴオイルの生産高はイタリア、スペインにくらべて雀の涙である。聞くところによれば、この業界ではイタリアとスペインを「オリーヴオイルのクウェート」と言っている。プロヴァンスは、量ではとてもかなわない。勝負するなら質である。フランスの特に優れた食品、飲料の品質を保証する肩書きがここで物を言う。すなわち、A・O・C、原産地統制名称である。

A・O・Cは製造業者による品質保証と同じだが、一つ決定的に違うのは業者自身が勝手にこれを名乗ることは許されず、公式の認定を受けなくてはならないことである。品質規準代表者会議による審査があり、地理的環境や生産設備についても厳密な条件が定められている。業者は山のような書類の提出を求められる。鑑定会が行われることは言うまでもない。A・O・Cの規準代表者はミシュラン・ガイドの審査員に劣らず口果報に恵まれていると考えてよさそうである。名称を与えられるのがワインであれ、チーズであれ、鶏であれ、審査は厳格この上ない。原産地は品質保証の条件であり、とりわけ優良な産物だけが名称権を許される。A・O・Cは、つまるところ、高級志向を奨励して、偽造を防ぎ、消費者に支払った金に見合う価値を約束する制度である。プロヴァンスのオリーヴオイルでは、現在、ニヨンとレ・ボーの二種がA・O・Cの名称権を認められており、オート・プロヴァンスのオイルも一九九九年末までにはこの表示が許されるようになるはずである。「ボン」ジャン・マリーは言った。「細かいことはこのくらいにして、現場をお目に懸けましょう」

オート・プロヴァンスでは七か所の搾油工場が稼働中である。私たちはまず、レ・メーのはずれにあるムーラン・デ・ペニタンへ向かった。まっすぐ北へ伸びる街道に人気はなく、正面に聳えるモンターニュ・ドゥ・リュールはすでに雪を戴いていた。よく晴れて冷え込みが厳しい。朝まだきから丘に出てオリーヴを摘む農夫たちの苦労が偲ばれる。一リットルのオイルを搾るには五キロ、すなわち、十ポンド強のオリーヴが必要である。木を傷めずにオリーヴの実を収穫する機械は今のところまだ発明されていない。収穫はすべて手作業である。この寒さではたちまち手が悴《かじか》んでしまうだろう、と私はあらぬことを思った。ジャン・マリーの言う通り、オリーヴの木を愛していなければこの仕事は勤まらない。

短い平穏の後、摘み取られたオリーヴの実はさぞや驚愕に打たれることだろう。そっと優しく摘まれるまではいいとして、それから先は逆落としの運命である。袋に投げ込まれ、無造作にトラックに積まれ、機械の騒音が耳を聾する搾油工場へ運ばれる。洗浄、粉砕、圧搾、遠心分離の工程を経てオリーヴオイルは完成する。

搾油工場の騒音は凄まじい。人と話すには相手の耳もと六インチばかりのところに口を近づけて、声の限りに叫ばなくてはならない。私の学習にとってこれは少々妨げだったが、ジャン・マリーはその喧噪をものともせず、洗浄を待つ袋詰めのオリーヴにはじまって、金緑色のオイルが滴り落ちる完成までの全工程を案内してくれた。工場には、ぬめりを帯びて芳ばしく豊かな匂いが濃く漂っていた。太陽の光を思わせる暖かい香りだった。

枝葉を取り除いて水洗いしたオリーヴの実は、黒に近い濃紫の艶を放って次の工程、ブロワイヤージュに送られる。ここでオリーヴは粉砕され、ねっとりしたペースト状に姿を変える。「種がどうなるか、気懸かりでしょう」ジャン・マリーは言った。

さてこそ、種には深い秘密が隠されていた。オリーヴの種は、想像以上にオイルの品質にかかわる重要な役割を負っているのである。かつて、意識の進んだ一部のオリーヴ業者が、種を除いて果肉だけを搾った方が良質のオイルが得られるのではないかと考えた。工程が複雑になり、その分、経費も嵩むやり方だった。ところが、この方法で搾ったオイルは長持ちしないことがわかった。種には天然の保存料が含まれていて、これがなければオイルはじきに腐ってしまう。自然に逆らっても無駄だ、とジャン・マリーは言った。何が一番かは神が知っている。

機械の騒音でまだ鼓膜の震動がおさまらぬまま入口の事務所へ回ると、栽培家が二人、カウンターに寄りかかっていた。片方の、赤ら顔で陽気な男はすでに隠居の身分だが、ちょっと様子を覗きに来たのだという。

「アロール」男はもう一人に向かって言った。「サ・クール?」それで、出来はどうだ?

私が工場で見た限り、オイルは谷間の清流のように勢いよく流れていたが、どうやら彼らが満足するにはほど遠いらしかった。問われた方は眉を顰めて片手をひらひらさせた。もっと悪い時を考えれば、まずまずの含みである。「ああ」彼は答えた。「ケルク・グット」ほんのちょぼちょぼだ。

カウンターの中の女性はにこにこ笑って二人のやりとりを聞いていた。今年の収穫を尋ねると、彼女はうなずいて傍らの大きなガラス壜を指さした。中身は早場のアグランドーから搾った生のオイルだった。壜を日に透かすと、濃いオイルはまるで固体かと見紛うほどである。「ムッシュー・ピナテルのオイルです」彼女は言った。「ここでは一搾りごとに、こうして保存しています。どのオイルがどこのものか、全部わかりますよ。木までは無理としても、どこの畑かは言えます。ワインと同じように」

そろそろ次へ移る時間だった。ジャン・マリーは、おそらく、昼時に働く現存中唯一のフランス人で、この日も組合の仕事が忙しかった。午後はオリーヴ園を案内してくれる約束である。私はダビッスのカフェ、バー・モデルヌで彼を待つことになった。

田舎のバーはそれぞれに土地柄を反映する。バー・モデルヌの殺風景な店内は、オート・プロヴァンスの吹きさらしの丘の寂寥に通じる空気を醸していた。客が入ってくるたびに戸口から吹き込む寒風は、顔見知り同士が交す挨拶と談笑によってたちまち暖気の渦に変る。生涯の大半を野外の労働で送り、トラクターの唸りに抗して遠くの相手と話をする男たちはいつしか喉が鍛えられ、何れ劣らず底力のある野太い声の持ち主である。彼らは互いに胴間声を張り上げ、弾ける哄笑は小規模な発破《はっぱ》のように空気を揺する。

この日、店内は三つの世代の代表がモデルを勤める格好で、一風変った帽子展示会の趣を呈していた。最年長は片隅で背中を丸め、パスティスのグラスを庇護するように握りしめている男だが、帽子はと見れば、これが第二次世界大戦におけるソヴィエト軍機甲師団の司令官を思わせるカーキ色のフェルト帽である。半白の無精髭が伸びた皺の深い顔を半ば隠して両側にフォックスハウンドの耳に似た長いフラップが垂れている。続く世代の男たちはたいてい鳥打ち帽かウールの縁なし帽だが、ここに両方を愛用する豪傑がいて、縁なしの上に無理やり鳥打ち帽を重ねている。一人、バーの奥の青年だけは現代風俗を取り入れて野球帽だった。

突き当たりの壁に片持ち梁《ばり》式の棚を吊って、テレビが置いてある。スクリーンでは宇宙人のグループが喚《わめ》きながら飛んだり跳ねたりしているが、店内の客は誰一人、見向きもしない。老犬が一頭、角砂糖のおこぼれを期待する顔でテーブルの間をうろついている。私は冷えた赤ワインのグラスを干して窓からふいに日が陰った空を見上げた。白目細工を思わせる鈍色《にび》の厚い雲が風に押されて広がっていた。オリーヴの丘は一段と冷えるに違いない。

ムッシュー・ピナテルは石造りの古びた納屋の入口で風に吹かれていた。革砥《かわと》をつかむような握手を交して、私たちはムッシューのライトバンに乗り込んだ。未舗装の細い道を行く途中、不思議な飾り付けのリンゴ畑にさしかかった。葉を落として痩せ衰えたリンゴの木が列をなし、隣り合った木と木が目の細かい弛《たる》んだネットで結ばれている。遠くから見ると、誰かがリンゴ畑をそっくり贈り物用に包装しようとして気が変り、リボンをかけずに投げ出した印象である。「リンゴを霰《あられ》から守るためです」ムッシュー・ピナテルは言った。「網をかけておかないと、霰にやられて、翌年リンゴが生《な》りません」彼は、うん、と唸《うな》って頭をふった。「用心のためです。幸い、オリーヴではその手間もかかりませんが」

リンゴ畑が背後に遠ざかって、一面のオリーヴ園に乗り入れるあたりで私はムッシュー・ピナテルの言う意味を理解した。葉を伸ばした原始彫刻を思わせるオリーヴの木が無数に並んで石混じりの丘の斜面を埋め尽くしている。ほとんどは二百年前からそこに生えている木で、中にはその倍も樹齢を経ているものもある。一本の木に生るオリーヴの実は何百何千という数である。それを一つ一つ手で摘まなくてはならない。

オリーヴが並木のように連なっている手前で車を降りた。近郷近在の男女が実を摘んでいるところだった。曾祖父の代から同じ仕事をしてきた村人たちである。移動の手段が徒歩かラバに限られていたその昔、オリーヴの収穫は隔絶した僻村の人々が一所に集う、めったにない機会だった。若い男女が出逢うまたとない機会でもあって、オリーヴの木の下で恋が芽生えることに何の不思議もなかった。袋詰めのオリーヴは若い二人にとって、真紅のバラの香に劣らぬ誘惑であったろう。恋は花開いて、二人は結ばれる。はじめての子供をオリヴィエと名付ける例は珍しくなかった。

風俗習慣は変り、道具はいくらか進歩したかもしれないが、収穫の手順は二千年前からほとんど変っていない。バシュと呼ばれる大きなビニールシートを根方に広げて、そこへ実を落とすのだが、短い柄のついた幅八インチほどの目の粗い櫛で枝から実を扱《こ》くところは、毛深い大きな動物の手入れに似ていないでもない。低い枝の実を扱き終えると、摘み手はAの字形の梯子に登って茂みの中へ頭を隠す。下から見ると、葉叢《はむら》からデニムの二本脚が生えた不思議な格好である。吹き荒ぶ風のまにまに、オリーヴの実が絶え間なくバシュに降り注ぐ音が聞こえる。時折り、跳ね返る枝に冷えた頰を打たれて悪態が洩れる。寒さの中で、忍耐のいる仕事である。

日暮れて帰る車の中で、手足に温もりが戻るのを感じながら、オリーヴ農家が次々にブドウに鞍替えする気持は理解に難くなかった。ブドウ園はじきに投資の元が取れる。三年もすれば商売は軌道に乗って、労働条件も過酷ではない。剪定を別とすれば、重労働もほとんどは背中に陽を浴びる季節の仕事である。肉体的にも、精神的にもさほどの苦労はない。旨いワインができれば、ブドウは栽培者に豊かな暮しを約束する。オリーヴは、そうはいかない。私は耳に胼胝《たこ》ができるほど、会う人ごとに聞かされた。オリーヴは儲からない。

思えば私のオリーヴ耽溺は、現実とはかけ離れた叙情だった。私はオリーヴの歴史に惹かれ、厳しい自然に対する一徹な抵抗力に感嘆し、死を拒む意志に敬服した。陽を浴びて風にそよぐ葉や、大地を穿《うが》って生い出でた艱難《かんなん》を窺わせる節くれ立った幹は見飽きることがない。が、そんな気持も、しょせんは絵画的な美しさに打たれた素人の感慨でしかない、と私は意識のどこかで自分に言い聞かせていた。それだけに、寒風吹き荒ぶ丘の質朴な農夫たちが同じ気持でいることを知った驚きは深く、喜びは大きかった。オリーヴの木を愛していなくては、この仕事は勤まらない。

カルパントラの
トリュフ市

ヴォークリューズ山地を旅していると、ここかしこでコナラの若木が疎《まば》らに生えた小さな空き地に、黄色の地に黒い文字で厳めしい警告が掲げられているのを見かける。「デファンス・ドゥ・ペネトレ・スー・ペーヌ・ドゥ・サンクシオン・コレクシヨネル・グラーヴ」立ち入る者は厳罰に処す。警告にはフランスの刑法第三八八条と第四四四条が添えられている。果たしてどのような刑罰が行われるのかは知る由もない。手錠をかけられて悪魔島に流刑か、大枚の罰金を取られたうえ、保養地に拘禁か、とにかく、警告を見たら恐ろしい想像が浮かんで背筋が寒くなる。

私は警告を真面目に受け取るが、土地の住民はまるで意に介さない。立て札は持ち去られ、落書きで塗りつぶされ、あるいは、ハンターが射撃練習の標的に利用する。しかし、警告はこれを無視して空き地に立ち入れば、ただでは済まないと居丈高である。空き地は神の意志と、天気と、土壌や胞子の気紛れがいい案配に一致すれば、土の下ほんの数センチのところに巨富を隠す宝の山にならないとも限らない。そこはトリュフ畑である。

今から少し前、私たちは幸運な巡り合わせで、トリュフ畑の元祖とも言うべき敷地の隣でしばらく暮した。百エーカーを超える広大な敷地は、収穫が空頼みで目の玉が飛び出るほど高価なブラック・トリュフを何とかして栽培しようという人間の執念が見事に結実した場所だった。天が授けた塊茎とも言われるトリュフは、美食家が期待にふるえながら財布に手を伸ばす無類の珍味である。

私たちはその土地のオーナー夫婦、マティルドとベルナールからトリュフ畑の来歴を聞いた。もと、そこはただの荒れた牧草地でしかなかったが、ベルナールの父親が可能性を見越して何年も前に買い取った。先見の明があったベルナールの父は、片方で人一倍忍耐強く、じっくり腰を据えてトリュフの育つのを待つ構えだった。よほどの楽天家でもあったに違いない。ブラック・トリュフは気紛れで、ここと思ったところにはなかなか育たず、どこで穫れるか予測することは極めてむずかしい。栽培家は条件をととのえて、ひたすら天に祈り、五年、十年、時には十五年、ただ待つほかはない。

先代ベルナールとて同じである。条件をととのえるために、彼は水はけのいい斜面にトリュフが寄生するコナラ二万五千本を植え、数キロにおよぶ灌漑パイプを敷設した。大変な投資だ、と土地の者たちは驚嘆したが、灌漑システムは物笑いの種だった。ゼラニウムでもあるまいし、トリュフを育てるのにナラの木に水をやるとは聞いたこともない話だ。金をドブへ捨てるようなものではないか。きっと後悔するに違いない。

しかし、先代ベルナールはコナラの育て方や手入れの仕方を深く研究して、夏の暑い時期にたっぷり水をやらなくてはならないことを知っていた。できる限り運を天に任せず、日照りに備える考えで、彼は用水を引いたのである。八月に平年並みの豪雨が来ず、異常乾燥が続いた年、ベルナールの植えた木は充分に水気を保っていた。その年の冬、ほかの畑では土を掘っても何もなかったが、ベルナールの畑ではトリュフが穫れた。地元の住民たちは笑うのを止め、賞賛の裏返しで、ベルナールのトリュフを盗むようになった。

人里離れた山中の広い土地をこそ泥の侵入から守る苦労は並大抵のものではない。トリュフ泥棒は真夜中に仕事をするからなおさらである。トリュフの匂いを教えられている犬どもは暗くても困らない。鋭敏な嗅覚で、獲物を探り当てるのは造作もない。真夜中に犬を連れているところを誰何《すいか》されると、泥棒は決まって「フィドの散歩で」と言い訳するが、これはあまりにも見え透いている。夜中の二時に犬の散歩はいかにも不自然だ。とはいうものの、こそ泥は夜陰に乗じて侵入するために、捕まることは稀である。

気配を悟られることもあれば、時に目撃されることもないではない。が、まずめったには捕まらない。さて、どうしたものだろう?

考えられる限りの防犯対策が試みられた。告訴と罰金の警告はまるで効果がなかった。夜警を配置してみたが、広い土地を隅々まで見張ることはとうてい不可能である。移動警報装置として鵞鳥を放したこともある。ところが、鵞鳥は世話が焼けるばかりで何の役にも立たない。それどころか、絞めるのが簡単で、食って旨いから、じきに殺されてしまう。鵞鳥が駄目とわかって、人の背丈ほどのワイアーフェンスを張ると、こそ泥どもはただちにワイアーカッターを買い込んで対抗した。

最後の手段は四頭の番犬だった。ドイツシェパードほどもある足の速い大型犬である。昼間は檻に繋いでおいて、夜、畑に放した。番犬はトリュフ泥棒を襲わず、泥棒の連れている犬を攻めるように訓練されて、これが大いに功を奏した。逃げなければ命が危ないとなれば、泥棒の犬はたちまち仕事を放り出して姿をくらます。トリュフ探知機である犬の鼻がなくては、泥棒は万事休すである。夜通しいたずらに地べたを穿《ほじく》ったところで手が泥だらけになるだけだから、諦めて帰るほかはない。

優秀なトリュフ犬は実に頼りになる働き手である。シーズンはじめのある午後、私たちはトリュフ犬の仕事ぶりを見物した。灰色の体をした髭の長い雑種の雌で、質のいいトリュフ犬の例に洩れず、腹を地べたにこすりつけるようにして嗅ぎ回る熱心な犬だった。私たちは、頭を垂れて鼻をひくひくさせ、尾をふりながら木の間を行く犬の後に続いた。犬は時折り足を止めて、驚くほど静かに柔らかく地面を掻いた。見当違いはただの一度もなかった。土を起こせば、地中わずか数センチのところにトリュフがある。主人がトリュフをU字形の鏝《こて》で掘り取る間、犬はそのポケットに鼻面を押しつけて褒美のグリュイエール・チーズをねだった。

トリュフのシーズンは、だいたい初霜から別れ霜までである。その間、マティルドとベルナールの田舎家のキッチンは何とも言えない香気に包まれる。ドアを抜けるとトリュフ特有のあの熟れた、濃厚な匂いがむっと鼻を打ち、運がよければこの家の自慢のもてなしに与《あずか》ることもある。ロールスロイスが最高の褒め言葉だとすれば、これこそはバターのロールスロイスである。トーストにバターと薄くそいだ新鮮なトリュフを交互に重ね、灰色の粗塩をふって、赤ワインを傾けながら囓《かじ》る佳味といったらない。これで昼の食欲が湧かなかったら、ほかに何を食べても甲斐がない。

シーズン中、週末近くになるとキッチンの片隅に麦藁で編んだ大きなバスケットが二つ並ぶ。湿ったリネンで覆った中身は金曜の朝、カルパントラのトリュフ市場で売りに出すその週の収穫である。ある時、ベルナールは私に重大な責任を課した。市場でバスケットを預かる正規の運び屋である。

七時に家を出て、霧かと紛う低い雲でほとんど視界のきかない冬の丘陵を北へ向かった。カルパントラへ通じる街道へ下る頃には日差しが強まって、まるで七月のような青空に淡いちぎれ雲が片々と浮かぶばかりとなった。景色が艶出しをかけたように見える透き通った冬晴れの一日が期待できそうだった。

車の中はいい匂いだが、やけに湿っぽい。トリュフの湿り気を保つのは何のためかという私の質問に答えて、ベルナールは蒸発の損失を説明した。掘り出された瞬間からトリュフは乾きはじめる。問題は、水分とともに目方が減ることである。場合によっては十パーセントも軽くなる。トリュフは目方で取引きされるから、儲けの十パーセントが宙に消えてなくなる勘定である。

八時半にカルパントラに着いた。ヴォークリューズ中のトリュフ商人が挙《こぞ》って詰めかけたかと思われるありさまだった。普段は閑散としているアリスティド・ブリュアン広場の片側に、少なくとも百人はかたまっていただろう。市場は十一月から三月まで、毎週金曜の朝に開かれる。商売の拠点がバーであることは言うまでもない。早めにやってきた売り手たちはコーヒーと、パスティスかワインで体を中から暖めて、そろそろ木の馬に板を渡した簡易テーブルを並べて買い手が待ち受ける広場を見回りにかかるところだった。ベルナールもバーに寄った。私は、湿ったリネンに包んだ何千フランもの品物を持ち歩くことに馴れきったふうを装って、ベルナールの後に続いた。

カルパントラの市場には愉快なことがいろいろあるが、鑑札を必要としないのもその一つである。売り物のトリュフがありさえすれば、誰でもパリやペリゴールの得意先に品物を取り次ぐ仲買人、クルティィエを相手に運試しの交渉を持ちかけることができる。この朝も私の目の前で、一人の老人がテーブルで売り手を待っているクルティィエにすり寄った。

老人は左右に目を配ってポケットから新聞紙の包みを取り出した。中身は拳大のトリュフだった。老人はそのトリュフを両手で隠すようにしてクルティィエに突きつけた。競合相手の目を避けるためか、匂いを立たせるためか、私には何とも言えない。

「アレ、サンテ」老人は言った。「ほら、いい香りだろう。庭の隅で見つけたんだ」

クルティィエは屈み込んで匂いを嗅ぎ、精いっぱい信じられない顔をして老人を見返した。「ははあ。犬の散歩で」

と、そこへ憲兵がやってきて、交渉は中断した。憲兵は人混みを分けてテーブルの前の空いた場所に立つと、物々しく手を翳《かざ》して腕時計を見た。頃はよし。憲兵は呼笛を銜《くわ》えて短く二度吹き鳴らした。「ル・マルシェ・エ・ウヴェール」市場取引き開始。九時きっかりだった。

膨れ上がった袋や、布で覆ったバスケットを提げた大手栽培業者、トリュフィキュルトゥールと、テーブルで売り込みを待つクルティィエは一目でそれとわかる。だが、市場には覆面の買い手が紛れ込んでいないとも限らない。カルパントラは全国的に知られているトリュフ市場である。三ツ星レストランから直に買いに来ることも珍しくない。それ故、バスケットに目をつける相手がいたら、匂いを嗅がせるのは礼儀というだけでなく、思わぬ商売の好機かもしれない。

ベルナールの合図で私は覆いを跳ね、パリ仕込みのフランス語を話す身なりのいい紳士にバスケットを差し出した。男はバスケットに頭を突っ込むようにして大きく肩で息をした。体を起こすと、彼はにったりうなずいてトリュフを一つ拾い上げ、親指の爪でそっと表面を掻いた。見る間に外皮が剝けて、毛細血管に似た組織が覗いた。一般に、トリュフは黒いものほど匂いが強く、上物とされている。したがって、値も高い。値段は匂いで決まるから、買い手は鼻と相談で金を出すのである。

男はもう一度うなずいてトリュフを戻した。大いに満足した様子だった。私は札束を期待した。「メルシ、メッシュー」男は言い捨てて立ち去ったきり、その後二度と顔を見せなかった。何のことはない、彼はただのトリュフ・グルーピーでしかない。匂いを嗅いで引っ搔くばかりで、もとより買う気はないのである。どこの市場にも、この手の冷やかしがきっといる。

ベルナールには馴染みの長い常得意がいる。売り手と買い手がひと渡り探り合い、その日の相場が決まる頃を見計らって取引きに入るのだが、それまではさしたる責任もなく、私はこの機会に市場を歩いて見聞を広めることにした。

トリュフ業界には暗黙の了解がある。供給源は秘密。原則として支払いは現金で、領収書は発行されない。買い手を保護する規定も品質保証もない。あからさまに詐欺と言われる不正行為も稀ではない。この年、ムッシュー・ファリグールの最大の危惧が現実となって、質《たち》の悪い中国人がフランス市場に進出した。彼らの秘密兵器は、見た目も匂いもプロヴァンス産の本物のトリュフ〈トゥーベル・メラノスポールム〉に酷似していながら、実は東洋に産するまったく別物の茸《きのこ》〈トゥーベル・ヒマラエンシス〉である。決定的な違いは中国人のいかさま師がこれを本物の何分の一かの値段で売ることで、聞くところ、その味はまるで消しゴムであるという。

理屈から言えば、何も問題はない。どれほど似ていようと、並べてみれば本物と偽物の違いは一目瞭然である。ところが、市場の噂によると、中には悪辣な業者がいて、中国産の偽物にわずかばかり、申し訳に本物を混ぜてべらぼうな値段で売っている。もしギロチンの復活に大方が正当と認める理由があるならば、これなどはその最たるものだろう。

見たところ、はじめの三十分ほどは取引きもあまり活発ではなかった。とはいえ、こやかしこでクルティエと売り手が声を落とし、一キロ当たりの値段をめぐってしきりに話し合っている。公定価格というものはないから、すべては交渉次第である。それに、売り手がカルパントラの相場に不満なら、明くる土曜日、一つ北寄りのリシュランシュへ行けばもっといい値がつく望みもある。慌てることはない。最初の大口取引きがまとまって、この日の相場はキロ当たり二千七百フランに落ち着く気配だった。

これをきっかけに、トリュフ商人たちは一斉に携帯電話を取り出した。カルパントラの相場はたちまちにしてトリュフ業界の四隅八隅を駆けめぐる。が、相場はいつまでも二千七百フランに張り付いてはいない。トリュフは北へ行くにつれて見る見る値が上がり、パリへ着く頃にはおそらく倍に跳ね上がっているはずである。

市場は活気を帯びはじめた。クルティエの傍らでメモを取りながら、背後に人の気配を感じてふり返ると、一人の男が肩越しに私の手もとを覗き込んでいた。危うく鼻と鼻がぶつかるところだった。相手は私が価値ある極秘情報をつかんでいると思ったに違いない。私の悪筆の英語が読めて、走り書きが本格派トリュフ商人の身なりの観察でしかないとわかったら、さぞがっかりしたことだろう。

彼らは底の厚い泥だらけのブーツで、ざっくりしたジャンパーのファスナーを閉じた内ポケットに札束の入った茶封筒をねじ込んでいる。帽子は奇抜な発想で寒さ除けの耳袋を縫いつけたベレーや、作り直しの船長帽、鍔《つば》広の黒の中折れなど思い思いだが、銀行ギャングのように長いスカーフで目の下まで半ば顔を隠しているところはみな同じである。何やら凄みがあって恐ろしげだが、型通りトリュフの匂いを嗅ぐ段になってスカーフを取れば、素顔はプロヴァンスの農民である。

鄙《ひな》びた中年の男女に混じって、見るからに毛色の違う二人組がいた。革のジャケットを着た目つきの鋭い若者で、髪を刈り上げて金のイヤリングを光らせている。ボディガードだ、と私は咄嗟にジャケットの腋の下の膨らみを目で探った。手から手へ渡る五百フランの札束を守るために雇われている、武器を帯びた暴力漢に相違ない。が、しばらく見ているうちに様子が知れた。二人は泥まみれのビニール袋で持ち込まれた小粒のトリュフ数個を買いたたいている老いた母親の付き添いだった。

ベルナールが売りに出る潮時と判断して、私たちは人だかりのはずれに小さなテーブルを構えている古顔の前に立った。大方のクルティィエと同様、彼の商売道具も骨董品と先端技術の組み合わせだった。優に百年以上は使い込んだような棹秤《さおばかり》と、ポケット電卓である。クルティィエはトリュフの色をあらため、匂いを確かめて、バスケットから綿の網袋に移した。袋を秤の鉤《かぎ》にかけ、真鍮の分銅を動かして棹が水平になると、ベルナールとクルティィエは目盛りを睨《にら》んでうなずき合った。これで目方については折り合いがついた。クルティィエは電卓を押し頂いてキーを叩き、いかがわしい写真を見せるように手で隠しながらベルナールに数字を示した。二人はまたうなずいて、値段も折り合った。とかく不明朗なこの業界にあって正直の鑑《かがみ》をもって鳴るベルナールは、現金は受け取らない。クルティィエが小切手を書いて、朝の取引きは終った。

さあ、キャバレーだ、とベルナールは言い、私たちは人混みを掻き分けてバーへ繰り込んだ。店はたいそう賑やかだった。が、並みいるトリュフ商人たちの身ぶりを見れば、ほとんどひそひそ話である。物を言うのにいちいち口もとに手を添えるのは、私のような他所者に立ち聞きされるのを嫌うためだろう。各々の肝臓の状態や気象情報は極秘であって、地獄耳に聞かれる不用意は許されない。実際、彼らが口を覆いながら胴間声を張り上げたりしなければ、秘密は守られるはずである。

強い土地訛りと、尻切れの語句、それに、口に蓋をしている手のせいで、彼らの会話についていくのは極めてむずかしい。私が理解できたやりとりはわずかに二つで、それも、片方は直に話しかけられたから、どうにか聞き取ることができたのだ。店に入ってすぐ、私はさる仲買人に紹介された。フランス語でガイヤールの形容がぴったりの磊落な巨漢で、胴回りと声量が見上げるばかりの背丈に拮抗している。市場の感想を訊かれて私は、流通する現金の高に驚いた、と答えた。彼はさもあろうとうなずき、左右にちらりと目をやると、風力一〇の囁きを聞かれないように口もとに手をやって私に覆いかぶさった。「こう見えて、あたしも懐具合がいい。五軒の家持ちだ」

私に答える隙も与えず、彼は踵《きびす》を返してバーの端にいる小柄な男の肩に松の木のような腕を回し、片手を口にあてがって屈み込んだ。ここでもまた、声高らかに伝えられたのは極秘の情報であったことと想像する。思うに、これは生き馬の目を抜くトリュフ業界で長年の間に定着した習慣であろう。彼らは家に帰っても、あのように秘密めかしたふるまいをするのだろうか。夫婦の間に普通の会話は成り立つだろうか。それとも、声を殺して目くばせし合い、肘で突つき合って意志の疎通を図るのだろうか。私はふと、食卓の情景を思い描いた。「しーっ。あなた、コーヒー、もっと飲む?」「声が高いぞ。隣近所に聞こえるじゃないか」

この朝、私が仕入れたもう一つの新知識は、世にも稀な、珍無類のトリュフ用具にまつわる逸話だった。おそらくは、フランス人の頭脳にしてはじめて考案し得たものに違いない。使用の現場をこの目で見たという仲買人が、身ぶり手ぶりを交えて、盛大にワインをこぼしながら、その模様を話してくれた。

装置はカルパントラの近くで生涯を送ったある老人、それも、極めて高齢な農夫のために開発された。成人の後、ひたすらトリュフに情熱を注いだその農夫は、来る年も来る年も初霜の季節を待ちかねて、モン・ヴァントゥーの山裾で犬とともに冬を過ごした。金曜ごとに、彼は一週間の収穫で膨れ上がったリンネルの袋を肩にして市場へやってきた。トリュフを売り終えると仲間と一緒にバーに立ち寄ったが、スューズ一杯ですぐまたトリュフ狩りに戻る決まりだった。トリュフを収穫せずに一日を無駄に過ごすことは彼の信念が許さなかった。

歳月が過ぎて、寄る年波に、老人の体はついに過酷な条件の下で地を這う労働が応《こた》えるようになった。シベリアから吹きつける寒風は腎臓が凍えて痛むほどである。老人は力尽きて、背を屈めることもできなくなった。ほんの少しでもまっすぐな姿勢を崩すと耐え難い痛苦に襲われる。歩くことさえやっとのありさまで、彼の人生におけるトリュフ狩りの季節は去った。

しかし、その情熱は衰えを知らなかった。幸いにして、彼には金曜ごとに市場へ連れていってくれる知人がいた。何もすることがないよりはましである。とはいうものの、老人にしてみれば、毎週の市場詣では欲求不満のもとだった。トリュフを見ることはできる。手に取って爪で掻き、匂いを嗅ぐこともできないではない。しかし、前屈みの姿勢は取れないため、匂いを嗅げるのは手に渡され、あるいは鼻の下に突き出されるトリュフに限られていた。老人はバスケットに頭を埋めるようにしてトリュフを嗅ぐ時の、舞い立つような歓喜を恋うることしきりだった。トリュフの匂いにどっぷり浸る快感こそ、長い人生の心の柱ではなかったか。老人を知っているバーの常連たちは、見るに見かねて鳩首談合した。

仕掛けを考えついたのは第二次世界大戦を戦った復員兵であるという。昔、軍隊で使用した防毒マスクに知恵を得て改良を重ねた苦心の傑作は、名付けてミュゾー・テレスコピーク、すなわち、伸縮自在の鼻である。一端に、鼻と口だけを覆うマスクがあって、これを幅広のゴムバンドで装着するようになっている。マスクからアコーディオンの胴と同じ蛇腹式のホースが伸び、その先端に取り付けられたアルミの漏斗《じょうご》が人工の鼻の孔である。この新案特許の長鼻を用いることによって、件《くだん》の老人はバスケットからバスケットを渡り歩き、まっすぐに背を伸ばしたまま苦痛に妨げられることなく、心ゆくまでトリュフを嗅ぐことができた。非情な自然に対する実用医療の勝利だった。遠い昔の話で、せっかくの珍品も今となっては見る由もない。

十一時に市場は閉じた。買い取られたトリュフの多くは、すでに汽車に積まれてパリへ向かう乾燥途上である。一部はペリゴール産と銘打ってドルドーニュへ運ばれる。ペリゴールのトリュフは、カヴァイヨンのメロン、ノルマンディのバターと並んで最高級とされているから、値段もとびきりだ。ところが、信頼すべきカフェ筋の話では、ペリゴールで売られているトリュフの半分はずっと値の安いヴォークリューズ産である。ただ、何事もとかく不透明なトリュフ業界で、事実を確認する術はない。尋ねたところで、相手はあっけらかんと肩をすくめるだけである。

トリュフ市場の次の幕となれば、トリュフの昼食をおいてほかに何があろうはずもない。ロルグには「トリュフの殿堂」とその名も高い専門のレストラン、シェ・ブリュノがあるが、カマルグからはちと遠い。もっと近間のアプトへ行けば、プラース・ドゥ・ラ・ブークリーに気のきいたもてなしで繁盛しているビストロ・ドゥ・フランスがある。壁のポスターも、テーブルの紙ナプキンも趣味がよく、急ぎの向きには入ってすぐのこぢんまりしたバーが便利だし、旨そうな匂いが漂って、寒い中で立ちづめの後では何とも嬉しい店である。おまけに、シーズン中はきっと、上等なトリュフ料理がメニューにあるところが有難い。

かれこれ十二時半に行ってみると、店はすでに冬の客で込み合っていた。いずれも冬の言葉、フランス語を話す近在の住民である。夏場はオランダ語、ドイツ語、英語に圧されてフランス語は影が薄い。店に入ると、目の前に男が二人、隣り合って別々のテーブルに席を占めていた。フランス以外ではめったに見ることのない洒落た場面で、これが私には不思議でならない。ほかの国では今もなお、人は原始共同体の団欒に郷愁を懐いているということか。それとも、レジスの言う通り、フランス人はつまらない会話より料理が大事であって、なろうことなら食事は一人、ということだろうか。

灼けた砂のような声をした長身瘦軀のウェイターに案内されて席に着いた。隣のテーブルでは、夫婦者が生牡蠣の冷たい喉越しを楽しんでいた。あっさりとした手書きのメニューを見れば、間違いなくトリュフは店の看板である。客は最初のコースを選ぶだけだが、前にこの店で食べた体験から、ここは慎重を要することを私たちは知っていた。シェフは大盛り、キュイズィーヌ・コピューズの信奉者で、何であれ自分の料理は大盛り以上を押しつける。客はメインコースを待たずに討ち死にの虞《おそれ》なしとしない。

アーティチョークなら、まずは心配ない。パセリ、セロリ、ニンジン、ハムの熱いスープにアーティチョークの蕾を五つ六つ浮かべたア・ラ・バリグールは、生きていてよかったと思える逸品だった。隣の夫婦はメインコースのビーフシチューに取りかかっていた。フォークで肉を切り、ナイフの代りにパンを使って一口ずつフォークに盛るいささか変った流儀である。上流社会の作法から言えば行儀の悪い食べ方には違いない。しかし、ドーブの汁気を無駄にしないという意味では実際的で理にかなっていると思う。

表立たないところで店の程度を測る目安は、ウェイターの間の取り方である。食事にはリズムがなくてはならない。長く待たされると、ついパンに手が出て、ワインも量を過ごすことになる。これは感心できないが、その反対はもっと悪い。次から次へ料理が運ばれて、グレイヴィを浚う暇もなく皿を片付けられてしまい、チーズを選ぶ間、ウェイターが後ろから息を吐きかけるように詰め寄って椅子の背を叩いたりしたら、せっかくの食事が台無しだ。これでは前の一品を味わって舌を休め、次に備えるゆとりもない。さっさと済ませて出て行けと急かされているようで、まるで早食い競争である。

小休止は欠かせない。食欲が回復して新たに期待が湧き起こるコースの合間も楽しみのうちであり、そっとあたりを見回し、聞き耳を立てる絶好の機会である。私は他人の会話をもらい聞きすることが何よりも好きで、思いがけなく貴重な知識の断片に恵まれることもしばしばである。この日も嬉しいことに、近くのテーブルに目立って姿のいい大柄な女性が坐った。聞けば彼女は地元でランジェリー・ショップを開いているという。「べ・ウィ」彼女は連れに向かってスプーンをふり立てた。「イル・フォー・デュ・タン・プール・ラ・コルセットリー」なにしろ、コルセット作りには時間がかかるのよ。そう言われれば黙って引き下がるしかない。今度コルセットを買う時は慌てないようにしよう、と頭の隅に書き留めて椅子の背に凭《もた》れるところへ、ウェイターがメインコースを運んできた。

ブルイヤード・ドゥ・トリュフだった。ブラック・トリュフを刻み込んだ半熟の炒り卵が、深い銅のフライパンごとテーブルに出される代表的なトリュフ料理である。私たちは二人連れだが、ブルイヤードはどう見ても三人前の量がある。調理場からテーブルに運ばれる間に蒸発する分が計算に入っているのだろうか。私たちはフォークとパンを両手に構え、トリュフ栽培業者の守護聖人、サン・タントワーヌに感謝の一礼をして、ブルイヤードに取りかかった。

トリュフの味わいは、あの特有の匂いと不可分である。土の香を孕んだ複雑微妙な風味は、茸でもなく、肉でもない、どこかその中間で、私の知っている何よりも野趣に富んでいる。しこしこしたトリュフと、とろりとした卵がよく馴染んで口当たりは絶妙と言うほかない。トリュフは百万長者好みのラヴィオリから、サンデーベスト・チキンにいたるまで、手の込んだレシピがいくらもあるが、どれもみな卵を使ったこの簡単料理にはかなわないように思う。炒ってよく、オムレツにしてよく、トリュフと卵以上に相性のいい取り合わせはない。

やっとのことで三人前を食べ終えて一息ついた。コルセットの権威は人の体形をよく見せる正しい姿勢の効用を説いていた。クリームをかけたリンゴのクランブルを食べながら彼女が展開した議論の要点は、体をしっかり支える下着を着て姿勢よくきちんと坐っている限り、食べたいものを好きなだけ食べて構わないということだった。〈ヴォーグ〉の編集者はこれを知っているだろうか、と私はあらぬことを考えた。

店内の賑わいはいくらか下火になった。ほとんどの客が充分満足している中で、なおデザートに意欲を見せる猛者《もさ》もいた。私は最後のワインにほんの一口、チーズがほしかった。しかし、この店のメニューに軽少はない。干した栗の葉に包んでラフィアの紐をかけたバノンが丸ごと運ばれてきた。外は硬く、中へ行くほど柔らかくなって、中心はじくじくのバノン・チーズは辛みもほどよく、滑らかな舌触りとつんと鼻を刺す匂いが身上である。いつの間にか、これもきれいに片付いた。

簡素で素晴らしい食事だった。上等な材料と、余計な手を加えて素材の味を殺すことをよしとしないシェフの信念がこの店のすべてと言える。いたずらにソースや添え物に凝らず、量はたっぷり、そして、テーブルに季節を、というのがシェフの考え方である。トリュフの旬にはトリュフを、イチゴの時期にはイチゴを出せば間違いない。思えば古風なレストラン経営哲学ではないか。今は、アスパラガスから鹿の肉にいたるまで、一年中何でも食べられる時代である。温室育ちか、食品工業の産物か、別の半球で穫れたものか知らないが、とにかく、金さえ払えばどんなものでも口にすることができる。が、その値段は必ずしも安くない。

質を考えれば、安くないどころか、明らかに高くつく。遠くから運ばれてくる食べ物は、冷凍輸送や抑制栽培の技術が高度に発達しているとはいえ、どうしたって新鮮な地物にはかなわない。その上なお悪いことに、流通の進化は季節を度外視する。旬の味覚に対する期待はなくなり、年ごとに季節の初物を食べる歓びは失われる。悲しむべきことである。

春はすぐそこまで来ている。遠からず、カルパントラのクルティエたちは棹秤と電卓を戸棚にしまい、憲兵は呼笛を休めて、市場は閉鎖されるはずである。トリュフ泥棒とその犬たちはほかに何かと盗みの種を見つけて夜働きを続けることだろう。ビストロ・ドゥ・フランスのシェフはメニューを差し替える。新鮮なトリュフは年の暮までお預けである。しかし、私は待つことを厭わない。トリュフのためにも、楽しみに待ちたいと思う。

園芸家と黒トマト

園芸熱が繊細で値の張る蔓植物のようにリュベロンの山間僻地にはびこりだしたのは、かれこれ二十年前である。

毎年、むしむしする北部の気候を逃れて押しかける季節住民の後を追うように園芸熱は広まった。彼ら季節住民がプロヴァンスのセカンドハウスに愛着を懐いていたことは間違いない。照りつける太陽と乾いた暑さは心地よかった。ところが、眩しい日差しも馴れてしまえば常のことである。物珍しさが色褪せて、あたりを見回すと何か飽き足らない。風化した石灰岩の峨々たる山稜と、ナラの古木が綾なす灰緑色の田園風景は晴れやかで、実に感動的である。にもかかわらず、何と言ったらいいだろう……そう、どこか心《うら》寂しい。

ラヴェンダー、エニシダ、ローズマリーはもちろんのこと、ブドウにサクラ、それに、埃をかぶったようなアーモンドの老樹だってある。しかしなお、緑紅に映ずる景色を恋う心には物足りない。どうしても、色鮮やかに庭を飾る草木がほしい。花壇や木陰の四阿《あずまや》が瞼に浮かぶ。バラが咲き乱れて、藤の花が岩肌を和らげ、見上げるような木々が鬱蒼と茂る本格的な庭園を作りたい。というわけで、彼ら季節住民たちは土地の条件も何のその、岩山や谷沿いの段丘に眺めのいいオアシスを計画したのである。

寒暖の差が激しい気候と、痩せた土壌、それに水不足は厄介な問題だった。早く結果を出したがる人間のせっかちも計画を困難にした。何もないところに作られた庭が絵のように美しく完成するまでには、十年から二十五年はかかる。プラタナスや、カシや、オリーヴはもっと長い年月を要する。芝を張れば、本当に美しい緑の絨毯になるまで、刈ったり均《なら》したりと手間がかかって、庭園愛好家は大変な忍耐を強いられる。悲しいかな、自然は先を急ぐ情熱も意欲もない。だといって、自然に任せておくのは業腹だ。生涯、貧弱な庭木に囲まれて夏を過ごすわけにもいかないではないか。

彼ら季節住民の短気を見て、はじめ土地者は呆気に取られた。何でまた、あんなに急がなくてはならないのだろうか？　季節の緩慢な移り変りと、ミリ単位の成長に馴れた農業社会では、自然の変化に人手を加えることなど考えられなかった。ところが、やがて土地に金が落ちはじめて、手っ取り早く結果を求める他所者の気忙しい性格は歓迎される結果となった。促成造園、インスタント・ガーデンが産業にまで発展したのである。庭園は出前迅速で運び込まれ、あっと驚くほどの技術でたちどころに完成する。費用もあっと驚くほどであることは言うまでもない。

ほとんどの場合、作業は地面を掘り返すことからはじまる。植栽に当たっては、まず何を植えるか検討しなくてはならない。肥えた土地と、かつて誰かのものだった地所の違いが明らかになるのはこの段階である。これから庭になるあたりを掘ってみると、あまり喜べないこともある。地面は干涸《から》びて石混じりのところへ持ってきて、先の住人の置き土産が大量に埋まっている。陶器の破片。錆びたドラム缶。ねじ曲がった自転車のリム。パスティスの壜。ぼろぼろになったブーツの片割れ……。これではどうにもならない。ここを注文通りの庭にするには、ご主人、いい土をトラックで何杯も入れなきゃあ、と造園業者は言う。加えて、水は庭の血液だから、灌漑システムの整備は欠かせない。それが済んで、はじめて植栽という段取りである。

たちまち破産の危機が迫って、遅ればせながらタイムやラヴェンダーの素朴なよさを再発見する例もある。土着の植物は、他所から土を運んだり、水を引いたりしなくとも自然のままでよく育つ。片方には、そんなことではへこたれず、ますます夢を膨らませて意欲を新たに計画を推し進める理想家肌もいる。金持ちは、ただ溜息を吐いて財布に手をやるだけで、庭を諦めることはない。

ブルドーザーがやってきて土地を均し、岩石と、木の根と、運悪く造園計画の妨げになる場所に生えていたイバラの山を築いて引き揚げる。この厄介ながらくたを運び出すのが次の仕事である。撤収作業班に続いて、どこか遠い肥沃な土地から土を満載した何台ものトラックが一列縦隊で乗り込んでくる。さらに、バラやキョウチクトウに肥料の袋、カーペットのように巻いた芝生、ツゲやヒイラギを円錐形や球形に刈り込んで幾何学模様に配置した出来合いの小庭園などがトラックで運び込まれる。しんがりは造園の要《かなめ》となる立木である。

移動森林が重たげに揺れながら街道を行き、やがて奥まった私道に消えるのを見かけることは珍しくない。プラタナスは玄関口まで続く長い並木を作り、オリーヴはプールに影を落とすことになるだろう。ボダイジュ、イトスギ、クリなどは夏の夕暮れに眺めるとほっとするような茂みに育つはずである。いずれもすでに若木の頃を過ぎて立派な枝ぶりを見せている。球状に土のついた根の部分は大きな樽か、亜麻繊維の粗布で保護してある。こうして庭木が運ばれていく光景は実に壮観である。さぞかし見事な庭が完成するだろう。造園にかかる費用もまた、桁《けた》外れに違いない。

ここ数年の間にプロヴァンスでは苗木屋、ペピニエリストが雨後の筍《たけのこ》のように続々と誕生した。今やその数は不動産屋を上回り、ヴォークリューズの電話帳のイエローページを小さな活字でびっしりと埋めている。その規模は、畑の隅の小屋程度から、数エーカーの養樹園を持つ大手までさまざまである。私はゼラニウムの鉢を買いがてら、取材をかねてそんな苗木屋の一軒を訪ねた。

ムッシュー・アピの造園帝国は、ルシヨンからやや南へ寄ったところに広大な領土を占めている。黄土の丘から切り出した石の家が並ぶルシヨンは、まるで土地全体が真っ赤に日焼けして火照っているような村である。丘を下ってゴルドへ通じる街道に出ると、赤い地面はやがて茶褐色に変り、土地が平らになるあたりから、手入れのいいブドウ畑が見渡す限りの景観を支配する。しばらく行くと前方の木の末《うれ》越しに、曲線を描く透明な屋根が見えてくる。

これを温室と呼んでは安易に過ぎる。その大きさからして、格納庫ほどはあろうかという広壮な建築物である。ボウイングの子供を入れておけば、ぬくぬくと育って翼が生え、まだその奥に小さなジャングルが茂るだけの広さがある。事実、私が訪れた暑い午後、そこはジャングルの匂いがした。空気はじっとり湿って、沃土の温気《うんき》が立ちこめている。オランダツツジの茂みから、プロヴァンス訛りで話す猿が顔を出しても、たぶん、私は驚かなかったと思う。

これほど多様な色相の緑が、これほどたくさん一つ所に集められているのも珍しい。草や木の葉はどれもみな艶やかで元気がいい。ユッカ、クチナシ、細い幹に襞《ひだ》の寄ったイチジク、その他、一年草、多年草を取り混ぜて、青々と繁茂しているありさまは目を瞠るばかりである。静かな日には草木の伸びる潤いを帯びた音が聞こえるのではないかとさえ思う。しかし、そんな日はめったにない。職人が絶えず猫車を押し、苗のトレイを運んで行き来しているし、造園家がメモを片手に依頼主と設計を話し合いながら、よく育ったシダの葉叢《はむら》を掻き分けたりもする。花壇や植え込みの草木を積んだトラックの出入りはひっきりなしである。画期的な事業とはこれだろう。ここでは、あるがままの自然とは対極の、完全に制御管理された植物栽培が大規模に行われている。温室はその一部でしかない。

頑丈な大樹、高木の類は道路を隔てた向かい側の土地で枝を差し交している。アピ造園の森林部門で、樹齢百年のオリーヴや、高さ二十フィートのイトスギが何本もあり、およそプロヴァンスの気候に耐えるほとんどの樹木がここに揃っている。装飾庭園の区画もあって、球形やピラミッド形、あるいは、太って首の長い鳥の姿に刈り込まれたツゲが並んでいるところは、さながら植物による造形美術展である。何と、大きな蛇もいた。高さは優に五フィートを超えている。私の素人計算では、少なくとも樹齢六十年を経ていると思われた。私自身の経験から言って、ツゲは一年にせいぜい一インチ伸びるかどうかである。もっとも、ムッシュー・アピほどの園芸家と私をくらべること自体、とんだ間違いかもしれない。

ムッシュー・アピは一日の大半を温室と養樹園で過ごす。博識で温顔の彼は草木と親しく対話し、顧客には骨粉肥料の撒き方から、ナメクジ退治の要領にいたるまで、何なりと助言を惜しまない。客が苗木を車に積むのに手を貸しながら、五分ほどで剪定のこつを伝授したりもする。その目が活き活きと輝いているのは事業の規模を考えればむべなるかなである。ムッシュー・アピは成功を誇っていい。みすぼらしい草藪を緑の名園に変え、あるいは、現代のヴェルサイユとも言える大庭園を造築しようと思うなら、ムッシュー・アピをおいてほかに信頼できる相談相手はいまい。

大規模な庭園について、私自身はいささか懐疑的である。その努力と、楽天主義、莫大な投資は賛嘆に価しよう。ペピニエリストの技術と、それがもたらす結果は時に驚異的である。わずか数年の丹精ではなく、一九世紀に完成された庭園としか思えない傑作も稀ではない。だが、しかし、それを維持するのに五百フランの札束を根覆いに使わなくてはならないような大庭園がこの私に必要だろうか？　いや、そうは思わない。自然を制御管理するとなれば仕事は年中無休で、負うべき責任は限りない。挙げ句の果ては自然に圧倒されるのが落ちである。自然は私よりはるかにスタミナがあり、昼食のために仕事の手を休めたりはしない。

いつの頃からか、私はベルサイユに用はないものと思い定めている。自分の手に負えるこぢんまりとした庭があればそれで満足だ。幸い、私には願ってもない協力者がいる。ジャン・リュック・ダニーロルはポタジェ、すなわち、菜園が専門である。一般の園芸家がバラを這わせた四阿の景観や、緑陰の遊歩道、ライムの生け垣について熱弁をふるうところを、ジャン・リュックはニンジンに関して滔々と蘊蓄《うんちく》を傾ける。

　ジャン・リュックとは友人を介して知り合った。話によれば、ある冬、その友人と連れ立って歩いていたジャン・リュックは一本のコナラの木の前でつと足を止めた。見たところ、風にいじけて葉を垂れた、これといって特徴もないコナラだった。しかし、ジャン・リュックはその根方の土が丸く焼け焦げたようになっていることに気づいたのである。彼は四つん這いになって地べたを嗅ぎ、土を掻き寄せて、もう一度匂いを嗅いだ。そこを素手でそっと掘ると、果たせるかな、見事なトリュフが顔を出した。

　これを聞いて、私はぜひともジャン・リュックに会いたいと思った。妖精譚に登場するような、頭が人で体が犬の異類の姿が眼間《まなかい》に浮かんだ。ベルナールのトリュフ犬をそのまま人間にした格好で、胴長で毛深く、濡れた大きな鼻をしているのではあるまいか。会ってみると、ジャン・リュックはどうしてなかなかの男前だった。艶やかな髪は黒く濃く、褐色の目は深く澄んで、笑うとハリウッドの歯医者が見たら感涙にむせぶほどのきれいな歯が覗く。どこから見ても完璧な人間である。が、親交を重ねるにつれて、ジャン・リュックは世間一般の男とは少々違うことがわかってきた。自然相手の生業をしている人種の中でも、彼は特異だった。足下の地面を見通すことができるのではないかと思うほど、ジャン・リュックは大地と気心が通じている。例えば、彼はさんざん踏み荒らされた空き地を一つ横切っても、きっとそれまで誰も気づかなかった何かを発見する。

ある時、私は彼のオフィスを訪ねた。片隅にブーツが脱ぎ捨ててあり、ファイリングキャビネットに種袋がきちんと分類されて、鋳物のストーブで焚くユーカリの香《かぐわ》しい匂いが漂う園芸家のオフィスである。私はジャン・リュックがイコンと呼んでいる蒐集品を見せてもらった。彼が家の周りで発掘した歴史の細片だった。彼に言わせると、そのあたりは古代のゴミ捨て場、プベル・アンティークで、人類六千年の歴史を通じて捨てられ、忘れられた細々《こまごま》とした遺物の宝庫である。

彼はブックマッチほどの小さな斧の刃をいくつか取り出した。遠い昔、デュランス川の底から拾った石を磨いて、油を引いたスレートの艶を帯びるまで研いだ斧はトマホークを思わせる形だが、いかにも小さくて武器の役には立たない。これらの石斧《せきふ》は、実は、農耕文化の始祖、新石器時代の人間が作った道具で、現代の我々が下草を払うのに使う電動草刈り機の役を果たしたものであるという。石器時代、園芸はまだまだ密やかな営みだったに違いない。

ジャン・リュックは別の蒐集品をテーブルに並べた。時代ははるかに下って、ローマのコインだった。長い年月を経て縁が摩耗しているが、浮き彫りの図柄は確認できる。中の一つ、輪郭も定かでない男の横顔に添えられた文字は辛うじてアウグストゥス・カエサルと読めた。もう一つはアンフォラに寄り添う女の姿だった。等身大の像の破片と見られる大理石の指や、完全な立方体に刻まれた紺色のモザイクの断片もあった。テラコッタの破片の、あるものには作者であるローマ人の名前が彫られ、またあるものにはローマ人が無造作に溝をつけた親指の跡が残っていた。

「これは何だと思う?」ジャン・リュックはにったり笑って、ほとんど平らで真四角な陶板をテーブル越しに私の方へ押しやった。掌におさまる大きさながら、細緻に描かれているのは紛れもない男女媾合の図である。顔の部分が裁《た》ち落としになっているのは二人の名誉に配慮したためだろう。男女は性戯のアクロバットに歓悦の最中である。ローマの春画がここにある。陶板は特別な機会に用いられた皿の一種だろうか? その特別な機会とは、無礼講の酒宴か、結婚式か、またはユダヤ教の元服、バルミツバーか? それとも、当時はこれが人目を驚かすものではなく、極く平凡なローマの中流家庭が客を迎えた食卓に、ちょっと彩りを添える目的で使われたのだろうか?

陶板を手に、窓から現代世界を見やって私は不思議な気持を味わった。電話線の電柱。路肩の車。舗装道路。今、私たちがいるこの場所に、人間は何千年も住み続け、博物館に展示する価値のある遺物を残した。美術品もあれば、生活工芸品もある。ほれぼれするような逸品も少なくない。それに引き換え、プラスチックやアルミ合金や、核廃棄物など、二〇世紀の残滓が後世、同じ関心をもって眺められるとは思えない。

私はジャン・リュックに、どうしてほかの人間が気づかなかったものを見つけられるのか尋ねてみた。「セ・ル・ルガール・デュ・ジャルディニエ」彼は言った。園芸家の目だよ。園芸家は大地を凝視する。ただ漫然と見るのではない。そう単純な話でもあるまいが、ジャン・リュックは簡単だと言って譲らなかった。彼にとって、余暇の考古学は趣味でしかない。

本業は野菜である。土曜の朝はたいていアプトの市場に屋台を出して野菜を売る。彼は無農薬農法で野菜を育てている。殺虫剤、除草剤、成長促進剤など、いかがわしい化学薬品はいっさい使わない。カリフォルニアで見かけたある店の話をすると、ジャン・リュックはただ黙って私の顔を見返した。たしか、ヴェジタブル・ブティックの看板を掲げていたように思うが、その店では冷蔵庫にしまうのに便利な四角いトマトを売っていた。ジャン・リュックは何も言わなかったが、気持は顔に書いてある。

彼は自然がファッションになるはるか以前から自然流の野菜作りを続けている。土に返れと声高に叫ぶ論者は胡散臭い。ジャン・リュックに言わせれば、返るも何も、本当の園芸家ならそもそも土を離れるはずがない。が、それはともかく、有機農業に対する関心の高まりによってジャン・リュックは今、フランスで野菜の教祖に祭り上げられている。小冊ながら、タマネギとニンニクに関する洒落た著書もある。吸血コウモリの撃退法に触れた食べ物の本は私が知る限りこれがはじめてである。最近、もう一冊トマトの本を書いた。このところ、菜園作りの依頼がとみに増えている。ジャン・リュックは菜園を設計して種を蒔き、野菜の育て方を教えてくれる。丁寧に頼めば遠路はるばるやってきて、穫れた野菜を一緒に食べてくれると思う。

ジャン・リュックの得意先で最も知名度が高いのはミシュランに星六つの評価を得ている当代フランス一の人気シェフ、アラン・デュカスである。デュカスはパリとモンテカルロにそれぞれ三ツ星のレストランを持っているが、加えて先頃、オート・プロヴァンスのムスティエ・サント・マリーに三軒目を新規開店した。ジャン・リュックがその道の大家にふさわしい菜園を設計し、野菜を植えたのもご当地ムスティエだった。これが、ただサヤインゲンや、エンドウマメや、レタスが整然と畝《うね》に植わったありきたりの畑ではない。ジャン・リュックの菜園は、ほとんど忘れ去られた古代の野菜を現代に蘇らせる試みである。

彼はそのために、全国各地を歩いて野菜を採集している。山野に自生しているものを見つけることもあれば、久しく打ち捨てられた菜園で雑草に埋もれながらも必死で生き延びている蔬菜《そさい》に出逢うこともある。はるかに年長の園芸家たちとも付き合いがあって、種を分けてもらい、さらにその先代から受け継がれた種を譲られて蒔く野菜もある。古書にも目を通す。例えば、一八九〇年に刊行されたヴィルモランの『レ・プラント・ポタジェール』は我々の祖先が食用にしていた野菜類の詳しい考証である。こうして、ジャン・リュックは味がまろやかなサトウニンジンの変種や、一連の香草を再発見した。彼が復活した中に、とりわけ将来性を期待できそうな珍しい野菜がある。

この珍品は、姿といい、手触りといい、トマトと少しも変らない。ただ、色が違う。トマトはトマトでも、黒いトマトである。光線の加減によっては、ナスに似て黒ずんだ紫にも見える。赤いトマトよりいくらか匂いは強いが、風味があってなかなか行ける。見た目に黒の効果は劇的である。純白の大皿に盛るサラダの彩りに腐心するシェフたちは随喜の涙だろう。ひょっとすると、四角いトマトを駆逐するのではなかろうか。

最後に会った時、ジャン・リュックはショーモンのガーデニング・フェスティバルに展示する作品の準備に追われていた。理想的な菜園の展示を計画している彼は、実物に取りかかる前にベニヤ板を地面として縮尺模型を作った。庭園設計の要諦を簡略に示す意図である。

ハーブ、花をつける野菜、実の生《な》る野菜、根菜、合わせて百五十種の植物が四つの区画に配置され、それぞれの区画は丈の低いツゲの生け垣に囲まれている。区画を隔てる玉砂利の道が十字に交わる中央に、ジャン・リュックは愛蔵の記念物を飾ることにしている。一九五六年の冬に枯死したオリーヴの古木の形骸である。突き当たりに納屋を瀟洒に造り替えた尖り屋根のグロリエットがある。

全体模型の各部に目を凝らすと、菜園の景観を構成するあれこれの要素がさらに微小な細工によって表現されている。顕微鏡的な密度で幾列にも植え付けられた色違いのティッシュペーパーのけばは野菜である。薄く刷いた砂は玉砂利の道、先の広がった小枝は立木である。均斉と秩序に対するフランス人の愛好がこの菜園の模型一つに凝縮していると言っていい。フランス人を開けた野外に立たせれば、彼はまず周囲の自然を体系的に整頓したがり、次いで、これを食べられないものかと思案する。見た目に美しく、食べる歓びをもたらす菜園は両方の欲求に応えるものである。

自分のところにもこんな菜園があったらさぞかし楽しかろう。私はジャン・リュックに、ほんのハンカチほどの土地ながら、黒いトマトや柔らかいサトウニンジンを植えることのできる菜園を設計してもらえまいかと持ちかけた。

彼は、喜んで、とうなずき、ニューヨークから戻ったら考えてみよう、と答えた。夫婦で一週間ほど行く予定だが、アメリカははじめてで、勝手がわからないという。私は彼にマンハッタンの地図を進呈した。ジャン・リュックが地図を見る間、私は彼がマンハッタンのどこに興味を覚えるだろうかとあちこち思い浮かべた。

はじめてニューヨークを訪れる本職の園芸家にどこを薦めたらいいだろうか？　真っ先にセントラルパークが頭に浮かんだ。モナコの市域の倍という広さに、ジャン・リュックは驚嘆するに違いない。しかし、あのとりとめもない空間が彼の園芸家気質には馴染まないのではないかといささか気懸かりでないこともなかった。遊歩道は当てずっぽうにうねうねと曲がりくねって、どこを見ても直線がない。樹々は野放図に枝葉を広げておよそ節度がない。それに、やたらと腹にもたれるホットドッグや、スケートボードに乗った追い剝ぎ強盗など、園内のいたるところに待ち受ける危険についてもよくよく注意するように言っておかなくてはならない。

しかし、パークアヴェニューのよく躾けられた自然はジャン・リュックも気に入ると思う。沿道には春の花が咲き、渋滞する車の列をはるかに見降ろして、摩天楼の屋上庭園に緑が茂っている。

野菜について言えば、日頃見馴れているものよりも大きく、光沢があって、種類も多いことに彼は気づくはずである。マンハッタンに野菜の端境期《はざかい》はない。ジャン・リュックは今やニューヨークの青果市場を牛耳っているかに見える韓国人の八百屋にはじめて会うことになるだろう。韓国人とプロヴァンス人が共通言語の助けなしにズッキーニについて熱を入れて論じ合う情景は想像するだに楽しいが、残念ながら、同業間の情報交換はなかなか骨だろう。

考えあぐねた末、私は薦める場所を一か所に絞った。ジャン・リュックが本当に緑を見たいなら、そう、正真正銘の緑が育つところを見たいなら、何はともあれ証券取引所へ行くことだ。そこではグリーンこと、アメリカ・ドルが刻々に世界経済を動かしている。

ジャン・リュックは地図から顔を上げ、整然と碁盤の目に交差するマンハッタン中部の街路に賛嘆の体で頭をふった。

「こんなにきちんとした街だとは知らなかった。これなら、わかりやすい」

「それに、面白いよ」私は言った。「実に面白いところだ。ただ、プロヴァンスから行くと、めまぐるしくて、驚くだろうね。誰も彼もがせかせか急いでいるから」

「どうして?」

世の中、時として、肩をすくめるほかに答えようのないことがある。

後記
プロヴァンスは変らない

十一年前、構想を練るというよりはほんの成り行きで、私は『南仏プロヴァンスの12か月』を書いた。以来、これまでプロヴァンスに何の変化もないとしたら、その方がむしろ不思議だが、一部では、変化の何分かは私の責任だと言い、とりわけ、イギリスの報道は私を犯人扱いにした。私が犯した罪の一つはこの地方に大勢の人を呼び寄せたことであるという。報道を信じるなら、その数はあまりに多すぎた。なお悪いことに、押しかけるのは質《たち》の悪い人種である。某紙の偏見に満ちた記事の伝えるところ、私の本を読んでイギリスからフットボールのフーリガンがバスを連ねてリュベロンへ乗り込む構えだった。フーリガンが熱心な読書家だという話は聞いたことがない。彼らはビールを浴びるように飲んで泥酔しているうえに、乱暴を働きたくてうずうずしている、と新聞は大真面目に報じていた。略奪、騒乱、破壊活動の危険を指摘する記事は、あたかもそうした不祥事を待望しているかのようだった。しかし、誰もそのことをフーリガンの耳に入れようとはしなかったから、彼らはやってこず、報道もいつしか立ち消えになった。代って別の侵略論が登場した。その多くは英仏海峡一千マイルを隔てた対岸の見晴し台から出たもので、プロヴァンスの俗化を嘆く内容である。この時期、新聞に書かれていることと窓からの眺めをくらべるのは楽しみだった。街道も、渓谷も、たいていは閑散として、民族大移動の気配はどこにもなかった。

あれから十一年が過ぎた今もこの土地はほとんど変っていない。地ワインは格段によくなり、レストランも数を増した。ゴルドやボニューなど、よく知られた村は七、八の二か月、旅行者で込み合うようになった。とはいえ、客室三百の大ホテルや、テーマパーク、コンドミニアム団地といった観光産業の目障りな人寄せ装置はない。現行の建築規制が維持されれば、この先も景観が損なわれることはない。プロヴァンスは今も美しい。広大な地域が依然として人跡稀な空漠たる原野である。現代社会では消滅の危機に瀕している平穏と静寂がここにはある。老人たちは終日ペタンクに興じ、市場は常に色彩の饗宴、豊饒の祝祭である。空は広く、空気は澄んでいる。

何よりも、場所を作るのは人である。土地の人々は以前と少しも変らない。私はこの場を借りて地元の温かい歓迎と数々の親切に感謝を伝えたい。私たちは今、帰郷の実感に浸っている。

訳者あとがき

ピーター・メイルが『南仏プロヴァンスの12か月（A Year in Provence）』と『南仏プロヴァンスの木陰から（Toujours Provence）』で一世を風靡して、アルフォンス・ドーデや、マルセル・パニョルの文学世界だったプロヴァンスは日本人にとってもずいぶん身近な土地になった。この随筆二編をもとにイギリスBBC放送が制作したテレビドラマはいちはやく日本でも放映され、同地を訪れる旅行者は数を増して、プロヴァンスは何かにつけて巷間の話題を賑わせた。マスコミはさまざまな形でプロヴァンスを取り上げ、一時は町の小さな酒屋でさえ、ワインの棚に「ピーター・メイルのお薦め」などと張り札をすることが流行ったから、プロヴァンス効果は読書人の範囲を越えて広く一般にまで浸透したと言って間違いない。随筆第一作の上梓が一九八九年。ほぼ一昔前のことである。

イギリス人のピーター・メイルは、知命《ちめい》を前に住み馴れたロンドンを引き払い、プロヴァンスに移った経緯を『12か月』の冒頭で語っている。

私たちは旅行者としてかつて度々この地を訪れていた。一年のうち、せめて二週間なり三週間なりをかっと熱い太陽に灼かれて送りたい一心だった。鼻の頭の皮がむけ、後ろ髪を引かれる思いで帰途につく時、私たちは決まっていつかこの土地に住もうと心に誓った。……そして、自分たちでもまだ信じられないくらいだが、ついにその夢を実現したのである。私たちは家を買い、フランス語を習い、親類や友人知人に別れを告げ、二匹の飼い犬を別口の飛行機で送り出して、異邦人になった。

かくてプロヴァンスに移り住んだピーター・メイルは、旅行者ではなく、生活者としてこの地に根を降ろすことを決心した異邦人の新鮮な目で周囲を観察した。その親愛の眼差しは、気候、風土、人文、料理、ワイン、その他もろもろ、プロヴァンスのすべてに向けられている。視野が広く、焦点深度の深いレンズが捉える映像に似て、ここにはついぞ旅行者の目に触れず、生粋の土地者すら、というよりは、むしろ土地者である故に見向きもしなかった景物があり、発見がある。これが多くの人々にとって遠い憧れだったプロヴァンスを手の届く距離に引き寄せ、同時に万人の心に隠された夢を掘り起こした。

一口に生活者として根を降ろすと言っても、実際は、なまなかなことではなかったろう。南仏プロヴァンスは独自の歴史を持つ極めて特殊な地域である。気候は厳しく、その点、必ずしも住み易い土地ではない。言葉の問題もある。土地者はそれぞれに癖があって、どうしてなかなか一筋縄ではいかない。折りに触れてピーター・メイル自身が述べている通り、異邦人が習慣の違いを越えて地域社会に溶け込むには何かと苦労が多い。が、ピーター・メイルはそんな苦労を苦労と言わず、手探りの戸惑いにも急《せ》かず慌てず、自分の姿をカリカチュアに描く諧謔精神でプロヴァンス体験を語っている。この明朗な笑いが、ドーデの『風車小屋だより』縁《ゆかり》の地で、いわば知る人ぞ知る桃源郷だったプロヴァンスの扉を世界に向けて開け放った。

異邦人の手になる現代版『風車小屋だより』とも評されているピーター・メイルのプロヴァンス随筆は、季節の移り変りを捉えて絶妙な絵巻だが、このことは歳時記の発想を持つ日本の読者に訴えるところ少なくなかった。試みに『12か月』なり『木陰』なりを開いてみれば、いたるところに季節の色と匂いが溢れている。驢馬の耳をも引きちぎるというこの土地名物の北風ミストラルにはじまって、無音の雪景色や、春の訪れを告げる水の滴り、時間が止まったかのような物憂い夏の午後、ラヴェンダーの紫に、日を追って色を変えるブドウの葉並み、と現代人の郷愁をそそる情景は枚挙に遑《いとま》がない。随所に登場する食卓は、常に旬の味覚の饗宴である。こうして季節を描くことで、ピーター・メイルはプロヴァンスの人々がただ機械的に秒を刻む時計ではなく、大自然の時計に従って生きる姿を浮き彫りにしてみせた。日常生活からとみに季節感が薄れつつある今の時代、ピーター・メイルのプロヴァンス風景が少なからぬ読者に歓迎された所以《ゆえん》である。

そして、一九九九年、ピーター・メイルは本書『南仏プロヴァンスの昼下り（Encore Provence）』で年来の約束を果たした。ここはちょっと説明を要するところだが、前二作の随筆が世界的なブームを呼んだ当時、ピーター・メイルは一部のジャーナリズムから故ない批判を浴びる目に遭った。この間の事情については『木陰』の訳者あとがきに紹介されているし、本書でも著者自身が語っている。かいつまんだ話、ピーター・メイルの本が爆発的に売れた結果、観光客が殺到してプロヴァンスは俗塵の吹き溜まりと化した。ピーター・メイルこそはプロヴァンスを台無しにした張本人だ、という言いがかりである。

さらにはこれに尾鰭《おひれ》がついて、ピーター・メイルの本に惚れ込んだ多数の読者が、一目なりと作者に会いたい、と夜討ち朝駆けで引きも切らずに訪問し、おちおち食事もできなくなった彼は、さっさと家を畳んでアメリカへ逃亡したという筋書きに発展した。ピーター・メイルにしてみれば、いささか迷惑な話だろう。一時期アメリカに仮寓したのは仕事の便宜を考えた上のことである。ブームの火付け役だからといって、ピーター・メイルがプロヴァンスを離れてはならない理屈などあろうはずがない。滞米中も第二の故郷、プロヴァンスへの思いは絶ち難かった、とこれは本人の弁にある。プロヴァンスを引き払う意思のない証拠に、ピーター・メイルはつとに随筆第三作の構想を明かしていた。これが先に触れた年来の約束である。

本書の前に、ピーター・メイルは小説を四編発表している。

『ホテル・パスティス（Hotel Pastis, 1993）』
『愛犬ボーイの生活と意見（A Dog's Life, 1995）』
『南仏のトリュフをめぐる大冒険（Anything Considered, 1996）』
『セザンヌを探せ（Chasing Cézanne, 1997）』

いずれも英米で好評を博した作品で、舞台設定は南仏である。発表年代からも知れる通り、プロヴァンス作家ピーター・メイルは出ずっぱりだった。前二作の随筆に描かれたプロヴァンスは小説のために、ちょうどオランジュの古代劇場のような空間を用意した。プロヴァンスの今を背景に、ピーター・メイルはその舞台で数多《あまた》の登場人物を遊ばせている。すでに作品をお読みの方々はご存じであろう。随筆の名手と謳《うた》われたピーター・メイルは小説においても並みならぬ力量を見せた。人生における充足とは何かを真摯に問いながら、全編に笑いが漂う『ホテル・パスティス』は実に構想七年という初の長編だが、ここには作家ピーター・メイルのすべてが凝縮されていると言える。『愛犬ボーイ』では、犬に哲学を語らせる仮託の話術を駆使して辛口の文明戯評を展開した。『トリュフ』と『セザンヌ』はともにピーター・メイルのジャーナリスティックな視線とアンテナの確かさを窺わせる佳編である。

　こうしてしばらく随筆の世界を離れたかに見えるピーター・メイルだが、その作品は常に写生と戯画、現実と虚構が継ぎ目なしに混淆している。ふり返ってみれば、ピーター・メイルが『12か月』以来、一貫してプロヴァンスを語り続けている事実は動かない。望郷の念やみがたく、一九九七年の暮れに四年間の滞米生活に区切りをつけたピーター・メイルはかねてから暖めていた腹案にもとづいて一気に本書を脱稿した。心の故郷に戻った安らぎと喜びを語る言葉は、酒を愛した田園詩人、陶淵明の『帰去来《かえりなんいざ》』に一脈通じるところなくもない。ここではっきり言えるのは、当然ながら腹案にはなかったことで、久方ぶりのプロヴァンスは以前とほとんど変りなかった。ピーター・メイルにとってはこれも新たな発見である。プロヴァンスは変らない。この信頼が本書を貫く基調をなしている。

　これまでの作品と同様、本書もまた英米で読書界の人気をさらった。例によってピーター・メイルが料理とワインに筆を費やしていることを指して、またか、と憮然たる評者がいるのは確かである。が、一方で、そのまたかを楽しんでいる読者は少なくない。プロヴァンスが変らない以上、ピーター・メイルが繰り返し同じ話をすることに不思議はないし、それればかりか、本書を通読すればまたかの説は必ずしも当を得ていないと知れるはずである。〈ニューヨーク・タイムズ〉の偏見に反論する激しい口吻はどうだろう。プロヴァンスの奇驚を語る軽快な話術はいつもながらだが、オート・プロヴァンスのユニークな教育機関はさだめし読者の関心をそそるであろう。オリーヴについて、フレンチ・パラドックスについて、また、中世の野菜を育てる園芸家について、ここには興味尽きない話題が並んでいる。各編の中身については読者の発見に待つべきで、むやみに立ち入ることはあとがきの本意ではない。が、栓抜きの螺旋が回転しながらコルクに食い込むように、総じてピーター・メイルはこれまでよりも対象に一歩深入りする姿勢を見せている。遡ってその軌跡を辿るのも一興だろう。

　何はともあれ、拙訳がかつてこの作者に親しんだ読者に再会の喜びをもたらし、また新しい読者にとってピーター・メイルを知るよすがとなれば幸いである。翻訳に際しては、このたびもまた、河出書房新社の川名昭宣氏にひとかたならずお世話になった。この場を借りて御礼申し上げる次第である。

二〇〇〇年秋

池 央耿

文庫版あとがき

一九九九年の初訳から足かけ八年を経て Encore Provence の文庫版が書店に並ぶことになり、ここに『南仏プロヴァンスの12か月（A Year in Provence）』『南仏プロヴァンスの木陰から（Toujours Provence）』に続いてピーター・メイルのプロヴァンス随筆三部作が装いを新たに出揃った。『12か月』が一九八九年にイギリス紀行文学賞を獲得して世界中の人気をさらったのはついこの間のようにも思えるが、邦訳が一九九二年で、あれからすでに十五年が過ぎている。してみると、今ではピーター・メイルの名に郷愁を覚える読者がある一方で、どちらかといえば馴染みの薄い読者もまた少なくないだろうから、今回の文庫入りで三部作が手に取りやすくなるのは喜ばしいことである。

人間の記憶は質の悪い編集者だ、とピーター・メイルは言う。思い出はとかくいいとこ取りで、おまけに脚色が加わっている。「ふるさとは遠きにありて思ふもの、そして悲しくうたふもの」は室生犀星だが、ゆえあってアメリカに居を移したピーター・メイルは第二のふるさとプロヴァンスに望郷の念やみがたく、「帰るところにあるまじや」とは考えなかった。四年の滞米生活を切りあげて、帰ってみればプロヴァンスは以前と変わらず、平穏と静寂が著者を待っていた。そこで味わった帰郷の実感と再発見の喜びを、ピーター・メイルは持ち前の話術で語っている。

本書の成立についてはは単行本のあとがきで触れたから、重ねて何を言うこともない。プロヴァンス随筆三部作によって、ピーター・メイルは南仏を絵に描くさまに綴ってみせた。軽妙洒脱な文章はつとに定評のあるところだが、その背後には鋭い凝視の目が光っている。小説も含めてこれまでの作品からも明らかなとおり、観察はピーター・メイルのお家芸である。ただ、この作者の場合、観察が右から左へ文章になるかというと、必ずしもそうではないらしい。飼い犬に仮託して歯に衣着せずに物を言った辛口の文明戯評『愛犬ボーイの生活と意見』でピーター・メイルはボーイの目に映った自身の姿をカリカチュアしている。

――（世にも稀なほど不器用な主人は）たいていは長いこと自分の部屋に閉じこもっている。閉じこもって何をするかといえば、鉛筆を削って、壁を睨んでいるばかりだ。私にはどうもよく理解できない……。

ひねりのきいたピーター・メイルの文章が、時間をかけた思索と彫琢によって紡ぎ出されていることがうかがえる。上質なワインにも似て、ピーター・メイルの世界は熟成した香りを帯びていると言えようか。

もう一つ、これも愛犬ボーイに語らせていることだが、ピーター・メイルは常に肯定的にものを見るところから出発する。この作者の優れた観察眼をもってすれば、人間や社会の欠陥をあげつらうのは至って容易だが、だからといって、ピーター・メイルはめったに人を切り捨てない。世の中は矛盾だらけで、いちいち腹を立てていたら切りがない。人間は十人十色で、みんな同じだったらその方が不思議だろう。お互いの違いをまず認めて、傷つけ合わない限り、それぞれが好きに生きたらいい。不干渉の共存を理想とするピーター・メイルはおりに触れてそのことを言っている。本書中の「それでもプロヴァンスが好きなわけ」はそんな作者の考えを述べた一編だし、ピーター・メイルにしては珍しく語気を荒らげている〈ニューヨーク・タイムズ〉批判はその裏返しで、何ごとも否定的にしか見ることのできない人種もまた、ピーター・メイルにとっては笑いの種である。気に入らなければほかへ行けばいい。

嬉しくもあり、また、時にうんざりさせられるプロヴァンスは、つむじ曲がりでとかく面倒くさい旧友に似ていないでもない。日本で言えば、「碁敵は憎さも憎し懐かしし」だろうか。こうして、最後にはすべてを肯定する作者の明朗な気質が、どの作品にも漂うからりとした笑いと大らかな空気の秘密である。

南仏プロヴァンスを第二の故郷とするピーター・メイルは自伝の色彩が濃い小説『ホテル・パスティス』の主人公に、自分は生まれついての客だ、と言わせている。本書でも、自身を永遠の旅行者と述懐している。これは先に触れた作者の肯定的な態度や明朗な気質と深くかかわっていることで、人間であれ、社会であれ、観察の対象と自身の間にある程度の距離を置く作者の達観でもあろう。その間合いの取り方が絶妙であるゆえに、ピーター・メイルの観察はきわめて精度が高い。どの作品も、安楽椅子旅行者すらを曾遊の地に立ち返った気にさせるピーター・メイルは、思えば稀有な書き手である。

ともあれ、三部作の文庫完結を機に、新旧の読者諸賢にピーター・メイルの世界を楽しんでいただけたら幸いこれに越すことはない。

文庫収録に当たっては河出書房新社編集部の田中優子さんに何かとお世話になった。この場を借りて御礼申し上げる次第である。

訳　者

二〇〇七年春

本書は「南仏プロヴァンスの昼下り」として、二〇〇〇年十一月に
小社より単行本で刊行されたものです。

カバー・中扉イラスト――渋川育由

南仏《なんふつ》プロヴァンスの昼《ひる》さがり

二〇〇七年 五 月一〇日 初版印刷
二〇〇七年 五 月二〇日 初版発行

著 者 P・メイル
訳 者 池《いけ》央《ひろ》耿《あき》
発行者 若森繁男
発行所 株式会社河出書房新社
〒一五一―〇〇五一
東京都渋谷区千駄ヶ谷二―三二―二
電話〇三―三四〇四―八六一一（編集）
〇三―三四〇四―一二〇一（営業）
http://www.kawade.co.jp/

ロゴ・表紙デザイン 粟津潔
印刷・製本 中央精版印刷株式会社

Printed in Japan ISBN978-4-309-46289-9

銀河ヒッチハイク・ガイド

ダグラス・アダムス　安原和見〔訳〕　46255-4

銀河バイパス建設のため、ある日突然地球が消滅。地球最後の生き残りであるアーサーは、宇宙人フォードと銀河でヒッチハイクするはめに。抱腹絶倒ＳＦコメディ「銀河ヒッチハイク・ガイド」シリーズ第一巻！

宇宙の果てのレストラン

ダグラス・アダムス　安原和見〔訳〕　46256-1

宇宙船が攻撃され、アーサーらは離ればなれに。元・銀河大統領ゼイフォードとマーヴィンがたどりついた星で遭遇したのは⁉　宇宙の迷真理を探る一行のめちゃくちゃな冒険を描く、大傑作ＳＦコメディ第二弾！

宇宙クリケット大戦争

ダグラス・アダムス　安原和見〔訳〕　46265-3

遠い昔、遙か彼方の銀河で、クリキット軍の侵略により銀河系は絶滅の危機に陥った——甦った軍を阻むのは、宇宙イチいい加減なアーサー一行。果たして宇宙は救われるのか？　傑作ＳＦコメディ第三弾！

さようなら、いままで魚をありがとう

ダグラス・アダムス　安原和見〔訳〕　46266-0

十万光年をヒッチハイクして、アーサーがたどり着いたのは、８年前に破壊されたはずの地球だった‼　この〈地球〉の正体は⁉　大傑作ＳＦコメディ第四弾！　……ただし、今回はラブ・ストーリーです。

ほとんど無害

ダグラス・アダムス　安原和見〔訳〕　46262-2

銀河の辺境で第二の人生を手に入れたアーサー。だが、トリリアンが彼の娘を連れて現れる。一方フォードは、ガイド社の異変に疑問を抱き——。ＳＦコメディ「銀河ヒッチハイク・ガイド」シリーズついに完結！

クマのプーさんの哲学

J·T·ウィリアムズ　小田島雄志／小田島則子〔訳〕　46262-2

クマのプーさんは偉大な哲学者⁉　のんびり屋さんではちみつが大好きな「あたまの悪いクマ」プーさんがあなたの抱える問題も悩みもふきとばす！　世界中で愛されている物語で解いた、愉快な哲学入門！

高慢と偏見

ジェイン・オースティン　阿部知二〔訳〕　46264-6

エリザベスは資産家ダーシーを高慢だとみなすが、それは偏見に過ぎぬのか？　英文学屈指の女性作家オースティンが機知とユーモアを込めて描く、幸せな結婚を手に入れる方法。映画「プライドと偏見」原作。

プリンセス・ダイアリー　1

メグ・キャボット　金原瑞人／代田亜香子〔訳〕　46272-1

ハイスクールの一年生、超ダメダメ人間のミアがいきなりプリンセスになるなんて⁉　全米で百万部以上売れた21世紀のシンデレラ・ストーリー！映画「プリティ・プリンセス」原作。

プリンセス・ダイアリー　2　ラブレター騒動篇

メグ・キャボット　金原瑞人／代田亜香子〔訳〕　46273-8

フツーの女子高生ミアは突然プリンセスに。そんなミアに届いた匿名のラブレター。もしかしてマイケルから？　ママの妊娠&結婚騒動や、田舎から従兄弟がやって来て……ますます快調★ラブコメディ第二弾！

プリンセス・ダイアリー　3　恋するプリンセス篇

メグ・キャボット　金原瑞人／代田亜香子〔訳〕　46274-5

突然プリンセスになってしまったフツーの女子高生ミアの日記、大好評第三弾！　ケニーというＢ・Ｆができたけど、ミアの心は揺れるだけ。本当に好きなのはマイケルなのに、この恋いったいどうなるの？

不思議の国のアリス

ルイス・キャロル　高橋康也／高橋迪〔訳〕　46055-0

退屈していたアリスが妙な白ウサギを追いかけてウサギ穴にとびこむと、そこは不思議の国。『不思議の国のアリス』の面白さをじっくりと味わえる高橋訳の決定版。詳細な注と図版を多数付す。

マンハッタン少年日記

ジム・キャロル　梅沢葉子〔訳〕　46279-0

伝説の詩人でロックンローラーのジム・キャロルが、13歳から書き始めた日記をまとめた作品。60年代ＮＹで一人の少年が出会った様々な体験を瑞々しい筆致で綴り、ケルアックやバロウズにも衝撃を与えた。

世界の涯の物語

ロード・ダンセイニ　中野善夫／中村融／安野玲／吉村満美子〔訳〕 46242-4

トールキン、ラヴクラフト、稲垣足穂等に多大な影響を与えた現代ファンタジーの源流。神々の与える残酷な運命を苛烈に美しく描き、世界の涯へと誘う、魔法の作家の幻想短篇集成、第一弾（全四巻）。

夢見る人の物語

ロード・ダンセイニ　中野善夫／中村融／安野玲／吉村満美子〔訳〕 46247-9

『指輪物語』『ゲド戦記』等に大きな影響を与えたファンタジーの巨匠ダンセイニの幻想短篇集成、第二弾。『ウェレランの剣』『夢見る人の物語』の初期幻想短篇集二冊を原書挿絵と共に完全収録。

時と神々の物語

ロード・ダンセイニ　中野善夫／中村融／安野玲／吉村満美子〔訳〕 46254-7

世界文学史上の奇書といわれ、クトゥルー神話に多大な影響を与えた、ペガーナ神話の全作品を初めて完訳。他に、ヤン川三部作の入った短篇集『三半球物語』等を収める。ダンセイニ幻想短編集成、第三弾。

最後の夢の物語

ロード・ダンセイニ　中野善夫／安野玲／吉村満美子〔訳〕 46263-9

本邦初紹介の短篇集『不死鳥を食べた男』に、稲垣足穂に多大な影響を与えた『五十一話集』を初の完全版で収録。世界の涯を描いた現代ファンタジーの源流ダンセイニの幻想短篇を集成した全四巻、完結！

チャペックのこいぬとこねこは愉快な仲間

ヨゼフ・チャペック〔絵と文〕　いぬいとみこ／井出弘子〔訳〕 46190-8

カレル・チャペックの実兄で、彼のほとんどの作品に個性的な挿絵を描いたヨゼフ・チャペック。『ダーシェンカ』と共に世界中で愛読されている動物ものがたりのロング・セラー。可愛いイラストが満載！

チャペックの犬と猫のお話

カレル・チャペック　石川達夫〔訳〕 46188-5

チェコの国民的作家チャペックが贈る世界中のロングセラー。いたずらっ子のダーシェンカ、お母さん犬のイリス、気まぐれ猫のプドレンカなど、お茶目な犬と猫が大活躍！　名作『ダーシェンカ』の原典。

マリー・アントワネット　上・下

シュテファン・ツヴァイク　関楠生〔訳〕　上／46282-0　下／46283-7

1770年、わずか14歳の王女がフランス王室に嫁いだ。楽しいことが大好きなだけの少女、マリー・アントワネット。歴史はなぜか彼女をフランス革命という表舞台に引きずり出していく。伝記文学の最高傑作！

シャーロック・ホームズ対切り裂きジャック

マイケル・ディブディン　日暮雅通〔訳〕　46241-7

ホームズ物語の最大級の疑問「ホームズはなぜ切り裂きジャックに全く触れなかったか」を見事に解釈した一級のパロディ本。英推理作家協会賞受賞の現役人気作家の第一作にして、賛否論争を生んだ伝説の書。

王妃マルゴ　上・下

A・デュマ　榊原晃三〔訳〕　上／46133-5　下／46134-2

カトリックと新教の融和政策のためにナヴァール王に嫁したフランス王女マルゴ。聖バルテルミーの大虐殺を生む新旧の抗争。陰謀と奸計が渦巻き、密偵や刺客が暗躍する宮廷を舞台に展開する波瀾万丈の歴史ロマン。

20世紀SF　1　1940年代 星ねずみ

アシモフ／ブラウン他　中村融／山岸真〔編〕　46202-8

20世紀が生んだ知的エンターテインメント・ＳＦ。その最高の収穫を年代別で全六巻に集大成！　第一巻はアシモフ、クラーク、ハインライン、ブラウン、ハミルトン他、海外ＳＦ巨匠達の瑞々しい名作全11篇。

20世紀SF　2　1950年代 初めの終わり

ディック／ブラッドベリ他　中村融／山岸真〔編〕　46203-5

英語圏ＳＦの名作を年代別に集大成したアンソロジー・シリーズ第二巻！ブラッドベリの表題作、フィリップ・Ｋ・ディックの初期の名作「父さんもどき」他、ＳＦのひとつの頂点・黄金の50年代より全14篇。

20世紀SF　3　1960年代 砂の檻

クラーク／バラード他　中村融／山岸真〔編〕　46204-2

シリーズ第三巻は、ニュー・ウェーヴ運動が華々しく広がりＳＦの可能性が拡大した、激動の60年代編！　時代の旗手バラード、巨匠クラーク、ディレイニー、エリスン、オールディス、シルヴァーバーグ他、名作全14篇。

20世紀SF　4　1970年代 接続された女

ティプトリーJr.／ル・グィン他　中村融／山岸真〔編〕　46205-9

第四巻は、多種多様なＳＦが開花した成熟の70年代編！　ティプトリーJr.が描くＳＦ史上屈指の傑作「接続された女」、ビショップ、ラファティ、マーティンの、名のみ高かった本邦初訳の名作３篇他全11篇。

20世紀SF　5　1980年代 冬のマーケット

カード／ギブスン他　中村融／山岸真〔編〕　46206-6

第五巻は、新たな時代の胎動が力強く始まった、80年代編。一大ムーブメント・サイバーパンクの代名詞的作家ウィリアム・ギブスンの表題作、スターリング、カード、ドゾワの本邦初訳作、他全12篇。

20世紀SF　6　1990年代 遺伝子戦争

イーガン／シモンズ他　中村融／山岸真〔編〕　46207-3

シリーズ最終巻・90年代編は、現代ＳＦの最前線作家グレッグ・イーガン「しあわせの理由」、ダン・シモンズ、スペンサー、ソウヤー、ビッスン他、最新の海外ＳＦ全11篇。巻末に20世紀ＳＦ年表を付す。

不死鳥の剣　剣と魔法の物語傑作選

R·E·ハワード他　中村融〔編〕　46226-4

『指輪物語』に代表される、英雄が活躍し、魔法が使える別世界を舞台とした、ヒロイック・ファンタシーの傑作選。ダンセイニ、ムアコック、ムーアの名作、本邦初訳など、血湧き肉躍る魅力の８篇。

ビューティフル・ボーイ　上・下

トニー・パーソンズ　小田島恒志／小田島則子〔訳〕　上／46258-5　下／46259-2

30歳を目前にしてハリーの世界は突如変貌！　同僚と一夜を共にし、妻に出て行かれ、失業、シングルファザーに──。『ハリー・ポッター』をおさえて英国図書賞「今年の一冊」に選ばれた大ベストセラー。

人生に必要な知恵はすべて幼稚園の砂場で学んだ

ロバート・フルガム　池央耿〔訳〕　46148-9

本当の知恵とは何だろう？　人生を見つめ直し、豊かにする感動のメッセージ！　“フルガム現象”として全米の学校、企業、政界、マスコミで大ブームを起こした珠玉のエッセー集。大ベストセラー。

西瓜糖の日々

リチャード・ブローティガン　藤本和子〔訳〕　柴田元幸〔解説〕　46230-1

コミューン的な場所アイデス〈iDeath〉と〈忘れられた世界〉、そして私たちと同じ言葉を話すことができる虎たち。澄明で静かな西瓜糖世界の人々の平和・愛・暴力・流血を描き、現代社会をあざやかに映した代表作。

ビッグ・サーの南軍将軍

リチャード・ブローティガン　藤本和子〔訳〕　46260-8

歯なしの若者リー・メロンとその仲間たちがカリフォルニアはビッグ・サーで繰り広げる風変わりで愛すべき日常生活。様々なイメージを呼び起こす彼らの生き方こそ、アメリカの象徴なのか？　待望の文庫化！

塵よりよみがえり

レイ・ブラッドベリ　中村融〔訳〕　46257-8

魔力をもつ一族の集会が、いまはじまる！　ファンタジーの巨匠が55年の歳月を費やして紡ぎつづけ、特別な思いを込めて完成した伝説の作品、待望の文庫化。奇妙で美しくて涙する、とても大切な物語。解説＝恩田陸

長靴をはいた猫

シャルル・ペロー　澁澤龍彦〔訳〕　片山健〔画〕　46057-4

シャルル・ペローの有名な作品『赤頭巾ちゃん』『眠れる森の美女』『親指太郎』などを、しなやかな日本語に移しかえた童話集。残酷で異様なメルヘンの世界が、独得の語り口でよみがえる。

O・ヘンリー・ミステリー傑作選

O・ヘンリー　小鷹信光〔編訳〕　46012-3

短編小説、ショート・ショートの名手O・ヘンリーがミステリーの全ジャンルに挑戦！　彼の全作品から犯罪をテーマにした作品を選んだユニークで愉快なアンソロジー。本邦初訳が中心の28篇。

いいなづけ　17世紀ミラーノの物語　上・中・下

A・マンゾーニ　平川祐弘〔訳〕　上／46267-7　中／46270-7　下／46271-4

ダンテ『新曲』と並ぶ伊文学の最高峰。飢饉や暴動、ペストなど混迷の17世紀ミラーノを舞台に恋人たちの逃避行がスリリングに展開、小説の醍醐味を満喫させてくれる。読売文学賞・日本翻訳出版文化賞。